The Other Typist

SUZANNE RINDELL

另一个打字员

[美]苏珊妮·林德尔 著

孙灿 译

上海译文出版社

致我的父母：亚瑟·林德尔与莎朗·林德尔

我的一切都归功于你们。

第一章

他们说打字机让我们雌雄莫辨。

对这种设备报以一瞥，你也许就会明白，为什么他们——那些自诩为女性美德与道德准则捍卫者的家伙，会得出这么一个结论。拿一般的打字机来说，不管是安德伍德牌、老爷牌、雷明顿牌还是科罗娜牌，都面目严肃、分量十足、四四方方，从不拐弯抹角，没有半点无聊的曲线或是怪异的阴柔。更不用提它的钢铁支架带来的纯粹暴力了——一种无情的力量击打在纸张上。无情。是的。宽恕从不是打字机的天职。

我想我自己对“宽恕”一词也所知无多，因为我的工作恰好和它的反面密不可分——那就是“招供”。我并不负责逼供，那是警司的活儿，或是警督也可以干，但并不是我的职责。我的工作静默无声，除非你把用打字机转录速记纸上的文字时发出的噼啪声算在内。但即使如此，我也不是这噼啪声的始作俑者。归根结底，我只是一个女人，只有在离开侦讯室的时候才会被警司注意到，也只有在这个时候，他才会轻柔地拍拍我的肩膀，用庄严的声调对我说：“不好意思，罗丝，像你这样的淑女竟然要听到这样的事情。”他指的是强奸案、抢劫案……这些我们刚刚耳闻的疑犯招供。我们警局位于纽约曼哈顿下东区，辖区里像这样的案件可谓屡见不鲜。

我明白，警司对我说话时用上“淑女”这个词纯属客气。眼下正是1924年未完而1925年将至的时候，我的身份按时下的标准可能介于“淑女”与“女人”之间。这两者间的区别一部分源自受教育程度——作为阿斯托利亚速记员女子专科学校的毕业生，我或许可以忝列于“淑女”之中。但说到成长背景和生活条件，我只不过是一个每周入账15美元的孤儿，并不能自称“淑女”。而且受制于雇佣关系也是阻碍我成为“淑女”的一个因素。按照传统，“淑女”可以干点儿什么消遣，但并不受雇于谁。然而我为了上有片瓦下有三餐的生活折腰，只能称得上是一个“女人”，而非一名“淑女”。

当人们说起“打字机会让我们变得雌雄莫辨”时，他们很有可能是这个意思：这份打字员的工作会让女人离开自己的家庭，并非踏入制衣厂或是洗衣房，而是走进律师事务所和会计事务所这些之前见不到女人踪迹的地方。我们扔下围裙，穿上浆洗笔挺的衬衫和乏味单调的深蓝色裙子，变得不再那么有女人味儿了。他们害怕一旦我们长久地被速记机、油印机、加算器和气动邮件管这些技术性设备所包围，我们柔情似水的女人心就会不自觉地模仿着这些钢铁黄铜，变得刚硬顽固起来。

在我看来，掌握了打字这门技巧，的确能让女性步入那些原本男性化的工作场所，比如警察局。在这儿，打字员组成了女性少数派。事实上，也许有人听过或是的确见过曼哈顿的女警卫——雇用这些奶奶级的老古董是为了解放男性警卫，使他们不必天天将多如羊群的妓女驱入警局，免得他们面临“举止不当”的虚假指控。但是我们警局的警司对使用女警卫并不赞成，也从不雇用她们。要不是警局打字工作太多他们实在忙不过来，可能压根儿连一个女人也不会雇用。实际上，打字机是我进入女性禁区的通行证。

打字并不是野兽般男性化的工作，请注意。事实上，人们甚至可以认为打字员的工作——简简单单的听写艺术，指尖翻飞着在速记机键盘上敲出精巧断奏——也许是我们现代社会所能提供的文明化程度最高的工作之一。至于其他的？人们大可不必担心。一名好的打字员很清楚自己的位置：作为一个女人，能拥有一份收入合理的工作，她已经很知足了。

无论怎样，如果打字真的是一份男子气概十足的工作，那你就会看见更多的男打字员，但事实上并没有多少。女打字员倒是随处可见，因此这份工作想必更为适合女性。到目前为止，我只见过一次男打字员，外形纤弱，看起来比我还不适合在警局工作。我第一眼看到他，就觉得他这份工作干不长。他有小鸟儿一般的体态，胡须整洁得似乎每天都有理发师修剪，还穿着打理得当的白色鞋罩——他来上班的第二天，就有一个犯人往上面啐了一大口烟痰。我很遗憾地向大家宣布，这名男打字员当时就变得小脸儿煞白，起身去了盥洗室。在这次事故之后，他只多撑了一个礼拜。“白鞋罩……”警司边摇头边咂了咂嘴——这通常是他对我信任的体现。“这儿就容不下什么白鞋罩。”他说。我明白，送走了这么一位“时尚先生”，他也许很高兴。

当然，我并没有提醒警司，咱们的警督也穿着白鞋罩。警督和警司是完全不同的两类人，但似乎很久以前就结成了某种不稳定的同盟。我一向清楚不应该表露出对他们中间任何一位的好恶之情，以免打破他们共事时微妙的平衡。但如果我实话实说，我会告诉你，跟警司在一起我觉得舒服得多。警司要年长一些，而且对我的喜爱似乎略微超过了一名已婚男子应有的程度。不过我觉得这是一种父亲般的喜爱，而且他之所以成为一名警司，就是因为他是一个充满了正义感的男人，并且打心眼里认为自己的使命就是维护我们这个伟大城市的良好治安。

此外，警司很喜欢把凡事安排得井井有条，并以严格遵守规章制度为傲。上个月他刚扣了一个警员一周的薪水，就是因为这个警员给拘留所里的一个流浪儿塞了块火腿三明治。我想我明白为什么那个警员要这么做：那个流浪儿实在太可怜了。他瘦得肋骨根根毕现，透过薄薄的衬衫看得清清楚楚，一双眼睛像闹鬼的弹珠，在深陷的眼窝里骨碌乱转。没有人当面指责警司铁石心肠，但是我相信他明白有些人心里是这么暗自嘀咕的。“给这样的人饭吃只会让别人觉得辛勤劳动、遵纪守法也没什么好处！我们可不能纵容这样的堕落念头！”警司提醒我们。

警司的职位不及警督高，但是你根本看不出来。他个子不高，却很有分量，极富威慑力。他的大部分重量都集中在腰部，堆成一个老爸式的将军肚，稳坐在制服长裤腰带上方，让人看着觉得很踏实。他的八字胡近年来染上了些岁月的灰白，被他打理成弯弯的形状。他还留着长长的连鬓胡子——这式样有些过时，但他却毫不在意，一点儿也不想追求那些惊世骇俗的新造型。有一次我还听见他在读报的时候加以评论，说当代风尚简直是民族倒退的证明。

与之相反，警督一根胡须也不留，总是刮得干干净净，正符合当下的时尚潮流。他用发膏随意梳起的大背头也正是眼下流行的，而且似乎总有一两绺儿垂落下来，在一只眼睛前面颤啊颤的，惹得他不时伸出手来往后梳。他的前额上面有一道醒目的疤痕，从眉毛中间延伸到一只眼睛边上——奇怪的是，这让他的五官反倒更有魅力了。他很年轻，可能只比我大一两岁，而且因为是警探，不是巡警，所以不用穿制服。他的穿着入时，但是气质奇特，总像是刚从床上滑下来，恰好跌进了这堆衣服里。他总是一副漫不经心的快活模样，就连鞋罩也从不曾像那个男打字员一般雪白干净。这并不是说警督不注意个人卫生，而只是说他的仪表不够齐整。

事实上，尽管警督看起来总是一副邋遢的样子，我却确信他有良好的个人卫生习惯。他时常斜靠在桌边跟我讲话，我注意到他身上总散发出梨牌香皂的味道。有次我问他："这个牌子的香皂难道不是女人用的吗？"他立刻双颊绯红，面露不悦，虽然我的问题并没有什么特别的含义。他没有回答我的问题，之后大约有两个礼拜都故意躲着我。而在此之后，他身上再也闻不到梨牌香皂的味儿了。有天他又冲我的桌子俯过身来，没和我说话，只是默不作声地取走了一份打印稿。我却留意到他身上的香皂味儿变了，闻起来像是昂贵的雪茄与陈年皮革的混合物。

我不大乐意跟警督共事，而更喜欢和警司一起工作，其中一个原因是警督审讯的多数是命案。也就是说，一旦我跟他进了侦讯室，很有可能需要速记下来的就是一名凶杀疑犯的口供。警督对我的命令里听不出丝毫歉意，而警司的就有。事实上，有时我甚至能从警督的话音里听出一点挑衅的意味。而表面上看来，他自然总是爽快干练，一副公事公办的样子。

在他们眼里，我们是弱势性别，但我想，男人们都没有注意到，事实上我们女人需要面对同一份口供两次。头一次是用速记机听写下来，第二次则必须用打字机再次转换成正规的英文，因为警局里的男人们可看不懂速记符号。对他们而言，速记稿上的符号简直堪比象形文字。尽管我似乎应该心怀不满，但实际上我并不介意把这些口供打了又打，除了午餐或晚餐前回溯刀刺棍击的细节有些小小地倒胃口。你知道，问题在于，一旦这些嫌犯放弃了自我辩解，决心一股脑儿认罪，通常都会将犯罪带来的混乱后果描绘得淋漓尽致。作为一个具有道德感的人，我对这些可怕的细节自然谈不上欣赏。然而我更讨厌警督看出我的不适，并将其作为我脆弱的女性承受力的佐证。我向你保证，我的承受力在这方面可一点儿也不脆弱。

当然，我必须承认，和别人一起听这些口供会带来某种不那么直接的亲密感，但我绝不认为和警督共度这些时光是一种享受。他审讯的嫌犯通常对女人犯下了命案，而且在结束受害者性命之前还做了些其他的恶事。当我记录下对年轻女子施以暴行的疑犯口供时，屋子里的空气简直令人窒息。有时，我能觉察到，在罪犯陈述最为残暴的罪行部分时，警督的目光从我脸上掠过，不动声色地打量着我。每到这种时候，我就觉得自己像个科学实验品，或是时下大热的心理学研究实验品。我就那么坐着，打字，尽力无视他。

然而，和出于体谅替我担心的警司不同，警督似乎并不特别在意我听到的口供是否会亵渎我那颗理论上冰清玉洁的女人心。老实讲，我着实不明白他想从我脸上看出些什么。他很有可能在猜想我会不会突然昏过去，脸朝下瘫在速记机上。谁知道——他说不定为此跟其他警员打了赌。但是我们已经进入了摩登时代，女人大有可为，无须时时费心履行昏倒的义务。我希望一身时尚气质的警督也不要再像只好奇的小狗偷瞟我的脸了，让我安安心心地好好工作吧。顺便提一句，我的活儿还是干得很好的：用普通打字机每分钟能打一百六十字，要是用速记机，每分钟能打将近三百字。而且我对绝大部分听到并且转录的口供都保持着一种漠不关心的态度。就像一台打字机，我的工作就是精确地报告，制作官方、公正的报告，并最终用于法庭。我打出来的字，就是事实本身。

当然，我有时也得注意一些，不能被我的骄傲情绪冲昏头脑。有一次，我和警督一块儿从侦讯室里走出来的时候，我用比自己预期的大了那么一点点的声音对他说："你知道，我可不是个傻瓜。"

"你说什么？"他停下了脚步，猛地转过身来，上上下下地打量着我，那种看着科学实验品的表情又浮现在他的脸上。他朝我走近了一两步，像是要跟我偷偷商量什么，一缕雪茄混合着皮革的肥皂香味钻入了我的鼻子。我挺直了身体，轻咳了一声，再次镇定地表明了我的立场。

"我说我不傻。这样的工作可吓不倒我。从来不会。我不是个歇斯底里的女人。你不用担心要替我拿个嗅盐[①]瓶子什么的！"我加上这最后一句，只是虚张声势，警局里可不会备着嗅盐，而且时下似乎也没人带着嗅盐瓶子到处走了。但是我马上又后悔了。这么说显得太戏剧化，就像我刚才提到的，"歇斯底里"。

"贝克小姐……"警督终于对我开了口，但却欲言又止。他盯着我的脸看了几秒钟，最后，像被什么人猛掐了一把，他脱口而出："我确信你能眼都不眨一下地录下'开膛手杰克[②]'的口供。"我还没来得及反击，警督就一转身，大踏步地离去了。

我不知道他这么说算不算恭维。但是和警局的这帮警察一起工作，我对讽刺倒是略知一二。要我说，警督说不定背后正对我大加嘲笑呢。其实我对"开膛手杰克"也并不熟悉，只风闻他刀子用得好得出奇。

这个话题就这么结束了。我也再没跟警督提起过。警局的日子还

① 一种由碳酸铵和香料配制而成的药品，给人闻后有恢复或刺激作用，用来减轻昏迷或头痛。

② 指 1888 年 8 月 7 日到 11 月 9 日间于伦敦东区的白教堂一带以残忍手法连续杀害至少五名妓女的凶手代称。

是在或多或少可以预见的和谐中一天天过着。警司跟警督保持着不稳定的协作关系。警督和我的关系也总是客客气气，却不咸不淡。

这样的太平日子，却在另一个打字员到来的时候终结了。

* * *

我注意到，她一进门，就引起了某些骚动。来面试的那天，她镇定自若却又轻手轻脚地走了进来，然而我知道，这就好比飓风的风眼。她就像某种不为我们所知晓的黑暗中心，在那里，极寒与极热危险地交融着，改变着周围的一切。

也许把她称作“另一个打字员”并不恰当，因为警局里还有其他打字员，连我在内一共有三个。有个四十来岁的打字员叫艾里斯，生了一副瘦骨嶙峋的面孔，下巴尖瘦，一双灰色的眼睛像鸟儿一样。艾里斯每天都换一条不同颜色的女式领带，需要加班的时候总是任劳任怨，因此很受大家待见。（警司先生总是喜欢说，罪犯周末可不休息，也不管你是不是在放银行休假日①。）

还有一个打字员叫玛丽，从很多方面来说，都和艾里斯形成鲜明对比。她矮矮胖胖，总是一副快活的神气，因为小的时候左脚被公交车轧过，因此稍有些跛足。玛丽约莫刚到三十岁，却已经有两次婚史了——前夫跟一个歌舞团女演员私奔了，玛丽找不到他办离婚手续，索性就直接嫁给了第二任丈夫，一个叫霍勒斯的男人。现任丈夫对她很好，但却病恹恹的，饱受痛风困扰。玛丽在警局找了份工作，因为她并不对靠霍勒斯养活她抱什么幻想。她是个感情丰沛的姑娘，嫁给霍勒斯也是因为真爱，尽管霍勒斯的痛风日趋严重，行走越来越困

① 银行休假日：起源于19世纪英国银行关闭以致所有交易暂停的时期，即银行假日、法定假日。

难。常有人在玛丽背后开些粗鲁的玩笑，说她用自己瘸了的左脚加上她丈夫痛风肿胀的双脚，一定能在一起跳上一支顶呱呱的华尔兹①。玛丽在办公室的时候，人们从来不敢这么开玩笑。但是玛丽并不傻，她知道人们常背着她开这种玩笑。很早以前，她就开始装作毫不在乎的样子。通常来说，她力挺一切能增进同事之情的事情，因此大家似乎都很喜欢和她共事。

当然了，我就是剩下的那第三名打字员。我已经在这个警局里干了两年多一点，是公认的打字最快最准的打字员。我们三个打字员能满足这个警局全部的需求，处理所有与落簿、口供及通信文书相关的书面工作。可以说，这些工作我们原本都能应付得来，直到《沃尔斯特法案》②(《禁酒法案》)引发了犯罪率的大幅度飙升。

一开始，《沃尔斯特法案》并没有引起警局警员的多少兴趣，强制推行力度也并不非常大。反酒馆联合会查封了一家又一家小酒馆，巡警只是抱怨几句，也并不热心帮忙。要是遇上贩售私酿金酒的家伙，警员们也只是恫吓几句，外带顺手没收了他们的犯罪证据而已。除了竭尽所能规劝国民的基督教妇女戒酒联盟之外，并没有多少人相信酒里真的藏着魔鬼。就连有些法官也无法对那些视法律法规于不顾的酒贩子施以严惩。“人们在累了一天之后想来上一杯，这是天经地义的事情，”有一次警督甚至耸了耸肩膀，用每个人都听得见的声音大声宣布。

如此这般又过了一些时日。每隔一阵子，警局就会从邻里周遭抓

① 华尔兹是三拍的舞曲，三只坏脚刚好各踩一拍……

② 《沃尔斯特法案》：美国禁止酿制、转运和销售酒精饮料的宪法修正案，即“禁酒令”，1920年1月2日生效，1933年由国会颁布宪法第二十条修正案废止。

回一批酿售私酒的男人，其中有很多已经为人夫父。而他们受到的惩罚只不过是一通轻描淡写的训斥。没人想再多费力气。

然而，有人说，“会哭的孩子有奶吃”。拿我们这件事来说，首席检察官助理梅布尔·威尔布兰特夫人就是会哭的孩子，而我们就是她想吃到的奶。我对她的法律职业了解不多，但是从报纸上刊登的消息来看，威尔布兰特夫人似乎在处理某些法规推行不力的问题方面颇有一手，特别是处理她那些拖沓保守的男性同事不愿意涉足的法规。在此过程中她总是投注以巨大的热情，常常干到一半就上了报纸的头条，并因此收获了极富争议的声名。我想，威尔布兰特夫人把自己当成那些饱受冷落的法律条规的守护神也事出有因，她毕竟是一个女人，让一个女人处理些不那么热门的问题也没有什么风险。一个女人遭受职业挫折和一个男人职场受挫完全是两回事。不过，威尔布兰特夫人显然并没有接受失败的意图，反而显示出超人的顽强和机智。当她和海兰市长说不到一起去的时候，却能成功地把风吹进市长夫人米丽娅姆的耳朵里。她们两人联手，成功地在媒体上引起了一阵骚动，指出纽约应当成为全美国的表率，坚定不移地采取行动，让这座城市变得“滴酒不沾”。我之所以告诉你这些，是因为表明了这番政治立场的结果就是我们警局被选为执行这项“高贵实验”的特别机构。这也就是我为什么说我们成了哺喂威尔布兰特夫人这个号哭婴儿的奶汁。

根据官方决定，我们警局将组成纽约城里第一个“严打机构”，并为城里其他警局做出表率。局里新增了一些人手，受命搜查附近的地下酒吧，执行突击检查。警局是个很有意思的地方，氛围有些像按菜谱做菜，当原料发生改变时，得花好一阵子才能五味调和。我们警局的警员并不怎么乐于招聘新人，也对参与乱哄哄的突击检查毫不热衷，因为这只会让乡亲邻里更不待见他们。但是，除了服从命令，他们别无选择。在警员们怨声载道的时候，警司却似乎非常重视自己的新职责。我清楚地意识到，他把这项指令既看作是职业机会，又当成是道德荣誉。终于，那个无法逃避的日子到来了：警司在这一天宣布，要将每个夹带威士忌穿过纽约和新泽西州界的家伙绳之以法，哪怕只有一瓶也难逃罪责。而这个命令一经发布，不光是警员，就连我们这些打字员也忙成了一锅粥。很快，未能及时处理的文件积压下来，拖了整个系统的后腿。拘留所也成了那些私酒贩子碰面开会的地方，在那儿，他们商量着以后该如何协作才能免于再被警方查获。

事已至此，警司只得给职业介绍所去了一通电话，请他们再派一名打字员来。

* * *

奥黛丽刚来面试那天，头发还并没有剪短。如果那个时候的她就是一头短发，我猜想警司压根儿就不会雇用她。但我想警督可一点儿都不会介意。在奥黛丽剪短头发之前，我就猜测，警督应该会喜欢让人眼花缭乱、震惊不已的发型，也会喜欢敢于以这些发型示人的女性。

我还清楚地记得之后的某天，奥黛丽来上班的时候，她如何摘下自己的钟形女帽，露出那一头乌黑的秀发——那头秀发，剪得刚及她的下巴，线条利落，和帽子的形状十分相似。我还记得，这个发型衬得奥黛丽的脸看起来隐约有了几分时髦的东方味道，尤其是那双眼睛。那头秀发真是光彩照人，就像一顶珐琅头盔。我还记得，我刚好瞟见警督从办公室另一端向她投来注目礼。那天，他好几次称赞了奥黛丽的勇气和品位。至于警司，他并没有公开对奥黛丽评头论足，只是在午饭时一个人喃喃自语："女人家剪这么短的头发，会被别人误解的。”

这都是后话了。就像我之前说的，奥黛丽来面试那一天，头发还并没有剪短。那天一早她走进警局的时候，脸上化着一丝不苟的妆，梳着整洁的发髻。我也记得她戴着雪白的手套，身穿看起来价格不菲的女式套装，完美搭配着她蓝绿色的双眸。但令人印象最深的还是她的嗓音，其中流露出来的——我日后才知道——才是她真实的个性。她的嗓音有些嘶哑，音调活泼而又轻声细语，说起话来让人止不住紧紧盯住她孩子般微微上翘的嘴唇，仿佛只有这样才能听清她究竟说了些什么。只有碰见了高兴的事情或是笑起来，她的音调才会升高，变得富有乐感，就像有人在钢琴上演练音阶。这副嗓音糅合了天真和邪魅，听者无不为之神迷。我有时在想，哪怕到了今天仍在揣摩：她究竟是苦练了多年才习得这样的声音，还是天生如此？

面试很简短。因为除了测试打字速度之外，我不知道警司和警督还有什么好问的。（一见他们用秒表测速，她咯咯笑了起来，仿佛他们要和她玩这个世界上最智慧有趣的游戏。）顶多再看看她是不是中看，仪态是否端正。除此之外，对新打字员也没什么需要考察的了。而奥黛丽只用她的嗓音，就已经把他们俩迷得神魂颠倒了。他们问她，如果工作要求她去听疑犯作出的那些时常令人作呕的口供，她是否会有什么不适？她报以一阵富于乐感的银铃般的笑声，接着换上略带嘶哑的低沉声调，开玩笑说她可不是个爱吐的姑娘，她只要求她在穆坎餐馆享用的饭菜不要令人作呕。我不觉得这个回答有什么过人之处，但警司和警督都被逗得哈哈大笑，我相信他们已经迫不及待——哪怕只是刚刚开始——要博取她的好感了。我隔着整间办公室偷听他们的对话，听见他们跟她说“你被录用了，下周一上岗”。就在那时，我发誓，奥黛丽向办公室这一头瞥了一眼，目光在我脸上停了一停，嘴角浮出一个几不可辨的微笑。但这种感觉转瞬即逝，之后再无从追溯她是否向我投来过目光。

“真是个不错的姑娘。”奥黛丽走后，警督说了一句。这个总结很简单，但实际上很好地描述出了彼时我还不甚了解的一些东西。我也许要年轻一些，可能比奥黛丽小五岁左右，但是“姑娘”这个词显然更适合她。奥黛丽的一部分魅力缘自她身上一种属于成人的女孩气。她身边的气场里总是带着一些刺激，这种刺激也许会把你带入进去，好像你是她秘密的合谋者。她说起话来带着假小子般的颤音，说明她除了体态优雅、为人精明之外，精力也着实过人——爬树比你高，一起打网球也能把你揍个半死。观察到了这一点，我开始发现：奥黛丽仪态中的风情和快活实际上暗示着她的优越感，暗示着被汽车和网球场围绕的童年生活。而不仅我的童年和这些东西无缘——且容我大胆地一猜——警司和警督的童年也不曾有这些东西为伴。是的，她的言谈举止显示出生活的优渥，但是又非常聪明地没有明说出来。正因为如此，她对我们来说就像个异类，但是也许只有潜意识里我们才这么想。靠近一切奇异的事物时，我们会不自觉地屏住呼吸，怕对方吓跑。警局里没有人敢质疑为什么站在我们面前的这个生活优越的年轻女子会因为这份低级的打字员工作喜笑颜开。我一直以自己敏锐的直觉和挑剔的眼光为傲，然而即使我最开始不是那么待见这个女人，也绝不会提出为什么奥黛丽要来应聘这样的问题。只能说，面对夺目光彩，我们都会有盲点。

那天，当她收到下周一来上班的消息并且告别离开的时候，她迈着孩子气的步伐轻快地离开警局，从前门走了出去。然而就在她出门之前，从她蓝色夹克衫的翻领上掉落了一样东西，从地板上掠过，发出了一些声响。我的目光立刻锁定了这个东西——它正静静地躺在地砖上，在没有灯罩的灯泡投下的光线中闪闪发亮。我明知自己应该叫住奥黛丽，但是却一声没吭。奥黛丽没有停下脚步，似乎并未发觉。她的背影从门口消失了，我呆坐了好几分钟。最终，因为好奇心，我悄无声息地从椅子上站起身来，走到这个被遗忘在地板上的东西身边。

这是一枚胸针，看起来非常昂贵，镶满了猫眼石、钻石和黑宝石，组成时髦的星芒图案。这枚胸针看起来和奥黛丽的气质非常吻合，简直像是一个微缩版的她。我飞快地躬身捡起它，牢牢地攥在掌心里，回到了自己的座位上，手心被它尖锐的边缘刺得微微发痛。我坐着，手里拿着这个漂亮玩意儿，藏在写字台下面靠近我大腿的地方——这样别人都看不见——就这么看着它，像被施了魔法。即使是在这么幽暗的地方，胸针依然发出柔光。直到有人喊我去打字，我才从胸针的魔咒中解放出来。我打开一个写字台抽屉，把胸针藏在最深处的一些文件下面，告诉自己下周一奥黛丽一进办公室就还给她。与此同时，我心里明白，我是在对自己撒谎。

那一天接下来的时间里，我一直有种奇怪的感觉，总是心烦意乱，就像是我能意识到眼前有个什么东西，但却无法直视。在我的内心深处，我觉得奥黛丽是故意扔下了这枚胸针，算是对我的小测试。就用那么一个简单的动作，奥黛丽就让我上了套儿，深陷诱惑与羞辱的陷阱。从那个时候起，我就是她的人了。我总是在揣测，但又羞于启齿，不敢问她是否对我贪婪的偷盗行为心知肚明。而那个时候，我们甚至还没有握过手、打过照面呢。

第二章

如果说我一开始就知道奥黛丽会给我的生活带来怎样天翻地覆的变化，或是笼统一点说，给警局带来怎样的变化，那未免有些言不属实。之前我说过，从奥黛丽走进警局大门的一瞬间开始，有些变化已然发生，事实也的确如此，然而我很难确切地告诉你那是怎样的变化，或是这样的变化给我带来的影响会何其巨大。在第一次碰面之后，每次想起奥黛丽，我的心里就会有些不安，但这种不安很简单，也很模糊。这周剩下的日子里，我拉开写字台抽屉，偷偷看了那枚胸针几次，想了想奥黛丽——但是繁重的工作不允许我多想。“兴许她有一堆胸针呢，”有一两次我这么对自己说。她也许压根儿就没注意到自己少了这么一个玩意儿，也有可能根本不在乎，我推想道。偶然间我会在脑中设想把胸针还给她。我也曾想象过，自己只是一个无意间，忘了应该把胸针物归原主。无论还还是不还，我都必须显得无动于衷，装作丝毫不把这枚胸针放在心上的样子——它对我来说毫无意义。把自己想象成拥有这种满不在乎的气质的人，对这个崭新的、奇特的生物和她稀有的宝贝漠不关心——这对我而言是一种解放。接着到了周末，我把胸针或是奥黛丽完全抛在了脑后。

那个时候我住在一所寄宿公寓里，和我年纪相仿、收入相若的未婚女性多数住在这样的地方。房东是一个年轻的寡妇，名叫多萝西，或者你可以投其所好叫她多蒂。她有一头稀疏的头发，颜色像刷碗水，独自带着 4 个孩子。经历了接二连三的生育和不间断的家务劳动，她的面容备显憔悴，肤色发红，脸上斑斑点点，像是饱经风霜，眼睛下面挂着两个大眼袋，颌下还有一副双下巴。虽然如此，我觉得她可能还不到三十岁。实际上，我怀疑她大概只有二十八九岁。的确，当下的世道有这么年轻的寡妇也不足为奇，她的故事也很有代表性：多蒂的丈夫没有从那场臭名昭著的战争中回来。那场战争把我们这个年代的许多年轻男子吞没，连骨头都没剩下一根。要不是因为家里这几个孩子，她常说，她一定要亲自去法德交界的那个炮坑累累的战场上走一趟，亲眼看看丈夫最后倒下的地方——丹尼肯定就是在那儿被芥子气毒倒的，她说。

丹尼和多蒂——这夫妻俩的名字刚好押韵，听起来既顺耳又互补。而这个事实也加深了多蒂的失落和哀伤。有时，她多喝了几口偷藏在厨房储藏柜里的“烹调用雪莉酒”（酒瓶总是能神秘地自动加满，视禁酒令于不顾），总是能把丹尼的死描述得让人身临其境。她确信，丹尼的尸体跌进了战壕，草草葬身在成百条战壕中的一条里。有人说，像这样挖得歪歪扭扭的土战壕现在还有很多，法国农田里随处可见，就像在土地上留下许多条毛毛虫形状的疤痕。多蒂最小的孩子只有三岁半——那她丈夫走了多久了？我始终算不太清楚，但也并没有去问多蒂，因为她的房租价格合理，我也不希望惹上不必要的麻烦。别人总是对我说，战争带来的孤独感不同以往，比世界上其他任何的孤独感都更让人觉得孤独。

我自己也对孤独略有感触，虽然我从不曾独处过。在寄宿公寓里，独处是不可能的。公寓是座破败不堪的褐砂石建筑，位于布鲁克林区。房子之所以破落到这般田地，我想可能是因为多蒂身为一个寡妇，没有丈夫给房子做日常维护，也没有那么多闲钱雇人给房子做哪怕最基本的维修。如果只住一家人，那这房子绝对够大，但如果像我入住的那阵子一样，在一个屋檐下挤了 8 个大人和 4 个孩子，就不尽然了。不用我说你也知道，房子里肯定整天喧嚣吵闹。

公寓里我自己的房间也没有多少隐私。房间很大，但却从中间一分为二，被挂在晾衣绳上的一条灰白褪色、污迹斑斑的床单隔开。“半独立”——我当初还真信了多蒂登在报纸上的广告里的鬼话。不过我想，她也不是存心骗人的，毕竟这个描述从某种意义上来说很准确，而且她这儿的房租最低。但话说回来，我和室友两个人的房租合起来，肯定超过了多蒂在把房间租给一名房客的情况下能够得到的房租。的确，我想，任何交易的相对得失都取决于看待它的角度。

我的室友是个有一头红褐色头发的姑娘，跟我差不多年纪，脸蛋胖嘟嘟的，膝盖上也有两个肉窝。她的名字是海伦——恐怕这名字已经把她给催眠了，因为她总把自己当成特洛伊的海伦。我说这话也许有些残忍，但是，我见过许多爱梳毛的鹦鹉，却很少见到像海伦这样跟鹦鹉一样爱梳毛的人类。她总是坐在镜子前面，左照右照，假装着时惊时喜的表情。几个常用表情，再配上她胖嘟嘟的脸颊，看起来就像是一块面团被面包师的模子塑成了几个形状。她没有公开承认过，但是我总是怀疑她心怀有天能登台表演的强烈愿望。在我们同住的那段日子里，她的职业是一名女售货员，而她也总是觉得这个职业比我的高级不少。对于我那份警局打字员的工作，她从不隐瞒自己的想法。“别担心，罗丝，”她总是这么主动对我说，“反正你也不用在那个鬼地方干一辈子。肯定过一阵子你就会转运了。等到换工作那天，我一定会帮你找些又可爱又有品位的衣服，把你平时穿的那些不男不女的东西换掉。”海伦很喜欢用“品位”这个词，但是就我所知，在我们同住的那些日子里，她和我对这个词的理解不太一样。

我搬进寄宿公寓的时候，海伦已经在里面住了好一阵子了，因此占据了屋子比较好的一侧——也就是远离门口的那一侧。因为进出不用经过海伦那一边，所以通常来说我都会尊重她的隐私。但是海伦进进出出的时候，因为“不得不”经过我的这一侧，所以即使发出些吵闹的声音或是把鞋袜丢在我这边的地板上，她也不见得有什么不安。她还有可能在我搬进来之前刻意重新布置过家具，因为所有看起来还值那么几个钱的家具都到了她那边。但是我想，这可能只是人性使然。如果我是先住进来的那一个，说不定也会干出同样的事情来，谁知道呢？

不管怎样，那个礼拜海伦都在忙活着接待周五晚上一位异性来访者的事情。因此，我关于工作和奥黛丽的那点小心思在周五回到住处的一刹那，就被海伦的戏剧化表现冲得无影无踪。当然，既然只是寄宿室友关系，我在回家的路上并不清楚自己即将在海伦的社交安排里担任什么角色。只有在我到家的一刹那，我才会像一头熊掉进陷阱里一样，突然明白自己面对的是什么。

在从警局回来的路上，有轨电车刚过布鲁克林大桥我就下来了，步行走完了剩下的路程。尽管有身边来来往往的汽车和时不时传来的喇叭声、引擎声，我还是把走完这段路程看作是让自己放松的一个小仪式，能让我静下心来想想白天里发生的事情。就在那个周五，警局里发生了很多奇怪的事情，让我觉得心事重重。那天早上，我们替一个男人记录下了审讯口供。一开始，那个男人显得神志清醒，可后来却发现他是个醉汉，而且似乎有些疯疯癫癫。

我和警督一同进了审讯室，就像平常一样，然后开始记录疑犯的口供。一开始，一切都很正常，我们谈到的也只是一起普通的丈夫在厨房里用刀刺杀妻子的案件。就像之后律师会在法庭上提到的一样，这只是一起“激情意外犯罪”。我不会总去庭审现场，但我的确挺喜欢时不时坐进去听听，而且总觉得“意外”和“激情”这个组合很奇怪——好像被害者是被爱了，而不是被害了。不管怎样，这个男人的故事并没有什么稀奇，所以我只是坐在那儿条件反射般地记录下他所说的一切。

十分钟后，出乎我们意料的事情发生了：这个疑犯开始陈述另外一桩罪行——说是把一个男人淹死在了东河里。我觉得十分疑惑，于是抬头看了警督一眼，和他交换了一个迟疑的眼神。警督耸了耸肩，看他的眼神，似乎在说：“好吧，如果这家伙想要同时承认两桩谋杀案，就让他来送死吧。”警督小心地压抑着声调中的焦灼，暂时放下了之前的杀妻案，开始询问和这桩诡异的溺死案有关的问题。他的话题转换方式非常平缓，显得若无其事。审讯室里的气氛陡然发生了变化，警督仿佛在跟老朋友聊天一般，说了些诸如“天气如何”之类无关紧要的话。我本能地觉察到自己按在速记机上的手部动作也变得轻柔下来，仿佛我已经不复存在，而是融进了墙里。最终，那个男人向警督靠过身来，交谈也变成了耳语。“是市长叫我干的，”这个男人说道，“我只是服从他的命令而已。”我的目光又朝警督射了过去。我从他的神态可以看出，他正竭力装作无动于衷，但却分明在听到“海兰市长”这几个字的时候向后缩了一下，而且嘴角下意识地绷紧了。

“为什么？”警督用一种像是故意在讨疑犯开心的声音问道，“市长怎么会让你攻击那个男的？”

疑犯答道：“因为他是隐形政府的一部分！腐败的隐形政府！”就在这个男人张嘴大喊的时候，我突然从他的口气中闻到了一丝私酿金酒的味道。然后他开始大声地打起嗝来。他说的"隐形政府"应该是出自海兰市长一篇充满争议的演讲，演讲中市长指责洛克菲勒[1]之流对政治横加干预。警督竭力掌控着局面，想再回到自己原先的问题上去，但是没有成功，疑犯的嗝打得更大声了，情绪也到了近乎失控的状态，他开始大叫："是市长让我杀的人！我是正义的斗士！告诉你，老子是个斗士！"

就在这时，警司探头进来看屋里为什么乱成一团。疑犯看到警司，突然从椅子上跳了起来，还猛地抬起手来，啪地敬了一个军礼。

"向您报告！市长先生！长官！"

警司看着向他敬礼的男人，眨了眨眼睛，惊得目瞪口呆。警督前额上的疤痕拧成了一串"S"，眉头紧皱。几分钟之后，我们才明白过来，这个疯疯癫癫的疑犯是认错人了。突然之间，疑犯狂躁地转了几个圈儿，哇地吐了出来，最终抽搐着倒在地上昏了过去，脸贴着地砖，舌头伸了出来挂在嘴边。整个房间充斥着腐败的消化物和酒精的恶臭。警司看着我们，一脸不悦。

"把他弄出去。"警司只撂下这么一句，就转身离开了。我们呆坐了一会儿，警督叹了口气，晃晃悠悠地从椅子上站了起来。他探头出去喊了几个人过来帮忙，把这个瘫在地上鼾声如雷的醉汉抬了出去。我开始整理速记桌，把用过的速记纸从机器上移走。刚才打了那么多字，都白费了。醉汉说的话不能用作庭审供词——尤其是醉成这样。他就像一袋土豆，动弹不得，被拖出去的时候只是勉强抬了抬眼睛。

---

① 约翰·戴维森·洛克菲勒(John Davison Rockefeller，1839—1937)，美国慈善家、企业家，1870年创立标准石油，20世纪第一个亿万富翁。

“我还以为那家伙滴酒未沾。”警督嘀咕了一句，更像是对他自己说的，而不是对我。

“是啊，”我说，“一开始一点儿都闻不出来，神志也很清醒。把咱俩都骗了。”警督抬起头来看着我，一脸的惊讶。这也许是几个月以来我们最长的一次交谈了。他仔细端详了我几秒钟，一丝奇异的、赞赏的微笑浮现在他的脸上，让我觉得浑身不舒服，只能移开目光，看着别处。随后我们一块儿把审讯室收拾整齐，边收拾边小心地踮起脚尖，绕着那一摊呕吐物走。

“其实他是有点儿像。”警督突然说。

“谁？像什么？”

“警司。有点儿像海兰市长。”

我立刻蹦了起来。“好大的胆子！但你说这么不尊重警司的话，我一点儿也不奇怪。”我的声音听起来很是刺耳，显得有些失控。他的话隐隐地让我感到惊骇。我飞快地收拾好了一沓文件，向门口冲了过去。

“我说这话并没有半点不敬啊。”因为惊讶，警督瞪大了眼睛。但事实证明，他这么说简直是火上浇油。我收回了快踏出门口的脚步，一个转身，面对着他。

“你也知道，有人说海兰市长像个共产主义者。但警司可不是什么布尔什维克！他是一个好人！”我迟疑了一下，接着又说，“你要是有警司的一半品行的话……”

我把剩下的半句话咽了回去，因为突然意识到了自己的位置，还有更重要的——保住这份工作的意愿。警督也许的确不谙世事、傲慢无礼，但是从职位上来说，比我和警司都要高。这样严厉地指责他的确有些不妥，因此我一个急刹车，等着他回骂过来。但他只是盯着我看了一会儿，眼中显现出严肃却又带着怜悯的神色。“我受教了，”他居然这么对我说。这太出乎我的意料了，因此在接下来的整整一分钟内，我只能傻站着，眨着眼睛，什么也说不出来。再然后，我旋踵径直走出了审讯室，因为我根本不想留在那里，傻傻地问他这话是否真心。

白天发生的这一切，都够我好好琢磨一阵子了。虽然我的工作总是和不规矩的人干的那些不规矩的事儿息息相关，但那个周五发生的事儿，却只能用“荒谬”来形容，而且是某种黑色的荒谬。还有和警督的那番对话！做出这样自贬身份的事真太让我蒙羞了。

有轨电车过了桥，到了布鲁克林区，我就下车了，慢慢地步行回家，心里回想着白天发生的事情，脑子里都是那个不知道是不是在东河里淹死过人的疯疯癫癫的醉汉，还有警督和他严肃的神情，还有那个来面试的新打字员（她的名字在我脑中像音乐般盘旋回响，合着我的脚步，像儿歌般唱着：奥—黛—丽，奥—黛—丽，奥—黛—丽……）我想到了她的胸针，又猜想如果警司知道了我把它藏在抽屉最深处，会作何评论。而且，在我心底最隐秘的地方，我其实是同意警督的说法的——警司的确和海兰市长长得有几分相似……我机械地移动着脚步向公寓走去，对眼前的一切视而不见，大脑牢牢地被那些胡思乱想占据着。

因为专注于自己的小心思，所以我对公寓里等待着我的“突然袭击”措手不及。当我步入公寓的一刹那，先是闻到一阵浓郁的炖菜味儿——这倒是再正常不过了。整座公寓都弥漫着一股炖煮骨头的味道——多数是鸡骨头，有时候是牛骨头。这种味道在公寓里无处不在，我时常在想，是不是我的衣服和头发里也总是带着一股炖菜味儿，只是警局的同事们不好意思告诉我。但是，今天我发现除了炖菜味儿之外，公寓里还夹杂着其他的香味儿：那是煮咖啡的味道，还有古龙水味儿。还有香烟！浓浓的香烟味儿。

我向客厅望了一望，一阵香烟的浓雾扑面而来。电灯微光映照下的空气显得更加恶浊了一些。这也很不一般。通常来说，多蒂不允许我们在白天开灯。我在灯光和烟雾中眨着眼睛，好不容易才适应过来，这才看清客厅的沙发上并排坐着两个男人，坐姿很随便，跷着二郎腿。我开始以为是烟雾影响了我的视力，后来才发现不是——我的眼睛并没有看重影，而是面前的两个男人是一对孪生兄弟，而且穿戴打扮如出一辙。

“你就是罗丝吧。”右边的那个开口对我说。他们俩连站都没有站起来一下——真没礼貌——所以我也就那么站着，没有说话，对着他们眨了眨眼睛。我发现他们都穿着彩格呢夹克衫，图案类似，只是颜色不同，脚上穿着完全一样的平底舟游鞋，头戴相同的舟游草帽。尽管他们穿成这副腔调，我还是对他们是否真的有一条船表示怀疑。两个人右手的大拇指和食指上都有墨水渍。我猜他们不是店员就是会计。

就在此时，多蒂和海伦冲进了客厅，打破了我们之间的沉默。她们俩每人都端着一个盘子，上面摆着喝咖啡用的东西，杯子在碟子上磕得咯咯作响，像是打冷战的牙齿。

“你总算来了！”海伦尖叫起来，似乎这一屋子人都在等我一样。海伦把盘子放在多蒂的旁边，多蒂便开始从一个黯淡无光的银质咖啡壶里往外倒咖啡，闻起来有淡淡的煳味儿。“刚好来见见伯纳德·克伦肖，我的小情郎。”说到他名字的时候，海伦刻意用了英式发音。“还有伦纳德·克伦肖，他的哥哥。”说完，她的手还在空中打了个舞台手势。伯纳德和伦纳德。很显然，他俩是孪生子取名要押韵这个传统的受害者，仿佛孪生子并不是独立的两个个体，而只是同一主题的两个变奏。据我所知，很多母亲都无法抵御这种顺理成章的习惯。

“其实咱们更喜欢别人叫我们贝尼和兰尼。”坐右边的那个男人说道。为了显得友好一些，我强压住了嗓子里冒出来的一声嗤笑。有了这么一对儿押韵的大名还不够？还要搭上一对儿押韵的诨名儿？简直可笑至极。不过要是就这么笑出来未免太不礼貌了。既然我对他人的无礼举动表示反对，那么也不应该给自己定下双重标准。我又盯着两个男人看了一会儿，想要认出究竟哪一个才是海伦的“小情郎”贝尼。这样的称呼，也只有海伦能叫得出口。除去在镜子前面做出的那些表情，她说出的话有时候做作得令人难以置信，不服不行。“我是打南边儿来的。”有一次我听见她拖着南部的长腔对一个来问路的陌生人说。要是希普斯黑德贝湾[①]能算是南边儿，那她说的就是真话，因为她从祖上八辈到现在，都没出过布鲁克林区。

与此同时，多蒂在我们周围忙得团团转，带着一种被不速之客搞得心神不定、疲惫不堪的样子，而且还是个不懂事的客人，带着自己的复制版一起过来。但其实我对她太了解了。她心里正因为有机会伺候这两个年轻男子偷着乐呢。更不用说她还有机会扮演一把叫苦不迭的女主人。“咖啡具太旧了，真不好意思啊，”她指的是那把银质的咖啡壶，“之前我也没想到你们俩会留下来喝咖啡，要不然我肯定得把这些破玩意儿好好擦擦。”我想她可能是想让自己的听众顺口夸她几句，可是没有成功。她的听众主要指的是坐在沙发右边的那位，也就是两兄弟中夹克衫红得抢眼的那个。

① 纽约布鲁克林区某地名。

我觉得坐在右边的肯定就是贝尼了，刚才就是他张口介绍了他们两兄弟的绰号。

“我们刚才还在说呢，既然贝尼把兰尼一起带来了，那么我也应该找一个女伴儿一起出去。”海伦的声音中那根欢快的音弦似乎绷得紧紧的，随时都会断掉；突然，一种无计可施的焦急溢于言表——而这一切都是因为贝尼。不管贝尼去哪儿，他的兄弟都必须受到同样的款待，而显然海伦并没有为此做好准备。突然之间，海伦猛地转向我。“你今天看起来很精神嘛！”她夸张的评论中回荡着空虚。紧接着，她尝试着想把这句话说得更具体一些，于是从头到脚上下打量了我一番，“你看起来……”她匆忙试图找出些我的优点，“你看起来真……健康啊！”

“海伦！”多蒂呵斥了她一句。

“干吗？我可是在夸她啊！她平时看起来总是苍白憔悴的样子，可是今天，哦，亲爱的！”她又转向了我，“看你的气色多么红润！你要是不跟我们出去玩玩简直是太浪费了！”

“当然了，你可以借我的东西用。”她又很快补充道，清楚地表明，不管我看起来多么“健康”，她都不愿意让我穿着现在身上这套工作服跟她到大庭广众中去。

“我要是能去我就去了，”多蒂突然插了一句，“不过，当然了，谁会愿意帮我看孩子？”

我想我收到了她的暗示。不过，两害相权取其轻。至少跟着海伦和孪生兄弟出去，我还有可能吃顿好的。多蒂等了一会儿，随着时间一分一秒地溜走，她投向我的眼神像是加了砒霜。除了海伦和我，公寓里还有其他五名租客，可是年纪都比较大了，而且没有任何一个有能力照看四个年幼的孩子。最为年长的几名租客中有一个叫威洛比的老头儿，靠抚恤金过活，有一双浑浊的蓝眼睛，总是搽着过量的、有奇怪香味的古龙水。他对孩子的喜欢也好像太过了一点。我知道多蒂一直避免让孩子和他独处。

我看了看多蒂那张可怜又可悲的脸，又看了看海伦激动而紧张的表情，突然意识到自己在赢得这场诱人的邀请方面，简直是不战而胜。

一杯咖啡下肚之后，我权当是默许了海伦的邀请，跟着她上了楼，被迫试穿了几套满是荷叶边的不合身的衣服，直到其中有一套获得了海伦的批准为止。我们最终回到了楼下，海伦的衣服穿在我骨瘦如柴的身上，一点儿也不合身，只能依靠几条绑在关键部位的黑丝带固定。孪生兄弟中话比较少的那一个——我猜就是穿着蓝色夹克衫的兰尼——半真半假地夸我穿这一身好看。他来这一套让我觉得很反感，因为还不到十五分钟以前，我就很清楚地知道这身衣服不会为我带来任何好评。然而，作为一个坚守良好礼仪的人，我还是嘟囔了一句“谢谢”。随后我们跟正带着毫不掩饰的不快收拾咖啡具的多蒂道了别，在我还没反应过来的时候，我们已经出门了。

当晚的计划是先去吃饭再去跳舞。一开始，我还在心里暗暗地对晚餐环节有所期待——幻想着他们会带我去那些我从来没有进去过的饭店，桌上铺着奶油白色的桌布和餐巾，还有菜单上那些令人激动的、我从未尝试过的美味，比如洛克菲勒牡蛎[①]之类。但事实上我们去的只不过是某一个朋友的二表哥开的廉价小馆子。孪生兄弟还很自豪地宣布他们每次来这儿吃饭都能打八折。

而且我只能很遗憾地告诉大家，整个晚上的对话也无聊透顶。两

① 添加洛克菲勒特制酱料和大量面包屑的盐烤牡蛎。

兄弟都不善言辞——安静到了让人觉得不安和不正常的地步。而海伦一向喜欢占据中心人物的位置，于是竭尽全力用喋喋不休填补着大家陷入沉默时的空隙，但其实除了背几句常用台词和卖弄一下她掌握的几种口音之外，我可以看出，大概半个小时之后，面对双胞胎的沉默，她的言谈内容也开始乏善可陈起来。那天她穿了一条有些过时而且过于隆重的连衣裙，而且就在她探身从桌子另外一边拿东西的时候，袖子不小心从她自己盘子里的一摊肉汁上拂过——结果就是在裙装的整个前臂部分留下了一道极端难看的棕色污迹。海伦对这一悲剧事件报以戏剧化的哀叹，而且暗示——过于明显地暗示，我补充一句——作为一个绅士，贝尼应该想到要帮助她换一条裙子。可贝尼要么就是不明白她的“暗”示，要么就是装作不明白，总之就是不买账。晚餐过后，我们一帮人挤进了一辆出租车，给了司机一个什么舞厅的地址——双胞胎兄弟说他们是那儿的特邀嘉宾。

跟那个小餐馆一样，舞厅也和我幻想中的不太一样(我现在明白，是我当时想得太乐观了)。在出租车上的时候，双胞胎跟我们解释，说这个舞厅是他们所属的俱乐部开的。一听这话，海伦立刻转向我，眼中闪耀着喜悦的光芒，声音都激动得有些嘶哑了，“对了，罗丝！他们还是社交俱乐部的会员呢！”“社交俱乐部”这个词在空中回荡着，显得着实庄严肃穆。我忍不住又在脑中描绘了一番奢华的房间，墙壁上镶嵌着橡木饰板，就像我在中央车站周围透过那些高高的、敞开的窗子瞥见的那样。在这些钉着橡木饰板的房间后面，我想象着，一定还有用大理石装饰的走廊和铺着厚厚的地毯的客厅，要是再幸运一点的话，还有个巨大的舞厅，周围摆满了让人欲罢不能的美味茶点，舞池里还有一对对年轻人翩翩起舞。也许这些想象中的场景的确存在于钉着橡木饰板的房间后面，至于究竟可信与否，我也无从考证，因为我们要去的目的地只是一个便宜的小咖啡馆，在百老汇附近，穿过第六大道，深入曼哈顿西区。所谓的“社交俱乐部”只不过是个自愿组成的体育社团，总部就位于“地狱厨房”①。

小咖啡馆里有一个高出来的小舞台，特意被用作管弦乐队的表演看台。由四名乐手组成的“一整支”管弦乐队以超乎寻常的激情演奏着，像是要用热情来弥补一部分他们人手上的不足。我们在角落里的一张桌子旁落座，观赏着乐手们的表演。只消粗一打量，就不难发现，舞会的组织者付出了多么真诚又让人觉得可怜的努力。有人在咖啡馆的桌子上铺上了黑色的油布，还摆上了擦洗得干干净净的带螺旋口盖子的玻璃瓶，上面插着小白蜡烛，发出明亮的烛光。可能还是这同一个人在墙上高高地挂满了一长条一长条的彩色皱纹纸，想来是为了当做垂彩，可惜并不成功，难看得要死。只有两对舞伴在屋子中央随着音乐跳着守旧而又土里土气的狐步舞。就算像我这样的半老姑娘，也觉得这种舞步着实有些过时了。我向海伦望去，试图揣测她有多惊愕和沮丧，但却发现她的脸上洋溢着某种骄傲的神气和庄严的喜悦。我莫名地隐约觉得她有些可怜。但这一丝同情就像傍晚的一阵寒意，从人身上走了一遭，让我打了个小哆嗦，就消失得无影无踪了。只在桌旁坐了一两分钟后，她非要马上就去跳舞，我们就下了舞池。

如果我说我和伦纳德一起跳舞时的模样让人觉得又别扭又讨厌，你一定不会觉得奇怪。在经历了三首曲子的紧张挪动和频频互踩之后，我开始浑身冒汗，而且再也无法忍受海伦和伯纳德每次跳到我们周围时那女人发出的开心的尖叫和嘲弄了。于是我对伦纳德建议，不

① 1920 年代的“地狱厨房”是指纽约曼哈顿的一个街区，是下层爱尔兰裔美国人的聚居区，犯罪活动猖獗。

如到一旁休息一会儿。他还是一如既往地一言不发，严肃地点了点头，连失望都懒得装一下。我们回到了先前的那张角落里的桌子边坐下。我这才发现，伦纳德的夹克衫翻领里别着一枝快要枯萎的康乃馨。“很漂亮，”我评论道(其实一点儿也不，我只是试图和他说说话)。他非常机械地把花拔了出来，递给了我。

“噢——不，”我赶紧说，“我不是这个意思。”

“拿着吧。反正到了明早也不能看了。”

“好吧。”

我把花接了过来，但是不知道放在哪儿。别在头发上似乎不太合适(人们一般好像不把康乃馨戴在头上，对吧？)。过了好一会儿，我终于费劲地把花插进了裹在我身体上的某一条黑丝带的褶皱里。

“谢啦。”

“没事。”

四人“交响乐队”开始演奏起华尔兹来，我们看着海伦和伯纳德也随之变换了舞步。海伦肉乎乎的前额上渗出了一片亮晶晶的汗珠，两颊上的腮红也化成了红色的小溪，但是脸上却带着一股凛然的神色，似乎在告诉那些看出了她的疲态的人们：最好把嘴闭上，什么也别多说。我们就那么看着这对男女兴致勃勃地前后踏步跳着舞。伦纳德用手指在桌面上敲着鼓点。我想，如果伦纳德和我那天晚上共同分享了点什么的话，那一定是这样一种千真万确的感受：咱俩只不过是海伦和伯纳德的电灯泡而已。

“你是做什么工作的，伦纳德？”

“贝尼和我都是在麦克纳布商店做店员的。”

“你喜欢这份工作吗？”

“还行吧。”

“干了很久了吗？”

“四年了吧。”

“哦。”

接下去还是类似的谈话。我不想把那晚我们之间所有闲扯的内容再赘述一遍，因为绝大多数谈话都无足轻重。也许这就是现代文明赐给我们这代人的那件名叫“约会”的礼物吧——一男一女躲在昏暗的房间里说蠢话。但如果这事儿我有发言权，我宁可说，省省吧。

那晚，当我和海伦爬上床睡觉的时候，两个人都精疲力竭——她是因为跳舞跳得太卖力，而我是因为绞尽脑汁和一个类似医生眼中紧张症患者的家伙讲话。我听见海伦从挂在我们屋子中间的帘子后面发出快乐的叹息。我明白这其中蕴藏的含义——男生追求海伦并不是常事，但她却从心底里渴望得到热烈的追求，让她成为她平时从《星期六晚邮报》[①]上的故事里读到的那种女主角。

“谢谢你，罗丝。”她困倦却又欣喜地喃喃道。我总是觉得海伦过于喜爱表达自己，但我突然意识到，这是我第一次听见她表达感激之情。那晚，这是我第二次从心里感觉到对她有一丝暖意。归根结底，她只是希望有人能喜欢自己——这是我可以容忍的，尽管她最大的愿望是能被男生喜欢，即使是像伯纳德那样低微木讷的男生。

“呃，其实我是想问……你没跟兰尼提起你是干什么的吧，罗丝？”

“没有。”我警觉地答道。我知道她接下来的话要往哪个方向飘了。几秒钟之前我对她的友爱之情此刻消失得无影无踪，就好像是刚才还有个小太阳温暖着我的肌肤，可转瞬间又躲进了云层，让我觉得

① 《星期六晚邮报》创立于 1821 年，一度为美国流传最广的周刊。

比之前更冷。

“那就好。你可不能指望靠说自己是个警察局的打字员来迷倒男人。你说的那些恐怖故事也许能让他有兴趣听上那么一耳朵，但这些故事可一点儿女人味儿都没有，你知道的。你要时刻记得守护好你自己的女性神秘感，还有其他诸如此类的气场。”她停了一停，像是要忍住什么，可管住自己的意愿顷刻间就土崩瓦解了(这对她来说简直是家常便饭)。接着她发表了一番可怕的长篇大论，她却称之为：“好心的建议”。

“如果兰尼没看上你，我也不怪他，他兄弟说了，他很挑剔。他喜欢长得像梅·默里[①]的女孩子，”我听见她又叹了口气，翻了个身，“别担心，罗丝，你是个好女孩儿，我相信一定也会有大把男的喜欢你这型儿的。”我明白她这会儿一定是抵不住倦意了，她真正的布鲁克林口音——一种我绝少从她嘴里听到的口音——开始悄悄冒了出来。她把脸埋进了枕头，因此最后一句话我没太听清，但似乎是，“下次咱再好好给妞儿你打扮打扮……”

我唯一的回答就是愤怒的沉默。海伦对此毫无知觉，因为说完最后一句话，她马上坠入了梦乡，顷刻间便从嗓子眼里发出震耳欲聋的鼾声。之前我对她抱有的一丝暖意已经荡然无存，一同远去的还有之前在我脑中愚蠢地一闪而过的一缕姐妹之情。当然，要摒弃对海伦的感情，对我而言绝非难事。然而随着周一的到来，奥黛丽裹挟着她时髦的衣服和暗黑的神秘，闯入了我的生活。和海伦不同，奥黛丽对我的影响简直难以磨灭。

---

① 梅·默里(Mae Murray，1885—1965)，美国女演员，代表作品：《摩登爱情》、《百老汇的玫瑰》、《法国玩偶》、《风流寡妇》。

第三章

我们警局设在一栋阴湿、老旧的砖瓦结构大楼里。有人说这是少数从曼哈顿荷兰殖民时期保存下来的建筑之一，起初是用来存放粮食和牲畜的仓库。我不知道这个传说是否准确，我只知道大楼的墙面上常挂着冷凝水珠，空气里也总是湿漉漉的，身处其中很难暖和起来。没有一扇窗子是能直晒到太阳的，只能从拥挤的城市高楼丛林中拐弯抹角地射进来一点光。因此，整个警局总是被一种诡异的绿光笼罩，初来乍到的人不免会觉得踏进了一个大鱼缸，或是被困在好几个鱼缸中间。

这儿的空气里始终弥漫着一股挥之不去的浓郁的怪味儿。经过工作期间的反复观察，我发现，这是人体无数的毛孔通过汗液散发出来的酒精味儿。不论是威士忌还是金酒，都会有一种特殊的气味，纠缠在人们的呼吸中、头发里和皮肤上，久久不去。你会想，也许这种气味会随着进进出出的各色人等来去，就像潮水起落。的确，气味的强度会有所增减，但总有那么一丝绕梁不去，不管多么微弱，总在我们警局里盘桓。

别误会我。事实上我非常热爱自己的工作，对警局也越来越熟悉，甚至衍生出了某种忠诚感。但只要有外人过来，我们所有人——警司、警督、警员、巡警、艾里斯、玛丽和我自己——就都会突然本能地跳起来，为我们并不尽善尽美的工作环境道歉。奥黛丽第一天来上班的时候我们自然也是如此。

那天早上，奥黛丽进门的时候，我们正围在玛丽的办公桌周围开一个临时会议，讨论作为新近成立的“严打机构”，我们应当如何群策群力搞好每一场突击检查，争取成功地把周围的地下酒吧一网打尽。警司显得异常的慷慨激昂，说话时重音落在哪儿似乎都仔细斟酌过，带着一种运筹帷幄的感觉，大大地激发了每个人的斗志。本月早些时候流传着这样一个说法：只要我们在接下来的几周内顺利完成五场或以上的突击检查，我们的照片就能上报纸，而且政府负责官员会专程到我们警局来，跟每个人握手祝贺。我们自然都对这样一番景象感到既兴奋又紧张。我环视着大家激情洋溢的脸，并且注意到，我们这个小小警局有希望登上报纸头条的消息把探长也从办公室里吸引出来了。

通常警督是在办公室里晃悠的警衔最高的人——不过，说实话，我们都觉得警司才是这个警局里管事儿的，因为他工作经验丰富，而警督只不过是个毛头小子，一点儿也不成熟。但是那个早上开会的时候，居然警督的顶头上司探长也出现了，跟我们其他人一块儿挤在玛丽的办公桌前。探长是个上了些年纪、长胳膊长腿的男人，总是喜欢躲在自己的办公室里看警督和警司报上去的资料。他最有特色的地方是乳浊的目光和雪白的胡须，我总觉得他有点像个幽灵——因为绝大部分的日子里，他存在在我们周围的唯一证据就是从他办公室门缝里飘出来的微甜的烟斗气味。

这个本就不正式的会议随着奥黛丽的出现仓促中断了。随着关门的一声响动，我们不约而同地转过头去，发现奥黛丽正站在门口，一双蓝色的大眼圆睁，嘴边还带着一缕几不可察的微笑。她就这么突然出现在那儿，优雅而又美丽，和周围的一切是那么格格不入。我们都呆住了。开会时本还有些断断续续的咳嗽声和哗哗的翻书声，就像背景里的白噪音，此刻就连这点动静也渐渐沉寂下来，像是突然被风抛弃了的风向袋。值得赞赏的是，奥黛丽本人却泰然自若。她平静地取下帽子(一顶整洁的平绒无边小帽，别在那时还没有剪掉的发髻上)，又摘去手套。警督快步走上前去，替她脱下冬装大衣。就像我之前提到过的，她似乎有很多漂亮玩意儿。

“欢迎，欢迎。你能来实在是太好了。”我听见警督在替她拿着大衣的时候，冷不丁说了这么一句，说得好像奥黛丽是来赴晚宴的，而不是来干打字员的活儿。奥黛丽笑了起来，笑声无拘无束、轻松自在，仿若乐音。

“好吧，小子们，就这样吧，”警司的一句话把我们的注意力拉了回来，“大家干活儿去吧。”他拍了拍手，两次，仿佛我们是他要从掌心里拍掉的脏东西。会议结束了。警司知道听众的心都已经散了。我们顿时四散开来，各自装作很忙的样子。探长躲回了办公室，烟斗的迷雾舒缓了他的神经，也让我们放松下来。办公室里的节奏又逐步恢复了常态。只有一个人例外。

接下来的一整天，我都不加掩饰地盯着奥黛丽，观察着她第一天上班的一举一动。警督先是跟她说了衣架在哪儿，接着又替她把大衣挂好，接着又陪她在办公室里转了一圈，把她介绍给每个路上遇见的警官和工作人员。我注意到，奥黛丽一直保持着礼貌的态度，但也会根据遇见的人变换自己的态度。面对警司的时候，她就像个淑女，显得很正式。但是和玛丽说话的时候就像个老朋友，两个人随随便便就大声笑了起来。见到艾里斯她又换上了一副和对方一模一样的超然面孔——保持职业化距离，我想，这大概是艾里斯欣赏的。

警督还把她介绍给了几个巡警，他们正要出去巡逻，“敲打敲打”——他们喜欢这么说，意思就是出去转上一圈。我看见她卖俏地冲奥尼尔伸出一只小手，两朵红云飞上了奥尼尔的双颊，他还害羞地垂下了浓密的睫毛，遮住了迷蒙的蓝眼睛。见到哈利的时候，她又对着人家无所顾忌地咯咯直笑，像是被他“咱们跟警督开个玩笑吧”的建议逗得不行。当阿尔普紧张地挥舞着小手，用指导的口气跟她说准确地打好落簿单有多重要的时候，她边听边专注地点着头。而见到格雷本的时候，她直视着对方的双眼，坚定地握了握手，并未对他猥亵的笑话露出一丝笑容——她仿佛本能地知道，这样和他划清界限似乎是最佳选择。

在我还没回过神来的时候，警督和奥黛丽已经站在了我的办公桌前。我从正在校对的文件上抬起眼睛，将表情调整到既客气又疏离的样子。

“最后，让我为你介绍我们可爱的贝克小姐。”警督说道。我不禁往后缩了一缩。我可不是个好哄的傻瓜，而且从很早以前就明白，“可爱”这个词基本上跟我不沾边。实话实说：我相貌平平。头发的颜色就像常见的田鼠，眼睛也像。中等身材。穿着打扮也非常忠实于自己的阶层和职业。我是如此的平庸——平庸到了非同一般的地步。在警界干了几年，我也算是对“目击报告”略知一二，自觉完全可以犯尽天下罪行而逃脱法网，原因只有一个——目击证人根本不可能记住我的样子。我的平庸是一个事实，而警督想必对这个事实也十分清楚。警督这么说，只不过是想在一个新同事面前嘲弄我一番，算个旧账，这太伤人了，我忍不住恶狠狠地瞪了他一眼。未曾想，奥黛丽却拉起了我的手，紧张的气氛瞬间就被她缓和了。

“当然了，贝克小姐，”她用奇异而又活泼的嗓音轻声说道，

“我们虽然还没有正式见过面，但上个礼拜一见你我就记住了，我可喜欢你穿的那件衬衫了。我当时就在想，你的品位肯定不俗。”我看着她。她就像个催眠师。我觉得自己不得不相信她。虽然我很清楚，我的任何一件衬衫都没什么可喜欢的。不过转眼间我又想起了那枚胸针，不禁怀疑她是不是在影射胸针的消失？我心里一凉，有些犹豫。

“其他几个姑娘都叫我罗丝。”我终于开了口。

“罗丝。”奥黛丽跟着我念了一遍。她巧妙地变换了一下声调，让人觉得这个名字更像是一朵娇艳美丽的鲜花①，而不是坐在她前面的这个平凡无奇的女孩儿。“罗丝，很高兴见到……”

话音未落，警局看守室的门突然被撞开了，一个满身酒气的老酒鬼歪歪斜斜地向我们冲了过来。我发现警督立刻向奥黛丽走近了一步，像要护着她。但是，出乎所有人的意料，奥黛丽竟然丝毫没有需要保护的意思。警局里的一片嘈杂瞬间归于寂静：只见奥黛丽定了定神，冷静地向那个逃犯走了过去。

“这位先生，”她用一种喜滋滋的声调说道，听了就让人舒服，而且还友好地挽住了酒鬼的胳膊，“看来你是想跟我们不辞而别啊，可我们真不太舍得让你走呢。”这个酒鬼大约六十出头，穿着破烂不堪的棕色西装，低头看了看行云流水般从自己的臂弯中间穿插而过的那只玉臂，显示出了醉汉少有的困惑和专注。他又顺着这条胳膊往上一看奥黛丽的脸——立刻毕恭毕敬地老实了。奥黛丽的一举一动都像是在悉心照料着他，而他似乎有些受宠若惊，只能乖乖就范，让她带着自己回到了看守室，自然、快乐地就像是去跳舞或者打下一洞高尔夫。进了看守室，奥黛丽放开了这个老头儿，拍了拍他的肩膀，冲他

---

① 原文为Rose，意为“玫瑰”。

挤了挤眼睛。与此同时，两个看守冲了过来，牢牢地把他锁在了房间里。可那个老头儿似乎完全无视重回牢狱这个事实，而是对着奥黛丽远去的背影满怀欣喜地咧嘴一笑，仿佛对自己上了她的当毫不在意。

当奥黛丽再度回到办公室里的时候，所有的警员和打字员都屏住了呼吸，接着，整个办公室爆发出热烈的掌声。奥黛丽似乎挺高兴，笑了一笑，微微地点了点头——但我注意到，她并没有脸红。

“干得漂亮，拉扎尔小姐。”房间的另外一头传来了警司赞许的低音。

警督向奥黛丽走去，从夹克衫的内袋里掏出一块手帕，抖开来，拉过奥黛丽的手，轻轻为她拂去了护送那个醉鬼回看守室的路上从他身上蹭来的几块污迹。

“好吧，看来你一点儿也不在乎弄脏手。”警督对奥黛丽说，冲她眨了眨眼睛，嘴角上挑的弧度大得有些夸张。虽然不会有男士对我大献殷勤，但我也听得出警督的言外之意。令人赞许的是，奥黛丽似乎不为所动。警督为她清洁双手的时候，她对这个英俊的男人报以礼貌的微笑，但随即心不在焉地望向了别处，似乎注意力都被警督身后的什么东西吸引住了。

至于我和她之间尚未完成的自我介绍，似乎早就被遗忘了。奥黛丽完美处理醉汉逃逸事件引起的骚动平息下去之后，警督把她交给了玛丽，让她带奥黛丽坐到自己的办公桌前，开始打印第一份报告。这天接下来的时间里，我都在悄悄打量奥黛丽，但是她似乎对我视而不见，并没有抬头，一眼也没有看我。这样最好了，我想，毕竟，除了性别之外，我们并无相似之处。

第四章

当然，起初那些错误看起来是那么真实，一点儿也不像存心的，并且也没有造成什么不可逆转的后果。我想，没有人会把这里或那里出现的几个小小的打字错误放在心上——就算一开始就看见了，也会觉得没什么大不了。我虽然注意到了这些错误，但起初也并不知道这其实是奥黛丽耍的一个小花招，所以也并没有说什么。跟大多数人一样，我只是仓促地想当然，认为奥黛丽没有把工作放在心上。不过，我对自己说，如果她总是这么马马虎虎，我可就要让警司知道了。既是出于自愿，又是本着长期以来认真负责的态度，我把监督奥黛丽的责任交给了我自己。

多数时候，打字员是不允许犯错的。有一个很奇妙的现象就是，不管是什么，也无论怎样，只要白纸黑字地打了出来，就是事实。好几次我在庭审现场，听见控方律师大声地朗读我亲手打出的那些字。听起来，文件上包含的这些信息就像是摩西从西奈山上带下来的“十诫”石板[①]上颁布的上帝旨意一样，那么精准而又神圣不可侵犯，甚至有过之而无不及——毕竟摩西在第一次下山之后，就把石板摔了，后来又造了个复制品。相形之下，还是这些文稿更加万无一失。

对我而言，更有趣的是，因为这份口供被控方律师在法庭上当众朗读了出来，法院书记员同时又把这些字打了一遍，形成了一份重复的事实记录。出于职业礼貌，我是绝对不会质疑书记员打字的准确性的（就像如果别人质疑我的打字准确性，我也一样不高兴），但是盯着书记员的双手——毫无疑问，女性的双手——以及打字机，看着它们将口供转化为陪审团意见，直至裁决——这真是件非常有意思的事情。这当然是我们现代社会的机能之一。我们是否做出了最明智的选择？尚不得而知。但是不管怎样，我们都把信心倾注在这些机器身上，并且相信这些设备会还原事实本身。而且，我们这些打字员被当做是打字机以及它们生产出的机械中立性的延伸。一旦我们在机器前面落座，两踝优雅地相绕、藏于椅下，手指悬在键盘上——我们就变成了某种非人的东西。我们的职责就是原原本本地将口供听写或者转录下来，就像接收器一般，被动而不允许发生丝毫偏差。

我想这可能也就是公正的悖论吧——我指的是这种置身事外的超脱；公正应当既洞察一切，却又蒙上双眼。打字员应当在工作过程中抛弃个人意见，但我想“正义女神”被剥夺的权利应该更多，连第一印象带来的偏向也不允许有。“正义女神”也许只有蒙上双眼才能履行职责，但我想我可没法接受这样的障碍。我愿意爽爽快快地承认，一直以来自己都有些偷窥狂的倾向，而且丝毫不以为耻。我对识人向来有一套，而且我相信，这个习惯带给我的是对世界的真正认识——而且是多重意义上的认识。

从我小时候起，孤儿院的修女们就曾说过，就算我一言不发，光是像个间谍似的看看，也能成功地收集到别人未曾留意过的信息。当然，她们很少说我是“间谍”，除非我淘气犯错，但这种情况少之又

① 在《圣经》中，上帝借由以色列先知和首领摩西向以色列民族颁布的律法中首要的十条规定，亲自用指头书写在石板上。

少。多数情况下，她们会说："天哪！罗丝！你这个小东西的眼力真毒！周围的一切都逃不过你的眼睛！只要你的好眼力不给你带来麻烦，它就是你这辈子的福气！"我把这些话听进去了。我总是表现良好，待人礼貌，小手和指甲干干净净。修女们从来都不用责备我不好好干活，也不用拿着粗糙的、湿答答的毛巾替我洗脸。

正是在修道院的那段日子让我认识到了"平庸就是最好的美德"。幸运的是，我发现自己在平庸方面特别有天赋。我并没有过人的姿色，也非天赋异禀，所以只要不刻意培养，就可以一直平庸下去。我对平庸颇有研究，并因此赢得了许多修女的心。时间一年年过去，我用心吃透了修女们的评判标准。在她们看来，平淡无奇的女孩儿长大了绝不会爱慕虚荣，因此至少绝对不会犯下七宗罪中的一条。平淡无奇的女孩儿也不会让人特别费心，不管是和别人彬彬有礼地聊上两句，还是一个人从裙子口袋里掏出一本书安安静静地看，她都能知足常乐。平淡无奇的女孩儿脑子也不会有那么多罗曼蒂克的想法——或是漫不经心地撩拨起异性脑中罗曼蒂克的想法，后者更糟糕——从而引发什么令人蒙羞的事情。"我们可信任你了，罗丝，你绝对不会在送奶员面前搔首弄姿的，"修女们总是赞许地说道。

我们的送奶员是一个像头快活的熊一样的男人，两眼闪闪发光，透着恶作剧的神气，总是对孤儿院里每一个路过的女孩儿大加奉承，不管老少，也不论对方的身份如何。是的，他奉承每一个女孩儿——当然，不包括我。只要轮到我去取牛奶，一开门，他上扬的嘴角就会化为扁平的直线。我们之间的谈话虽然客气，但却总是草草了事，而且毫无疑问没有一句废话。有一次我听见另外一个女孩儿问他，为什么遇见我的时候，眼也不眨了，奉承话也省了，他的回答竟然是："那个女孩儿不太对劲。我也不知道她怎么了，但就跟这牛奶差不多：就算还没变质，你也知道离坏不远了。”如果这话被哪个敏感的人听到，那她肯定会觉得受到了冒犯。但我听在耳朵里，却毫不为之所动，因为只有白痴才会在乎送奶员怎么看待自己的一举一动。即使当时只有十岁，但稚嫩的我也已经有能力凭直觉洞察自己的心理和道德上的优越了。

修女们似乎也凭直觉清楚这一点。她们经过仔细考虑，曾经一度好几年都让我每天下午去一个富有的天主教商人家，为他年迈的妻子帮佣。修女们希望我能跟她学些礼仪和勤奋的品质，并且学习一个真正的淑女是如何坐卧起居的。我的雇主(这个措辞并不严谨，因为我一分工钱也没有拿到过——尽管需要提及的是，孤儿院因此有好几笔捐款进账)是一位满头银发的女士，嘴唇薄薄的，她那些过着田园牧歌式生活的祖先早年沿着圣劳伦斯河离开了法国殖民地，到了英国殖民地，直到有一天，一觉醒来，发现周围的世界摇身一变成了崭新的地方，取名“美国”。“条条大路通罗马”，或是通什么别的地方，总之阿比盖尔·勒布伦太太的祖先继续东进，最终落户纽约市。

自从我认识这家人起，勒布伦太太就统治着纽约城外一栋宽敞的四层别墅，勒布伦先生则经营着市里最大的一家皮草行。勒布伦太太手底下有很多女佣，但总是能给我找到活儿干。在她女教师般处处留心的眼皮底下，我学会了擦洗银器、打理皮草，如何既不打乱钻石原本的放置又把它们清洁得干干净净，以及怎样修补最精细的蕾丝织物。我还从勒布伦太太身上学到了艰苦朴素的优良美德，她简直是这方面的大师。我相信，她一定觉得自己是在为我服务，而且可能的确如此。在她看来，我们这一代简直无可救药，把世界弄成了“一次性”的玩意儿——到处都是廉价、劣质的东西，仿佛再也没有人在乎如何将物品长久保存下来。勒布伦太太教会了我如何延长一顶羽毛帽或是一件丝质晚礼服的寿命，仿佛借此将纠正我们这代人错误的重担扛在了自己肩上。

修女们对于我帮佣期间获得的好评非常欣慰，觉得也许还能再帮我做些什么。在我十二岁那年夏天，她们做了一次小小的募捐，决定开学的时候让我去读贝德福德女子学校，这样一来我可以受到更好的教育，而不需要和其他人一起挤在修道院的唯一一间教室里，听米尔德里德修女胡扯——很不幸，她已经八十九岁了，两只耳朵差不多全聋了。我到现在都记得，修女们都觉得我在贝德福德接受了教育是天大的事情，总是挂在嘴边："哦，罗丝，你的谈吐举止真是棒极了，简直就是个小小的淑女！"我不知道自己是否真的变成了一个小淑女，但是我想，既然在贝德福德女子学校的学习经历让我能入读阿斯托利亚速记员女子专科学校，那么可能前者在让我成为一名优秀的小小打字员方面的确是帮了一些忙(请允许我不知天高地厚地用"优秀"来形容我几乎不会犯错的打字技巧)。我之前可能已经提到过：我打字的确是又快又好。我想这样的准确度可能也得益于我内在的好奇心和敏锐的观察力。

所以，我在新来的打字员身上磨炼一下自己的眼力，也是再正常不过的了。从奥黛丽到警局上班那一刻起，我就仔仔细细地观察着她，但是直到她入职两个礼拜之后，我才开始用笔记下她的一举一动。开始我这么做纯属无心，只是在一本平时藏在办公桌抽屉最里面的小记事簿上随手写下她几点来上班、在办公室什么地方转悠过、和我说了哪几句话。这本记事簿就和她那枚被我藏在抽屉里的胸针摆在一起，不管什么时候，只要我往抽屉里头一看，就会瞥见胸针冷冷的寒光，让我心头一惊(也许同时也会带来一阵兴奋)。我关于奥黛丽言行的记载非常言简意赅，没有什么华丽的词藻，更像是一幅地图，可以让我把一些具有纪念意义的小事集合起来，帮助我更好地看清这个人的本质。我可以举一些例子：

“今天O进来以后，像个魔术师似的把小披肩一扔，缎子衬里闪闪发亮，像划过一道银色的闪电。有点笨笨的优雅，不过非常漂亮。她的出场总是很有舞台效果。我甚至开始期待她每天早上的出现，就像等着看戏一样。”

“O问我平时都去哪儿吃午饭。她也许只是为了寻求一些美食方面的建议。但我并不这么认为。我想她可能只是在尝试着积累勇气，有天可能会邀请我共进午餐。她对我的反应跟对艾里斯、玛丽或是那些巡警都不一样。很明显，她是一个聪明人，也许她已经明白，我们俩和警局里其他大部分人都不一样。倒不是说我在这儿是多么曲高和寡，但是能和一个聪明人说说话总是挺好的。也许我会接受她的午餐邀约。”

“我对O的打字能力有些失望——她今天搞砸了两份报告。6次都把‘a’打成了‘s’。当我指出她的错误时，她却埋怨起了打字机，说是这两个键总是粘连在一起。于是我跟她互换了打字机。似乎她的打字机并没有什么问题。”

“今天警督吃完午饭回来的时候往O的桌上放了一小包花生糖。O显得非常高兴，但是就像平常一样，你不知道这高兴是真是假。警督说他今天中午‘碰巧’路过糖果铺子。难以置信。因为我们从没见过他吃甜食，就连喝咖啡也不加糖。”

“相比咖啡，O更喜欢喝茶。伯爵茶，加一丁点儿奶。喝茶时总是蜷起她细巧的手指。我承认我非常喜欢她这个小习惯。也许她的确是个真正的淑女。”

“O到办公室的另一边去交报告，在我的桌子旁边逗留了一会儿，问我喜欢什么类型的音乐。我说我什么都喜欢——也许回答的速度太快了一点。但其实大部分舞厅管弦乐队演奏的那些时髦玩意儿我都不爱听，只喜欢巴赫和莫扎特。但是她却把手放在我的肩头，说一定要找个时间一起去听音乐会。我们真的会一块儿去听交响音乐会吗？也许跟着她，就得忍受那些稀奇古怪的斯特拉文斯基①式音乐吧。我对她是如此的好奇。我的直觉告诉我，她一定是个非常优雅的尤物。”

“今天我对O暗示我可能会去街角的小吃店午餐，想看看她愿不愿意一块儿去。可她似乎没有什么兴趣。但我相信她只是在等着我们一块儿去个更好的餐馆。她的品位不俗，而且我确信她希望我们的第一次午餐特别一些。我真傻，居然提出一块儿去这么便宜又俗气的小吃店。”

“O今天边和警督说话边整理丝袜，似乎一点儿也不介意他盯着自己的腿看！这简直令人发指。O就那么坐着，向左边俯下身去，整理着人造丝长袜上面的接缝。就差没把手伸进自己的裙子里面或是调整自己的胸衣了。真是不堪入目啊。想想警督不胜挑逗的样子……换了警司的话，绝对不会容忍这种现象发生的。谢天谢地，我们还有警司这样的男人，简直就是道德感和正义的化身！”

“今天O给一个朋友打电话，聊了好几分钟，商量晚上的计

① 伊戈尔·费奥多维奇·斯特拉文斯基（Igor Fedorovitch Stravinsky，1882—1971），美籍俄国作曲家、指挥家和钢琴家，西方现代派音乐重要人物，其创作大致可分三个时期：俄罗斯风格时期、新古典主义时期、序列主义时期。

划。挂电话的时候她发现我在看她，就过来和我说话，但是被警督打断了，叫我去审讯室听写疑犯口供。我想O大概是想约我晚上和她跟她的朋友一块儿出去玩吧。我几乎可以肯定。”

“O今天去吃饭的时候没带包。一盒香烟从包里探头探脑地露了出来，牌子是‘高卢’。从没听过这个牌子，像是外国货。而且从来都没抽过烟。趁着没人注意，我从盒子里抽了一支香烟出来，跑到外面的巷子里想尝尝味道，但是突然意识到既没有火柴又没有打火机。只好把香烟放进了抽屉，和O的胸针放在一起。希望她不会注意到香烟少了一支。她本来就不应该抽烟，简直就在向别人发出错误的信号。我只不过在帮她的忙。真希望她知道我会成为一个多么好的朋友。她有着成为一名真正的淑女的全部品质，只不过需要有人看着，提醒她别干傻事。”

“O今天居然和艾里斯一起去吃午饭了！而不是和我！那个一大把年纪、面无表情、戴着女式领带的艾里斯！她们回来的时候，我虚情假意地迎上去，礼貌地打听着关于她们午饭的各种问题，而O回答的时候，好像整件事情和我一点儿关系也没有！我本该生气，可又实在懒得管。很显然，我高估了O。就让她跟艾里斯相亲相爱去吧。”

“O今天迟到了整整十二分钟，却连一句道歉都没说。警司跟她提了一句上班时间，她可能用一个玩笑回应了吧，但声音实在太低，我在办公室这一头听不清楚。O笑了起来，令我惊恐的是，警司居然也‘嘿嘿’了两声。我开始害怕她早上来上班了，不知道她又会把怎样愚蠢的喧扰带进门来。”

*　*　*

我以前总是觉得这些记录零零碎碎、毫无章法，但是现在重温起来，我发现它们其实非常全面。我的记事本上还有很多类似这样的记录——就像我之前说的，以上只是一些例子。我这个兴趣也并没有什么不正常，只不过方法有些另类。从一开始，奥黛丽就展现出了她迷人的风姿，只要她愿意，也能显得非常友好、善于游说，于是很容易给人造成富有亲和力的假象。但是几个礼拜以来，我发现了一个小小的真相：如果近距离观察奥黛丽，看得越细(就像我通常那样)，你就越会明白，奥黛丽几乎不把任何人放在心上。只要有人靠近她的写字台，她的嘴角就会浮上一个既甜美又警觉的微笑，过了一会儿，才会送上一个并非真心的大大的笑——就像漫不经心地往面包上涂了一层黄油。

自然，人们都乐意和她说话。即使不当面和她交谈，就算在背后说说她，也能获得满足。我们围着警局外面街上的手推车吃午饭，拿着报纸包的波兰馅饼和小纸杯装的兑水咖啡，关于奥黛丽的八卦就这么迫不及待、轰轰烈烈地开始了：

“我听说她跟着一个小伙子跑到了加利福尼亚，但是他给她看了自己的右手——原来是像杰克船长一样的铁钩子！她就偷了他的钱跑了。”

“我听说她还演过一部电影，和克拉拉 · 鲍[①]一起站在桌子上跳舞。”

“真的吗？那为啥我们从来都没看过这部电影？”

---

① 克拉拉 · 鲍(Clara Bow，1905—1965)，1920 年代最当红的好莱坞女星、性感偶像。1930 年代退出影坛。

“威尔·H·海斯[1]从中横插一脚，禁播了这部电影。说是在公众场合播放有伤风化。不够正经——懂我的意思吗？”

“这么巧吗？”

“你啥意思？”

“我只有亲眼看见了这部电影才会相信你。”

“我也是听别人说的呀！”

“别人说啥你都信？我觉得那姑娘挺好的。”

“我同意！她可是个淑女。”

“这个可不好说。我听说她是个黑道老大的妞儿。你看吧，不然她哪儿来那么多漂亮玩意儿啊——都是他给的！她是他们安插在这儿的眼线，来打探贩私酒的内幕消息。你知道，黑道儿上都是这么干的，在局里安插个线人什么的。”

“积点儿口德吧，”这样的谈话最后总是被某个跳出来充当“正义之声”的好心人打断。“这种事儿不是拿来开玩笑的。你这是在坏人家的名声。”

“我又没说这是真的……只不过道听途说而已……”

大部分时候，人们都在这么八卦着奥黛丽。一旦开始，简直就像一个坚定的合唱团班子，在背景音乐里发出嗡嗡的回声，根本停不下来，大家也都不愿意停下来。没人承认自己是谣言的发起者，但是谁都毫无愧疚地传播着它们。我想警局里多数人都已经厌倦了那些酒鬼、强奸犯和酒贩子，奥黛丽成为了我们唯一的娱乐对象，而且谣言

---

① 威尔·H·海斯(William Harrison Hays，Sr，1879—1954)，全美电影制片和发行人协会主席，参与起草制定美国历史上限制影片表现内容的审查性法规《海斯法典》。

的制造者们(多数时候是格雷本、玛丽和哈利)让他们浪漫的想象尽情展开了双翅，试图把奥黛丽和报纸上最新的头条消息关联起来。克拉拉·鲍、威尔·H·海斯——这些新闻人物都太紧贴当下了。就像我女房东幼子的父亲究竟是谁一样，这些说法给出的年表让它们的可信度大打折扣。

奥黛丽究竟是否对她周边四起的谣言有所觉察？总之，她并没有表现出来。她的个人魅力就像电灯，可以随心所欲地开关，丝毫不受谣言的影响。但是除了取之不尽的个人魅力之外，奥黛丽还有一个惊人的秘密，那就是：她并不是一个简单的人，而且似乎刻意避免和任何人走得太近。抑或是我对她的研究已经太深了，这些都只是我对她行为的解读。

玛丽把需要打印的周报搁在奥黛丽桌上时，总是想跟她攀谈几句。奥黛丽显得很礼貌，但只是浅谈几句，并不细说，而且从不问玛丽关于她个人的问题——玛丽一定恨死她了，我想。从某种方面来说，我对朋友的选择也非常审慎和挑剔，所以我还是挺赞成奥黛丽的态度的。但是奥黛丽竟然彻底抛弃了择友的谨慎和品位，选择了艾里斯作为首位共进午餐的同伴！如果她选的是玛丽，我倒反而不会那么生气，但是……哦——艾里斯！长了一对兔唇的死板无趣的艾里斯！我知道，从外表来看，我自己也一样乏善可陈，但是艾里斯是那种无聊到了骨子里的人。她有一次对我说，“只有小孩子才有什么兴趣爱好”，她自己一个也没有。毫无激情可言，甚至据我所知，连读书的习惯也没有——只看报纸。而且就连报纸也看得那么无趣——一页不落从头看到尾，一行字也不跳过，就连广告和讣闻也不放过。读完之后，她唯一愿意评论的就是天气栏。我可能是最没有权利对艾里斯说三道四的，但就连我也觉得她实在有些讨厌。

我并不热衷八卦，也不赞成像玛丽那样爱管闲事，但我同样不能容忍有些人让你觉得对他人有好奇心是一件恐怖的事情。毕竟，对他人产生好奇心是人之常情，但是有些神经兮兮的人连这个都会反对，艾里斯就是这样的人。有一次，我注意到警司已经有一个多礼拜没带午饭了，于是就猜想是不是他和老婆闹别扭了。艾里斯立刻跳起来教训我："罗丝，这关你什么事儿？你还是先把自己管好吧，不然人家非说你和警司的闲话不可。你可别跟我说打字学校没教你们什么是职业道德……"我的确不喜欢八卦，但是更讨厌别人装出一副高高在上的正人君子模样，不知道谁给了他们这样的权力，还要反过来摆出屈尊的样子教训我们。

奥黛丽和艾里斯吃完午饭回来以后，我跟她们彬彬有礼地聊了几句，就专心打我的报告去了。我自然已经告诉自己，她们没叫我一起去吃午饭这件事情不会对我造成困扰，但是我却一直坐立不安。我感到激动，想发火。可能是咖啡喝多了吧，打字机上的手似乎都不怎么听使唤。我不小心打错了几个键，只能一把把纸撕下来丢掉，再换上新的，却慌慌忙忙地又犯了同样的错误。我简直是气急败坏，只能暂时放下工作，戴上手套，抓起抽屉里的那根香烟，从左边手套的手腕开口处塞了进去。这根偷来的香烟被藏得天衣无缝。我找了个借口溜了出去，大家甚至都懒得抬头瞄上一眼。

我晃过了好几个街区，钻进了上次就想在这儿抽烟的那条巷子。这一次我可没忘了带点火的东西。一上午警督都在嚼着一根火柴的木头柄（找不到牙签的时候他就喜欢这么干），之后他就把这根火柴撂在了桌上。趁其不备，我就自作主张地把它加入了我抽屉深处的小藏品中。（我想在这里澄清一下：这么做好像显得我是个惯偷，但我可以向你保证绝非如此。没人会收藏一根火柴——火柴生来就是给人用的。至于那枚胸针，我已经说过，只是我捡来的，因为我所做的无非是把它从掉落的地方拾起来而已。）

进了巷子，我鬼鬼祟祟地四下打量了一番。我很清楚自己此刻看起来是一副什么样子。我举起颤抖的手，往砖墙上一划，火柴着了，伴着“嘶嘶”的轻响亮了起来。我以前从没抽过烟，倒是在小饭馆里看别人抽了很多次。我把香烟的一头凑到那簇小火苗上，轻轻一吸——肺里立刻涌上一阵干涩、燥热、噼啪作响的感觉。我毫无形象地猛咳起来，四下里匆匆一瞥，还在担心有人看见自己这副样子。

香烟果然管用。我的脑袋晕乎乎的，像是变成了一个气球，渐渐离开了我的身体。不知道奥黛丽抽烟的时候有没有同样的感觉。她会在小酒馆儿里抽烟吗？或是在聚会上？她有这么大胆子吗？我就这么想着她，学着她可能的样子举着香烟。我的脑袋觉得更轻了。我美美地深吸了几口，看着烟头随着我的吞吐慢慢燃烧，像一块小小的、又红又烫的煤炭。我觉得轻松惬意极了。可突然之间，头顶上什么人猛地推开了一扇窗。我吓坏了，连忙把烟往一摊污水里一扔，冲出了小巷。我的鞋跟敲在人行道上，发出巨大的响声，又加深了我的恐惧，逼着我一路狂奔到警局附近。进了门穿过大厅，我才定了定神，试着让自己平静下来。

幸运的是，我进来和出去时一样，没有引起什么关注——大家还是懒得抬头看我一眼。我努力调匀自己的呼吸，端平双肩，故作镇定地穿过办公室，回到自己的座位上。我的大脑还在因为这个新的秘密高速运转着：“我抽烟了！”我是个抽烟的、狂野的女人——想想看！警督知道了一定很惊讶——我带着满足感想道。至于警司……我的满足感又消失了。于是我转开了念头。

“罗丝。”我听见有人轻声叫我。我一惊，转过头去，正迎上奥黛丽的目光，她的唇边带着一抹好奇的浅笑。“你没事儿吧？”

“哦！没事！”我答道，“好得很——什么事都没有……我好着呢。”

她把脑袋向我一偏：“你刚刚看起来吓得不轻啊。”接着，她对着空气闻了闻，笑意里的好奇褪去了，换上了一种似乎知道了什么的神气。她耸了耸肩膀，像是放过了我。“我只是问问，”她的目光在我眼中又多逗留了一会儿，这才转身走开，回到自己桌前。这时，我一转头，才意识到自己发间还带着一丝萦绕不去的烟味儿。这股烟味儿如影随形，就像长袍的拖尾。我不知道大家是不是都闻到了。

下午晚些时候，我的问题有了解答——我从档案柜回来的时候，发现桌上放了一包香烟。这是一包崭新的、还没拆封的香烟，我立刻明白了是谁给我的。我穿过办公室，把香烟还给了奥黛丽，她正打什么打到一半，抬头茫然地看着我。

“不用了，谢谢，”我边说边对着她的脸晃了晃那盒香烟，“我不抽烟。”

“哦。真的？”

“是的。”我答道，仍旧冲她举着那盒烟。

“那好吧。可能是我搞错了。”她用一种并不像“搞错了”的声音说道，带着一点儿沾沾自喜，懒懒地伸手接过了烟。

第五章

有一件事也发生在奥黛丽来警局上班的第一周。虽然和她没什么直接关系，但每当我回想那段时光，这件事情总会浮上心头。其实与其说它和奥黛丽“没什么直接关系”，倒不如更准确地说是一点关系也没有。它甚至并不是发生在警局里面的，而是我下班之后回到寄宿公寓遇见的一件小事。

那天下午我比平时提早了一些下班。午饭之后，办公室就显得分外安静，弥漫着一股懒散的气息。大约三点半左右，警督拖着懒散的步伐走过来，半倚半坐在我的办公桌上，像是偏骑在他的马上。他兴趣很大似的翻看着我桌上的文件，不过从他空洞的眼神来判断，报告上的字他一个也没读进去。他清了好几次喉咙，终于开口对我说：

“你今天已经干了两个人的活儿了，贝克小姐。也许我们最好早点儿让你下班回家，免得你决定向我们讨双倍的薪水。”他从报告上抬起眼睛，恰好和我的目光相遇，却像是被我眼中的什么东西灼烧了一下，又飞快地移开了。

“警司没说让我今天早下班。”我说。

“嗯……你懂的，我有让你早点儿下班的权力。而且我相信警司也会高兴的。”警督答道，声调尽量显得和蔼可亲。他在指尖上平放了一枚回形针，假装在研究，“我们可不想从工会那儿招来什么麻烦。”

最后一句话纯属玩笑。打字员没有工会组织——任何女性员工占据多数的职业都没有。

“成吧，”我粗声粗气地说了一句，并没有为他的笑话所动，“只要警司不介意，我下午就休息了。”然后我立刻开始收拾东西准备下班，毫不客气地伸手猛拉了一把被警督坐住的文件。警督眉毛一抬，从他的“马鞍”上跌落下来，站在地上，冲我呆呆地眨着眼睛，就像那些刚从拘留所里放出来的酒鬼，蹒跚着从阴暗的警局走出来，站在人行道上，被屋外亮得刺眼的阳光吓得发呆，只会傻站着眨眼睛。

直到我戴上手套挎上手提包准备走了，他还站在那儿眨眼睛呢。

“你要去哪儿？”很显然，事情和他预想的不太一样。

我奇怪地瞥了他一眼：“怎么了？当然是回家啊！你自己说的啊！”他没有马上回话。我等了一会儿，让手提包顺着手臂滑下来，重重地砸在办公桌中央。“除非，当然了，”我说，“这一切只是你跟我开的玩笑而已。”我开始气冲冲地扯下手套。

“不不，”警督急忙说，“绝对不是跟你开玩笑。”他看着我从桌上把包又提了起来，穿过办公室向前门走去，脸上浮现出一种苍白憔悴的古怪神色。他看起来惴惴不安，欲言又止。也许他想从我嘴里听到一句饱含深情的“谢谢你”？但要破解他这副奇怪样子究竟为了什么，那就不是我的职责了。回家路上我对自己发誓，绝对不会胡思乱想，也不会为此费心劳神。

没过多久，我就快到寄宿公寓了。通往公寓的路旁种满了枫树和榆树，转过街角，距离公寓还有一步之遥的时候，我发现人行道上的落叶已经深及脚踝。这些叶子已经失去了本来的颜色，从火红色、琥珀色变成一堆薄脆的灰褐色痂状物，哪怕最小的风吹过，也会沙沙作响。空气里带着让人汗毛倒竖的寒意，雪的气息离我们已然不远了——冬天来了。当我终于走到公寓门前时，我记得自己抬头打量着这栋赤褐色砂石建筑，看它稳坐在周围几栋楼之间，门廊高高的，还带着弯弯曲曲的铁栏杆，突然感到一阵安慰：我到家了！而且天色尚未暗下来。我一点儿也不再关心警督到底为什么让我早下班了，午后就能回家真是太美妙了，我甚至感到了一丝懒散的放纵。

推开大门，一股熟悉的、暖暖的炖菜味儿扑面而来。但是这个下午，这股味道并没有让我觉得压抑烦闷，而像是欢迎的气息，勾起了我的一丝饥饿感。我把大衣挂在门边的钩子上，往手上呵着气，想要暖和一下冻僵的手指。厨房里传来了说话声，我便循声而去，听出是多蒂和海伦正聊得火热，声音时高时低，像是两只小虫，绕着对方嗡嗡叫着。也许偶尔一次加入她们的闲聊也不错，我想。我刚想走进厨房，但却被我刚好在双页摇门外面听见的一个词止住了脚步：我自己的名字。我的心猛地一沉，本能地竖起耳朵，贴上门缝。

"咳，你说说看吧，我到底该怎么做。她没救了，我跟你说，没救了！"

"你可以试试看能不能给她做个榜样，"我听见多蒂回答道，"她应该有个榜样。"我向右边侧了侧身子，从门缝里往里看去：只见海伦坐在椅子上，端着一杯茶，帽针从一头红发里不羁地钻了出来，而那顶巨大、过时、戏剧化的帽子却放在厨房的桌子上，紧挨着她的胳膊肘。与此同时，多蒂正背对着她从炉子里往外拿什么东西，边干家务边漫不经心地回头跟海伦说着话。

"哦，我知道——她是个孤儿，身世悲惨……但是她也太没意思了！跟她说话就跟等着油漆干一样没劲。难怪她一走兰尼就开始取笑她，你一点儿都不能怪兰尼。”多蒂从炉子前面转过身来，海伦抬起一双小母鹿般的眼睛，天真无邪地看着她。我立刻认出，这是她经常对着镜子演练的几种表情之一。她的声音转而变得羞怯甜美起来：“你觉得我这么说很残忍，对吧？”

“唉，你知道人们都是怎么说的：不要去评判别人，除非你穿上他们的鞋子走上一英里，还有许多诸如此类的话。”

“啊！她的鞋子也太难看了吧。”

“我还听别人说，仁慈的心会让女人变得更漂亮。”多蒂的声音里带着熟悉的严厉，通常平时她只会对自己的孩子这么说话。她把一条脏毛巾往刚从烤炉里拿出来的铸铁炖锅下面一塞，停了一会，擦擦眉毛。“不过这些年我也没见过几个好心的。你知道，你以为她们会伸出援手——丹尼不在了，孩子又多……那个梅莉森特·贾斯珀，丹尼还在的时候对我们多好啊，可现在，别说给我们送一两个菜来了，就算是搭把手帮忙带带孩子也不愿意了。还有那个海伦娜·克鲁伯，也好不到哪儿去……”

多蒂开始挨个数落起那些没有对一个只身一人把孩子们拉扯大的守寡母亲施以足够关爱的人来。这些话我以前已经听过了，而且我知道她每天都在心里往这个名单上加人。海伦显然对她不屈不挠的奋斗史没什么兴趣，正把盐瓶底儿朝天拿着，一小股盐粒儿喷涌而出，落在桌上。她用手把它们聚拢起来，堆成一座小小的雪山，还皱起眉头，似乎在想什么心事。

“往你的左肩后面甩点儿盐，[1]”多蒂看见海伦在玩盐瓶子，于是

① 西方人认为，撒盐是一种不祥的征兆。这时应该朝左肩后面甩一撮盐，驱走躲在那里的魔鬼，避免厄运的降临。

命令道。海伦漫不经心地照做了，在她心里反复掂量的念头也到了嘴边：

“让我给罗丝做个榜样，那是压根儿不可能的事儿，”她说。“她的穿着打扮、举止仪态实在没什么拿得出手的……让她装作对女孩子家的东西感兴趣都很难。”

“你还想怎么样，海伦？让她像黛安娜·曼纳斯夫人[①]一样？这姑娘是修女养大的，她们可不会教人摆什么花架子，你可要记住。”

“我知道……只是……唉，其实她的外形也不是没有可取之处，但是她一点儿也不在乎，压根儿就不愿意打扮，实在是太闹心了。只要是稍微聪明一点儿的女孩子，要是有她那么一双莎拉·伯恩哈特[②]式沉思的眼睛，早就在上面费尽心思了。”

“不是每个女孩儿都像你这么聪明的，亲爱的。又聪明又有魅力就更少了，”多蒂评价道。“你该惜福，对那些不那么招男生喜欢的女孩子友好一些。首先，你就不能指望所有的女孩子都同样的……”她毛巾叠到一半，突然停下，抬头看着天花板，努力搜索合适的词，“同样的……嗯……爱情追求方向。明白我的意思吗？”

“什么意思？”海伦抬头看着多蒂，脸上又浮现出新的好奇。多蒂迟疑了一下，环顾厨房四周，像是在确认没人偷听（她不知道实际上有），然后向坐在厨房桌子边的海伦靠近了一点儿，顺势坐进了海伦对面的一张椅子，压低了声音：

“这个，我也只是听说啊，罗丝曾经和孤儿院里的一个年轻修女

---

① 黛安娜·曼纳斯夫人（Lady Diana Manners，1892—1986），活跃于巴黎与伦敦的社交界，被公认为20世纪的美人。

② 莎拉·伯恩哈特（Sarah Bernhardt，约1844—1923），19世纪和20世纪初一位法国舞台剧和电影女演员。

走得特别近。你知道，近得有点儿过分了。那个姑娘是个见习修女，叫阿黛尔。她们俩之间的关系……说不清道不明。”

海伦微微地倒抽了一口冷气：“不是吧！”

多蒂严肃地点点头，用力控制着脸上几乎就要喷薄而出的邪恶的快乐神色，向海伦说出了那条“令人惋惜的新闻”。她的身子向海伦靠得更近了一些，声音也越发低沉：“有一次我看到了那个女人给她写的信。”

“那个女人？你的意思是那个修女？”

“没错。她写信告诉罗丝别再骚扰她了，离她远点儿。我在炉子上用水蒸气把封口熏开，读完了信再把它塞回去，用一点儿面粉加水重新封了口。”

这对我来说的确是一则新闻。我的额头上冒出了一层细密的汗珠，身上觉得忽冷忽热。我的脸蛋烧得通红，与此同时，身体里的血液却像结了冰。我知道多蒂说的是哪封信。但是我却不知道除我之外还有第二个人读过它。

“她在信里提到罗丝有什么不规矩吗？或是对她做过什么？”

“没有，她只是说……”

厨房外发出的一声巨响打断了她们的谈话。糟糕。我本想抓住那把笤帚，却没有成功。笤帚重重地倒在木地板上，发出巨大的响声，我吓得缩起了身子。

“搞什么鬼？”我逃上楼的一瞬间，听见多蒂叫了一声。笤帚倒地的一瞬间，电光火石般，我飞快地把鞋子脱下，提在手里，这样一来我用只穿着袜子的脚踮起脚尖小步快跑上楼的时候就不会发出什么声音。等到海伦和多蒂从厨房伸出脑袋来，我早就跑得无影无踪了，只有一把笤帚躺在地上，仿佛是被不知道哪里来的一阵风吹倒的。虽然我已经不在现场，却也不难想象这个情景——两个人对着彼此耸了耸肩膀，带着一点儿厌烦埋怨着把笤帚放好，然后接着聊天。

回到了楼上自己的房间，我抓起一本小说，但是从楼下狼狈逃开之后，我的情绪十分激动，很难专心去看达西先生对伊丽莎白·班纳特小姐说了些什么——或是没说什么，我想——奥斯丁女士的小说总是这样。我既慌乱又沮丧。那个基本算不上是朋友的女孩儿带有恶意的嘲笑像是一记晴天霹雳，把提早下班的奢侈快感扫荡得无影无踪。既然海伦除了八卦什么都不会，我又何必在意？但是这种八卦像是要把我生吞了。更糟的是，多蒂读了阿黛尔的信。想起信中的词句和描述的那些细节，我止不住一阵反胃。我又在脑中把信读了一遍，不知道在多蒂无知的双眼中，它读起来是什么感觉。

我想我应该对于阿黛尔做出一些解释。实际上，我明白阿黛尔是多么不容易为人所理解。但是这其中并没有什么不可告人或是做派不正的，我可以保证。要是阿黛尔知道了自己的信居然在多蒂的脑海中留下了那种错误的印象……那是件多么可怕的事情！要是她知道了一个外人居然会这样曲解她的意思，也许压根儿就不会给我写这封信。其实她写这封信也的确没有什么必要，里面说的每一件事情，都是我早已熟知的。

多蒂说的也不是全然没有道理，我和阿黛尔在那些年里，的确关系走得很近(这并没有什么不正常的，我可以提醒你……我们只是想法接近，彼此疼爱，我们就像一对儿姐妹——至少是闺蜜吧)。我想，驱使阿黛尔给我回这封信，写下这些话的是一种罪恶感——一种觉得自己像是在教义的召唤和世俗的生命之间被撕扯的人心中的罪恶感。而后者才是她想和我一起过的生活，我相信。我想，在阿黛尔的内心深处，她只想抛下修女的黑袍，远离修道院，重新开始第二次生命。我们曾经谈起，想要攒钱去很远的地方，可以去佛罗伦萨的博物馆里看那些美妙的画作，又或是去充满异域风情的伊斯坦布尔，花上一整天泡个土耳其浴，再用很少的钱在集市上大买特买。从离开修道院的那天起，我就开始定期给阿黛尔写信，谈论这些计划——我不想让她觉得我已经把这些计划抛在脑后了，而且我真的觉得我们应该一起去这些地方。我承认，信中我可能看起来的确狂热了一些，也许关于我们未来生活的浪漫激情有点儿吓着阿黛尔了，但我仍然坚持着这些我们曾经一同做过的梦，像是一个疯婆子，想凭空变出这些美好生活。我敢说，单是我建议阿黛尔远离修道院、抛下黑袍，就肯定让她觉得自己是个罪人了。而我仍然用自己对这个世界狂热的想象描绘着“摆在我们面前唾手可得的新生活”，以此诱惑着她。

这并不是说我年轻的生命里有什么腐化的力量——我绝对不是那种“狐狸精”。而且，说清楚这一点可能比较好——我比阿黛尔年纪小。我们相遇的时候，她已经十六岁了，而我只有十四岁。和我不同的是，她其实并不是一个孤儿，之所以来到修道院，是因为她有天清晨醒来时，突然告诉她的母亲，自己想献身于上帝。而她的母亲行动也十分迅速，立刻就把她送到了修女面前。接下来，阿黛尔在修道院受训数年，直到思想和身体都成人，才实现了自己很久以前立下的誓言，成为了一名修女。有天我无意中听见几个修女在抱怨阿黛尔的母亲（你也许觉得难以置信，但是修女们也会抱怨——虽然之后她们会立刻忏悔），批评她前脚把女儿急急忙忙地一送走，后脚马上把房子租了出去。“真会过日子啊。”回想起来，我听见她们这么说过。但是我不确定这是不是她母亲送她来修道院的真实原因。我想她之所以这么着急把女儿送来，很可能是因为阿黛尔的继父总是在女儿一丝不挂沐浴的时候“不小心”闯进浴室。

有一天很晚的时候，我和阿黛尔单独在一起，她告诉了我这些不幸的往事。我还记得，我当时盛怒之下很想对这个素未谋面的男人施以拳脚，情绪之激动，让我自己也有些吃惊。阿黛尔虽然没怎么跟我说过，但是我想，她一定错误地把这些关于自己继父的不堪往事也告诉米尔德里德修女了。有天下午，她们在米尔德里德修女那间紧邻教室、总有一股腐坏气味的小办公室里待了好几个小时，之后阿黛尔做了很长时间的苦修：祈祷、沐浴，还要禁食，以此“净化她不纯净的思想”。这事儿只有米尔德里德修女干得出来——让这个可怜的女孩儿为自己受过的侵犯受到责备。

米尔德里德修女就是众多的女家长中的一员，总是熟练地暗示着我们，“苍蝇不叮无缝的蛋”。她关于这个世界的想法是那么的过时和生硬，就像是一堆边边角角已经被蛀出小洞的东西。说实话，我觉得闻起来有股腐坏气味的不是她的小办公室，而是她自己。孤儿们给她起了个外号：“米尔德里德——霉菌的主保圣人。”

就算米尔德里德修女的说法不全是因为她自己对这个世界老掉牙的看法，我也绝不相信阿黛尔会有任何想与那个令人憎恶的男人亲近的欲望。我曾经听她详尽地描述过这个男人，我向你保证，这些描述里没有任何一点会让一个年轻女孩儿想要与之亲近。

阿黛尔的母亲尽可能迅速地把女儿送出了那个家。我不知道那是出于女性的嫉妒还是母亲的保护，而且我也从未见过这个女人。事实上，她把女儿交到“万能的主”手里之后，就再也没有来过这个修道院。我想这让阿黛尔觉得十分孤独。我对自己的父母也没有任何记忆，所以不能肯定自己全然理解阿黛尔经历过的这一切，但是我有非常丰富的想象力，总是给阿黛尔递些写着鼓励话语的小纸条，还有在书里压平的干花，用以显示自己在情感上对她的支持。没过多久，我们就形影不离了。

当然，有一件事情让我第一次明白，我是多么真心喜爱阿黛尔。有一次，我们在厨房里和霍斯顿修女一起揉面，为了烤宗教仪式上要用的面包做准备。阿黛尔突然转过身来对着我说："罗丝，你在这方面实在太有天赋了！只要是你当班，面包就绝对不会变成平平一摊，或是碎成粉末，总是发得漂亮极了！完美！"两朵红云飞上了我沾着薄薄一层面粉的双颊。但是阿黛尔还是友善地微笑着，对我滔滔不绝，像是要用自己的思想给面包加上一些友爱的美味。"也许你是从你妈妈那儿继承来了这个天赋！"她又想了一会儿，"或是你的爸爸！是啊，也许你老爸是个烘焙大师！肯定是这样！"

听见阿黛尔这么说，霍斯顿修女响亮地用鼻子"哼"了一声。阿黛尔转过身去惊讶地看着她，但是我并不觉得意外。很久以前，我就听修女们详详细细八卦过我父母的故事，之后又一而再再而三地听她们提起我是怎么被送到修道院里来的。如果她们所言不虚，那么我的父母就不是查尔斯·狄更斯笔下那些饱受摧残的"不幸者"——也就是说，我的出生并不是贫民区里两个心碎人儿的一次邂逅所带来的不便后果，而我到修道院里来也不是因为我的看护人悲惨地死于一场家中的大火。人们常说，事实比想象更精彩。但如果你问我，我会告诉你，事实往往更令人失望。修女们告诉我，我的父母都是家底颇丰的中产阶级。倘若果真如此，那么他们把我正常养大的几率还是很高的……如果我的父亲没有因为和太多——好吧，且让我称她们为"黑夜小姐"——过从甚密而染上性病的话。修女们说，我的母亲把我"捐献"给了修道院，以此惩罚我的父亲。如果我的父亲想要违抗她的意愿，把我领回来，她也绝不同意。不过据我所知，我的父亲从未试图这么做过，很显然，母亲的狂怒对他非常有效，让他胆小如鼠。

我母亲的正义感是无情的，但也十分单纯：只要丈夫对自己不忠，就拒绝留下和养育他的孩子。

当然，和纯粹的嫉妒与惩罚相比，我还是觉得一场惨绝人寰的大火要有吸引力得多。和别的孤儿的身世比起来，我的故事显得黯淡无光，因此我相信它不是修女们编出来的。装着我的摇篮证明了我父母的中产阶级身份，我母亲留在里面的一封信生动地再现了我父亲的种种罪行，而且她非常聪明地没有留下签名，或是关于自己身份的任何证明。

所以，当阿黛尔开始幻想我父母的身份时，霍斯顿修女立刻给她上了一课，约略地陈述了一下我父亲犯下的罪行，还有我母亲试图以牙还牙的举动。霍斯顿修女向来不会宠着我们，而且我想我应当感谢修女们没有把我当个小孩子哄，而是原原本本地把我的身世告诉了我。尽管如此，当我听见阿黛尔的尖叫时（“霍斯顿修女你真是撒谎不害臊！怎么可能会有人舍得放弃罗丝这么一个聪明可爱的女孩？”），还是止不住嘴角微微上翘，开心地微笑了起来。然后，她转过身来，拉起我的手说：“说真的，罗丝，这么可怕的故事绝对不可能是真的，你的出身比这高贵得多！”霍斯顿修女翻了个白眼，用一块潮乎乎的粗棉布把面团裹起来，把这坨疙疙瘩瘩的东西丢进了冰盒。我仍然握着阿黛尔的手，像是被旁边飞来的球砸了个正着一般，晕晕乎乎、情绪激动。一种奇妙的事情正在发生：我的胸口像是开了一扇小小的门，我瞥见了我的未来——我不再孤单了。我相信阿黛尔也瞥见了同样的东西。

刚才在楼下厨房里听见多蒂错误百出又堕落邪恶的想法，我的胃里好像翻江倒海一般。忆及往事，我必须承认，我对阿黛尔的思念还是如此深重。我坐着，想着她，想着她棕色的大眼睛、时常浮现在前额上的小小的皱纹，还有修女让她去厨房干活儿时她哼着歌儿的样子，双手总是因为辛苦的劳作而满布裂纹……她总是忘记戴围巾，而且有的时候就算下雨也不愿意打伞，觉得怕自己的头发弄湿也是一种虚荣的表现……往事历历，我就那么坐着，像是做梦一般，回忆着所有细节。

直到海伦开门进来，我才回过神来，突然意识到，自己一直在忧虑中坐立不安，拿着一本书却一个字也读不进去，就是在等着这个时刻的到来。海伦看见我在房间里躺在床上看书，显得非常震惊，而这震惊给我带来一丝小小的满足感。

“哦！你回来啦！”

“对。”

“我……我们……我们没听见你进门呀。”

“嗯。”

“你回来好一阵儿了吗？”

“今天下午他们准我休息半天。”我说，“算是对我辛勤工作的奖励吧。”我知道自己答非所问，但是我就是准备迂回折磨一下她——她那番恶毒的谈话，我到底是听见了还是没听见？让她担心去吧！海伦穿过房间，来到我们俩中间的梳妆台前——这张梳妆台刚好横跨帘子分界线的两端，划分着两个沉默的战场。我盯着她，看她匆匆照了照镜子，又紧张地取下从乱发中伸出来的帽针。

“提前下班——真厉害呀。”她挤出一丝笑容，警惕地看了一眼梳妆台镜中的我，然后目光又落回自己脸上。“哎呀我的天哪！瞧瞧我！搞得好像自己在盐矿干了一天活儿似的。”她边看镜子，边不由自主地坐在了梳妆台前的小凳子上，开始折腾自己的头发，又捏了捏自己的脸蛋儿。我知道，她是在刻意忽视我，可我依然无情地紧盯着她不放。

“我听见你和多蒂在聊天，”我用低沉、平静的声调说道。听闻此言，海伦的眼皮颤动了一下，嘴巴因为惊讶，变成了一个小小的“O”形。我脑中出现“胜利”两个字。现在她该跪地求饶了。但是就在一瞬间，像是一个看不见的小弹簧归了位，她又恢复了常态。

“不好意思，亲爱的，你说什么？”她的声音听起来既轻快又甜美。也许她想做出礼貌的姿态，给我一个台阶下，避免和我正面冲突。但是我毫不畏惧地步步紧逼。

“我说，我进门的时候听见你和多蒂在聊天。”

她猛地倒抽了一口冷气，像是什么东西卡在了喉咙里，让她忍不住轻轻地咳嗽了两声，“是吗？”清了清喉咙之后，她用充满好奇和无辜的声调说道。“那你肯定听见我们在说商店里那个无聊的女孩子格蕾丝，”她紧张地笑了两声，“我真是太不应该了，你知道我不是那种八卦的人……但是，嗯，人非圣贤孰能无过嘛。”

“我没听见你们说格蕾丝。但是我的确听见你们在说另外一个人。”

“哦，好吧，真是对不起。但是我确定我不知道你在说什么。”她笑了一下——那是一个幅度过大的笑容，像是斑点狗紧张时怯懦地咧嘴。接着，她利索地一转身，继续对着镜子梳妆打扮。真是令人难以置信。她竟然还要坚持扮无辜！不过我认为，她的底牌已经暴露了，因为我看得出她的双手在微微颤抖。

“这么说，你的确没有什么你认为需要道歉的事情？”我听见自己这么说道，转而对自己憎恶起来。我听起来就像是一个古板的大龄女教师，声音在句尾抬了好几个八度。我想到小时候有一次勒布伦太太在我把银器放错了抽屉时骂我的样子。但是我已经不在乎了。我打算和海伦开诚布公，我已为即将到来的雷霆万钧做好了全部准备。我静静等待着。

海伦冲我转过脸来，装作疑惑不解地眨着眼睛。我一眼就认出来，这又是她经常对镜练习的保留节目之一。“哦！”她叫了起来，仿佛突然想起来什么，“对啊，你是对的，我差一点儿就忘记了。”她从梳妆台前站起身来，走到她的衣橱前，往外扒拉着什么东西，“我要把你的手套还给你——不好意思借了你这么长时间。”她带着慷慨大方的神色，走过来把这副酒红色的皮手套递给我。这玩意儿我从去年起就没再见过了。而且我一点儿都不记得自己借给过她。我还以为我把它们给弄丢了呢。冬天快来的时候我只能再攒上一点儿钱，又买了一副灰色的，比这副难看多了。

海伦现在正拿着这副我丢失已久的手套，在我面前晃来晃去。白热的怒火仍然在我皮下燃烧。我接过沉甸甸、光溜溜的手套，就像接过两条修长、慵懒的小鳟鱼。好吧，看来她想这么玩儿。我告诉自己，不要再对一个就算错了也百般抵赖不愿道歉的女孩儿浪费心思。于是我转过身，准备走开。但是我又突然改变了主意。“这太不公平了，”我想。“让我一个人承担所有不公。”我气得发抖，几乎全身上下都在打战。我收回了自己的脚步，僵硬、无意识地向海伦走去，活像一个发条娃娃。

我走到她的身边，和她面对面站着，我们的鼻尖几乎都要碰到了一起。她看着我，露出了一个老好人般的笑容。之后，像是有人打开了一个排水管的阀门，她脸上的红晕慢慢褪尽。我想，就是在那一刻，她突然明白了我要干什么，也明白了如果把我逼急了是什么下场。动作中依然带着一丝僵硬和无意识，我抬起拿着手套的那只手，在空中疾速一挥——随着令人满意的“啪”的一声，手套结结实实扇在了海伦脸上。海伦立刻大哭起来。

“你这个混蛋！”她冲我悲愤地叫了起来。但是我充耳不闻。我平静而又故意地在她面前戴上了这副手套，一个一个指头调整舒服，走出了房间，准备来个傍晚的散步。

我在外面待了好几个钟头，从这儿逛到那儿，直到晚饭时间过了好久才回到公寓。一上楼我就看出来，海伦退缩了。我一点儿都看不到她，她像是完全被分割我们房间的帘子隐身了一样，帘子也被尽可能地拉上了，最大程度地给了我私人空间。但是我知道她在房间里，因为我可以听见她小声地吸了吸鼻子——估计是我走了之后戏剧化“痛哭流涕”的剩余产品。我把手套甩进梳妆台的抽屉(我相信很快它们又会消失不见的，海伦就是个屡教不改的小偷)，上床钻进了被子里，开始读我之前想看的那本小说。

我原本以为教训了海伦一场，伸张了一丁点正义之后，我会觉得舒服很多，但是我发现自己还是无法集中注意力看书。只是又一次地胡乱翻着书页，却一个字也看不下去。我能感到海伦在帘子的另外一边，也许觉得自己受了天大的委屈，明早第一件事情就是冲到多蒂面前告状——当然，也许她已经告过状了。也许她还会不厌其烦地为整个故事添油加醋。她们俩都会的。我从床上跳下来，像个余怒未消的暴君般，一把拉灭了屋里唯一的电灯。海伦没有提出异议。我又爬回床上，闭上了眼睛。我知道今晚也许自己会一夜无眠，但是有一件事可以肯定：这儿再无我的容身之处。我必须另做打算。

直到好几周之后，我和奥黛丽才成为无话不谈的好朋友，我才得以在她面前好好地吐槽一下海伦。但是一通抱怨之后，一切都不同了。

第六章

“这个叫海伦的姑娘听起来就像是个白痴。我真不知道你是怎么忍下来的。你应该搬进酒店和我一起住。”几周之后，当我跟奥黛丽说起这个故事的时候，她轻快地给我下了这个命令。她给了我一个孩子气十足的微笑，随后唇边喷出一缕细细的烟雾，两者形成强烈对比。这缕烟雾在空中停留了片刻，像伊甸园中恶名昭著的妖蛇一般，极富魅惑地卷曲伸缩着，最终上扬飘至餐厅那通风的拱形屋顶。她把香烟从一只雅致的象牙烟嘴上取下，在水晶烟灰缸里碾灭了还在燃烧的烟头，仿佛对房间另一头两位正对她侧目而视、评头论足的银发女士视而不见。我明白，这个烟嘴已经是奥黛丽对这些女士做出的一种让步了，其实她更喜欢不用烟嘴直接吸烟。把烟熄灭之后，她抬头看着我，神采奕奕，双眼闪动着光芒，我想也许她已经被让我们住在一起的念头感动了。我的心猛跳起来。

哦！是我没守规矩，我应该先解释一下奥黛丽和我是如何成为朋友的——她最终是怎样赢得了我的心。医生告诉我，我应该集中精力按照顺序来叙述事情——当然是从前往后，他的意思是。他认为严格按照事情发展的先后顺序来叙述故事对于精神治疗大有裨益。

这些事情现在看来都很好理解——后见之明让我此刻能明察秋毫。我们之间的友谊之门起初是因为一件非常单纯的事情轰然打开的。她只是静静倾听我疯狂描述一个我最喜欢的人：警司。如今对奥黛丽这个人有了更深入的了解之后，我不禁猜想，她究竟是看出了警司是我的软肋，因此设计利用这一点，还是碰巧提及此人，随后机敏地觉察到我有多么喜欢他？

我已经对警司的特征做过一些描述——八字胡、体格强壮，对愚蠢无聊的举动绝不姑息养奸，同时又待人以礼。但是这些特点加在一起也不能描述我心目中警司的本质。

从一开始，我和警司之间就有某种特殊的默契。我从打字学校到了警察局，就是警司给我做的面试。“我可以让这些文件告诉我，你是怎样的一个人，”警司边说边打开几天前打字学校让信差送来的卡纸文件夹。“只需要看看这几页纸就明白了：你是在修道院长大的，学习成绩良好，虽然是孤儿，却没有像别人那样偷窃或是欺骗……”“又或者，”他“啪”地把文件夹合上，扔在桌上，往后一仰，靠在椅背上，用左手的拇指和食指轻捻一侧八字胡，“我就坐在你的对面，看着你，认定你就是一位有良心又诚实可靠的淑女。”面试就这么顺利结束了。我和他之间特殊的默契也就此建立起来，我被录用了。像是为了说明他对我的工作价值有多么肯定，警司没有征询警督或是探长的意见，就热情地握了握我的手，欢迎我加入警局。

随后他陪我走到门口，把一只手放在我的肩头上，轻轻捏了一捏。“我知道这对你来说不容易，”警司说。我竟不知如何作答，只能微微点了点头。警司给了我一个微笑，他父亲般大手的温暖透过我最好的人造丝衬衫，传递到了我肩膀的弧线上。“我向你保证，罗丝，这儿不会有人给你找麻烦的。虽然你只是一个普通女人，却非常明白该怎么施展自己的能力。在这个办公室里，只要勤勤恳恳，就一定会受到赏识。”我是那么喜欢警司熊掌般厚重的手掌按在我肩头的感觉，连我自己都吃了一惊。时至今日，我仍然能够回想起当时那种安全感。不仅仅因为我顺利得到了这个工作，而且也是因为具有正义感的好人——具有公平操守的好人——在这个世界上依然存在，而且有着举足轻重的地位。

这并不是说警司是个胆小怕事、甘于中庸的男人。正相反，他恰恰是个追求极致的人。从外表来说，他的面色总是非常红润，刚好和他寒冰一样湛蓝的双眼形成鲜明对比。但是他以前总是——包括现在也是——有一种平静的气质，让人觉得不管他身上的这些特质有多么自相矛盾，却又能达到奇妙的统一。

一开始，奥黛丽的办公桌刚好和我面对面，就因为这样，旁人自然以为我们俩的关系理应非常融洽。但是一开始我们并没有什么话说。正如我之前所说，第一次见到这个女孩儿，我就觉得她身上有一种奇异、危险的特质，但是这并不代表我会和她成为朋友。当她邀请艾里斯共进午餐的时候（之后，痛苦上更添耻辱的是，她还和玛丽走得挺近），我觉得她就是个傻瓜，于是更加冷落她，而且我觉得她肯定也觉察到了。

有一天，令我惊异的是，奥黛丽一从审讯室出来就大声疾呼："他简直就是法律的化身，不是吗！"因为我们之前并不常聊天，所以我忍不住环视周围，想搞清楚她究竟是不是在跟我说话。那个时候白天已经变得很短了，虽然只有下午四点，漫漫冬夜就已经开始了，窗外阴霾的天色也已经从灰白转为了煤灰。但是办公室里却还是一片繁忙景象，人们各司其职，在暗夜中发出奇异的活力之光。电灯依然大放光明，办公室被电话声、谈话声、纸张刷刷声、脚步声和多台打字机同时操作时发出的那种切发音似的噼啪声充斥着。奥黛丽跟我说话的时候，每个人都显得很忙，沉浸在自己的工作中。她就那么站在我的桌前，和我面对面，她的问题(虽然只是个反问句)还飘荡在空中无人回答。我抬起头来看着她，我记得——这一幕我至今记忆犹新——光秃秃的灯泡摇曳在她的头顶上方，给她的头部镶上了一圈闪闪的光环，她黑丝绸般光泽的齐耳短发反射出完美的光芒，宛若日冕。

“是的，”我过了好一会儿才结结巴巴地说道，“警司真是个了不起的人。”

奥黛丽冲我垂下脑袋，用猫般凌厉的眼神打量着我。“我很好奇，”她说，“你能跟我说说警司吗？”

“嗯，我想……别人都服他吧。大家都这么说，”我答道。我托着下巴，想了一会儿，又继续说了下去：“任何腐败都奈他不得。他的直觉总是无懈可击。每当我们遇到一个明知有罪却撬不开嘴的疑犯，总是交给警司处理，他从来没有失手过。”

“我的意思是……关于他的私人生活你知道点儿什么吗？”我身子一紧，而奥黛丽也敏感地注意到了这一点。“我不希望你觉得我是个粗鲁的人，”她赶紧补充道，垂下了自己又黑又长的睫毛。“只是……你似乎……能把办公室的一举一动都看在眼里。”

“他的私生活我不了解。”我简短地回答道，接着试图把注意力重新转回桌上正在誊打的报告上来。

“啊，也是哦。我想应该和我们大家想的差不多吧。有个美丽的妻子，还有可爱的孩子……诸如此类。”

“嗯……”我本能地接上了话头，“也不尽然……警司是个正直的男人，道德感也很强，但是如果你问我的话，我斗胆推测他的妻子可能并不太欣赏这些品质。你能相信吗？上周有两次警司没带餐盒来上班。我觉得他们可能闹了别扭，他的妻子故意没给他准备午饭。我真不能相信她竟然会如此怠慢这么一个大好人！要是我的话，绝对不会……”我猛地停下了。奥黛丽脸上迷人、舒心的笑容已经变得有些调皮和玩世不恭了，这个转变让我觉得非常害羞。“我的意思是……只不过……嗯，你知道人们往往会看轻了这样的大好人……真不应该。”

走运的是，警督走了过来，打断了我们的对话。他让我快点儿去文具店订购一批东西，包括纸张、速记纸卷、打印机色带和这个月办公所需的其他杂物。

“去完文具店你就可以回家了，贝克小姐，”他看了看自己的手表，估算了一下时间。他开始向自己的办公桌走去，但是转念一想又走了回来：“带着拉扎尔小姐一块儿去吧，让她看看你都是怎么做的。”奥黛丽对我笑了一下，收拾好了桌子，走到衣帽架前，披上大衣，戴好帽子和手套。

我们一同坐地铁来到了时代广场，建筑物仿佛猛地耸入天际，街上的节奏也快了一拍，记者们沿着人行道匆匆走过，急着在傍晚赶回办公室，坐在打字机前，在午夜截稿时间到来、报纸付印之前，疯狂地把稿子赶出来。街道上还是干爽的，但是暗沉的天空中乌云密布，我们刚从地铁口钻出来，头顶上就响了一个炸雷。

到了文具店，我下了这个月的订单，把需要注意的细节一项项列给奥黛丽听。没料到，她并没有拿出包里的小记事本和金色的铅笔。我觉得这么做有失妥当——离开了笔记，这些事情她是记不全的。整个过程中，她只是瞪大了玻璃般的眼珠，定定地注视着我。几分钟之后，我放弃了，一声不吭地填完订货单，交给店员。他点了点头，伸手接过订单，漫不经心地对我道了声谢。

出了店门，一场猝不及防的倾盆大雨把我们浇了个正着。我们两个都没有带雨伞，只能在大楼的屋檐和雨棚间东躲西藏。但是这些摩天大楼——人类进步的象征，线条光洁、高耸入云——就像你知道的那样，底下根本没有什么可以遮蔽的地方。很快我们就像两只落汤鸡了。街角的红灯让我们被迫停了下来，一辆运杂货的卡车驶过，无情地溅起一片污水，兜头浇在我的身上。奥黛丽哈哈大笑起来。我气坏了，转身准备离开："晚安，拉扎尔小姐。明天警局见。"

"等一下！"她抓住了我的手腕，从头到脚飞快地打量了我一番。"我们看起来真是一塌糊涂！"她叫了起来，一边笑着，一边抓着我的手腕，走到马路上，抬起另外一只胳膊，叫住了一辆出租车，"得好好补救一下。"出租车对我来说是非常奢侈的，平时很少乘坐，所以我还是挣扎了两下，但是转眼之间，对经济的考虑就被生存和舒适的需求压倒了。出租车缓缓停在我们面前，带着绝望的感激瞬间充满了我湿冷疲惫的身体。还没有反应过来，我已经在车里了，听着奥黛丽给了司机一个稍远处靠近城外住宅区的酒店地址。

我之前也听说过有女孩子长住在酒店里，但是根据我的经验，她们要么非常有钱，要么就不太正派。不管奥黛丽是哪一种，都让我紧张——难道两者都是？但如果非让我说实话，我必须承认，这又让我有些兴奋。下车的时候，她不但付了车费，还给了司机一大笔小费。我稀里糊涂地跟着她下了车。

"小心别淋到雨，两位小姐。"下车的时候，司机用祖父般关怀备至的语气叮嘱道。但是他的担心实属多余——一下车我们就钻进了安着电灯的雨棚下面，又沿着厚厚的红地毯走上通往镀金旋转门的楼梯。一进酒店大堂，奥黛丽就昂首阔步向电梯走去。这部电梯在我眼中，就像是结构精巧的鸟笼。我被周围富丽堂皇的陈设惊呆了，就像刚出生的小马，踉踉跄跄地跟着奥黛丽走了过去。电梯到了，我们走了进去，奥黛丽友好地低语道："跟平时一样，丹尼斯。"看来"跟平时一样"意味着第七层——丹尼斯在到了这一层的时候拉了闸，打开金色"鸟笼"的门。

"女士请。"丹尼斯用快活的语调说道，转身给了奥黛丽一个微笑，后者则一脸的不高兴。

"哼，"奥黛丽说话的腔调仿佛视丹尼斯于无物。"我最讨厌别人称呼我为'女士'了。"

"女士……小姐？"丹尼斯的语气中有一丝怅然。但是这种惆怅转瞬即逝，因为酒店的繁忙业务很快中断了这种情绪。突然，电梯铃铛响了，他退回到自己的镀金鸟笼中，扳动了曲柄开关。奥黛丽转身给了我一个罕见的真诚笑容，嘴巴咧得大大的。"长粉刺的小年轻[1]，"她转了转眼珠，像是在解释着什么。我突然觉得她好像在引用什么名句，但是又不确定出处。

她兴高采烈地带我走过一段长长的甬道。我脚下的红地毯是厚厚的高级货，走在上面还差点儿崴了脚，让我本就已经不太利索的双腿更添踉跄。我开始觉得有些不知所措，这一切有点儿太过了，而且酒店的暖气烧得有些过热。然而在一股冲动的诱惑下，我还是跟着奥黛丽来到了她房间的门前，看她开了门锁，把门一推——一个巨大的客厅映入眼帘，陈设着当下最时髦的绿白相间条纹家具。就连铺满了整个房间的地毯也是深绿色的。我还记得当时觉得这绿色真是又清爽又新鲜，就像是刚刚整修过的草坪。不是随随便便的一块儿草坪，而是高尔夫球场那样的草坪或是大户人家的草坪——我只在书里读到过。其实，准确说来，更像是美元的颜色。

① 引自艾略特《荒原》。

我手足无措地站在屋子中间，就像是被忘在宽大草坪上的一只槌球。我浑身还在滴水，都不敢坐下来。随后，我听见奥黛丽在我身后锁上了门，两只手牢牢地搭上了我的背。

“快，”她用富有乐感的腔调说道，“先解决你又湿又冷的问题。”我记得她把我推向了浴室。奥黛丽手脚麻利地打开了浴缸的水龙头，放出涓涓流水，又打开几个小玻璃瓶和金色的小罐子，倒出各种各样的精油软膏，按不同的剂量加了一些到水里，像是遵循着某种精确的配比。等到她的“巫婆汤锅”里泛起足有一尺高浓厚的泡沫时，她关上水龙头，替我解开发卡(我呆若木鸡地站着，目瞪口呆地看着镜子)，递给我一件奶油色的丝质浴袍。不到一个小时以前，这个女人还只是个小职员，另外一个打字员，但是现在，我到了她的住处，只是瞥见了她生活的一角，就已经觉得这一切令我难以想象，更何况她还劝我丢开自己湿了个透的衣服，滑进她的浴缸！奥黛丽发现了我眉宇间的惊慌，耸了耸肩膀，笑了起来。

“快点儿进去啊！我给你拿几件干衣服去。”她说完就转身走出了浴室。我低头看看黑白相间的地砖，又打量了一番大理石洗脸池和闪闪发光的黄铜水管，最后将眼光落在大大的珐琅四脚浴缸上，盯着快要满溢出来的泡沫。我犹豫了一会儿，又紧张地看了浴缸一眼，开始慢慢解开衬衫和裙子的纽扣，任它们滑落到地上，再褪下我的长筒袜，最终告别了这身湿透的行头。最特别的是那件真丝浴袍——对我来说，这是一种想都不敢想的奢靡生活的象征。先是酒店大堂，再是奥黛丽房间的客厅，又到这件浴袍——我端详着它，这一系列的震撼此刻在我体内汇聚成了最强音。虽然我的确很喜欢洗澡，但是必须承认，我之前洗澡向来很快，只是为了把自己弄干净。我模模糊糊地意识到，自己已经远离了熟知的那个世界，走进了一片仙境。但是一阵哆嗦把我拉回了现实，我只能先放下浴袍。一缸热水仿佛在急切地召唤着我，泡泡轻微地噼啪作响，简直像海妖的歌唱。我小心翼翼地伸了一只脚进去，接着又是另一只，冰冷的皮肤被滚热的洗澡水浸得有些刺痛。

奥黛丽让我独自享受了好一阵子。大概三刻钟之后，她才回来。这时满缸的泡泡都消融得差不多了，露出了洗澡水淡淡的浅绿色。奥黛丽走进门厅的时候，我听见她对自己嘀咕着什么。我突然意识到，浴缸里的泡泡已经不足以遮掩我瘦骨嶙峋的裸体，吓得赶紧站了起来。浴缸里的水在我身下哗哗地撞来撞去。我急忙从黄铜毛巾架上抓下一条毛巾，遮住了自己的身体。

"这件怎么样？"她问道，不顾我的尴尬，举起一个衣架，给我看上面挂着的一件漂亮的孔雀蓝色低腰连衣裙。

"哦，"我嗫嚅着看了一眼裙子，"我可不能把这个穿回家……海伦……哦……她一定会嫉妒得发疯，嫉妒得要死。"

"海伦是谁呀？"奥黛丽天真地问道。

于是，从我们见面到现在，我第一次开始对奥黛丽说起海伦来。

* * *

那一夜是我们彼此信任的开始。洗完泡泡浴，我觉得既温暖又放松，话就变得不是一般的多。我向奥黛丽描述了海伦，说起不幸作为她的室友，我每天都要忍受的她的小偷小摸和冷嘲热讽。奥黛丽拍着我的胳膊，不时发出一阵阵惊呼："真是个讨厌鬼！真不知道你是怎么忍受下来的。"当然，回想当时，我清楚地知道奥黛丽是为了达到自己的目的才附和我，对我表示支持，最后往我对海伦的满腔怒火上烧了一壶油的。但是即便如此，我还是愿意相信她的的确确对海伦不齿。说起骄横跋扈，其实海伦尚不及奥黛丽之十一。但奥黛丽的魅力是另一个法宝，总能把我弄得晕头转向。

奥黛丽也对我说了一些心里话。好吧……至少当时我觉得如此。等我擦干了身体，穿戴整齐，我们一同坐在客厅壁炉边大大的天鹅绒坐垫上，一边听我絮叨海伦的这不对那不对，啜饮着热茶。我承认，当时自己头脑昏昏沉沉，几乎搞不清身在何处。我花了好一阵子才适应奥黛丽房间里奢侈的陈设，但是从那晚起，我发现了有关奢侈生活的一个有趣的地方：一旦习惯了，就无法想象远离它的日子。我一点儿都不着急回到布鲁克林区的寄宿公寓里面对讨厌的海伦，但是出于礼仪，我觉得差不多应该告辞了。我从来都不是一个会违背礼仪的人，于是站了起来，准备和奥黛丽道别。突然，奥黛丽冰凉的小手搭上了我的胳膊，双目凝视着我的脸，眼中流露出既热情又认真的神情。

“在你走之前，我想我有必要解释一下，对吗？关于这个房间。”

我当然想知道，但是出于礼貌的限制，我不应该自己提出这个问题。我冲她眨着眼睛，屏住了呼吸，担心自己刚才是不是说错了什么话，让她逼着自己揭开这个谜底。

“你瞧，是我父亲为我租下了这个房间。”

我点了点头。

“我们家——算是有一点儿小钱吧，我想。但请注意，我们可不是那种不上路子、品位低俗的暴发户。我父亲只是希望我过得舒服一点儿，所以我住在这儿。”

我静静地点了点头，还竖着耳朵期待听到更多。

“问题是……”奥黛丽一副欲言又止的样子，犹豫了一下。我觉得她可能想要问我什么。“问题就是，我不确定警局里还有没有第二个人能理解我的生活——除了你。你是如此冰雪聪明，罗丝，你的思想是这么开明。你自己也很清楚这一点，对不对？咳，你应该清楚，这是不争的事实！说到你的聪明，我还打算请你和我那几个波希米亚艺术家朋友一块儿喝咖啡呢。他们是一帮了不起的知识分子，总是和我聊最时兴的美术作品和诗歌作品之类的。你一定会爱上他们的！”说话间，她友好地拉起我另外一只胳膊，轻轻地摇了摇我的双肩，我感到一阵似曾相识的温热的刺痛感爬上了我的脸颊。我不敢肯定自己会像她认定的那样，爱上那帮也许只是装作文艺青年的无家可归者。但是我越来越肯定的是，我情愿被奥黛丽的魅力所迷倒。她笑了一声，清了清喉咙，饶有兴味地再次注视着我：“但是说到眼下，罗丝，如果你不把我住在这儿的消息或是我的生活状况告诉别人，我会非常感激。否则他们保不准会对我产生什么奇怪的想法。”

现在回想起来，我当时应该对这句叮嘱产生警觉。但是奥黛丽已经把我心中那难以满足的好奇本能调动起来了。我记得自己当时在想，也许奥黛丽已经对自己身边像小虫围着果盘一样挥之不去的流言有所听闻了。我对自己说，她只不过是想把那些流言蜚语的影响控制到最小而已。无论如何，我点了点头，奠定了自己的“同谋”地位，最后磨磨蹭蹭地离开了那个铺着厚地毯的仙境，回到又冷又黑的世界中。

就这样，我中了奥黛丽的友情这张彩票。那个命定的暴风雨之夜过后，她就经常邀我共进午餐。每次，只要我们披上大衣，说说笑笑地并肩出门，走下警局的台阶，艾里斯和玛丽都会用愠怒的目光目送我们。至少在我的想象中她们就是如此，因为人们只要离开了奥黛丽那灿烂光芒的眷顾，就会觉得像是乌云遮住了太阳。我想奥黛丽可能最终还是发现了艾里斯的索然无味，并且觉得玛丽的嘴不紧，因此无法成为一个合格的闺蜜。现在，我想，她是我一个人的了。

奥黛丽果然没有食言，带我去见了她的“波希米亚朋友”。有天傍晚下班后，她带我去了一个烟雾缭绕的小酒馆，离华盛顿广场不远。我不知道奥黛丽带我来究竟是为了什么，除非是为了测测我的深浅——我敢断定，她一定对我的浅薄非常惊讶。我对当今那些号称是艺术的新潮胡闹无力欣赏，并且我发现那些责备我应该“开阔心胸”的家伙往往心眼儿小得要命，总觉得别人应该听他们的。我个人认为，如果一个人无法在经久不衰、伟大辉煌的艺术传统所划定的界限内从事艺术，那么这只可能是因为他缺乏天赋或训练。

奥黛丽带我去见她那些波希米亚朋友的时候，他们正在兴致高昂地朗诵和讨论着一首长诗。这首诗一两年前在一本看起来很寒酸的名叫《日晷》①的杂志上发表，居然也在诗坛上引起了一番震动。如果我没有记错的话，诗人好像名叫艾略特还是什么，整首诗颠三倒四，就像疯子的胡话。但是却得到了这帮人的激赏。坐在我左边的女人一度转向我尖叫着：“这首诗完全是颠覆之作！难道不是吗！”

我仔细打量着她的脸，却发现一丝挖苦之情都没有，与之相反，她看起来非常认真。她清澈的棕色大眼睛和苍白的面颊都被激情点亮了，比时代广场上的任何一面广告牌都要明艳动人。“的确，”我说，“我敢说这位先生的诗简直就像拆房吊机甩出的一记重锤，诗歌的圣殿估计好一阵子都难以复原了。”我这话可一点儿恭维的意思都没有，但这位女士笑得如此灿烂，好像我刚刚对这位诗人吐露了最深沉的爱慕一般。我大惑不解地看着她。她冲我挤挤眼睛，与我对视，

① “The Dial”，超验主义喉舌杂志，最早由爱默生、富勒创办，1843 年 3 月，爱默生改与梭罗合作，合作编辑《日晷》，并开创专栏介绍世界上主要的文化经典。

一面越过桌子让坐在我们对面的男人举起火柴，为她点烟。

这是第一次也是唯一一次奥黛丽带我去见这帮“波希米亚艺术家”。虽然我不觉得这种聚会有什么意思，但是现在想来，她带我去参加这样的活动真是聪明，因为这样的体验为奥黛丽在我脑中正迅速成形的印象又增添了一重屈折变化。那晚我坐在烟雾缭绕的小酒馆里，看着她激情四射地和别人争论流亡海外的诗人和西班牙画家，隐隐约约地感到，她巧妙地变换调整了那将在我心中照亮她此后行为的灯光角度，并且改变了未来我在感知那些即将到来的事件时的心态。她究竟是否真的关心那些疯疯癫癫的实验派西班牙画家？我现在对此一点儿都没有疑问了：她只是想让自己看起来显得关心。无论如何，既然已经向我展示了“波希米亚生活”的浮光掠影，奥黛丽也就不再费劲再度邀请我参加这种聚会了。她对人类行为的观察可谓细致入微，我相信自从那一刻起她已经百分之百确定，我跟她去参加那种聚会并不是因为渴望某种艺术刺激，而只是渴望陪伴在她的左右。早在那个时候，她就已经成竹在胸了。

我们成为好朋友之后，两个礼拜的时间一闪而过，而我似乎已经不再记得奥黛丽对我展开她皓白笑容之前的日子是怎么样的了。我还没有回过神来，我们俩就已经在餐厅里，你看着我、我看着你了。桌上的餐盘已经被收走了，而那句“你应该搬进来和我住在一起”还兀自飘荡在空中。

“反正我也想找个女伴替我分担一点儿房费。”她用满不在乎的腔调轻快地说着。

“你的房费不是你父亲替你付的吗？他可能不太愿意别人住进去吧。”

“是啊，但是没必要让他知道呀，你明白的，”她身子微微前倾，坏坏地一笑，眼神凌厉。我明白了，因此并没有喜极而泣。原来这并不是姐妹情深的邀请，而只是一个商业提案。我的心往下一沉，但是并没有全然失望。我们已经做了好几个礼拜的朋友，每个下午都厮混在一起。我抬头向她看过去，只见她完美的丘比特之弓似的笑容变得有一点儿邪恶，带着一点儿同谋犯的神情。“这笔额外的收入，”她偏着脑袋看了我一眼，“对我们两个都好。”

这倒也许是真话。事到如今，我已经认定，奥黛丽简直就是个屡教不改的败家女人。也许我应该帮帮她，教教她节俭的奥义何在。我可以向她传授一些勒布朗太太教给我的技巧。在我们好上的这段时间里——其实当时也就几个星期——奥黛丽和我一共去了十九家贵得吓人的餐厅吃饭(不光是晚餐，还有午餐！原来世界上真的有这么一种人，会去如此奢侈的地方吃午饭！这简直把我吓坏了)。我们坐在铺着雪白桌布的餐桌边上，由敏捷帅气、打着领带戴着手套的侍者侍奉。在我看来，似乎每一道上菜流程都有专人负责，甚至还有一个人的全部工作就是端着银质的肉卤盘立在一边，随时准备给我们添上一勺。我们去过的这些餐馆里，有些正是我以前朝思暮想的，但是之前我总是找不到合适的机会(或是同伴)去。而且这么长时间里，我从来都没看见过账单。每当我问奥黛丽怎么会这样，她总是王后般满不在乎地挥一挥手，说着同样的话：“你别管了。”的确，如果奥黛丽身上有一样东西是真的，那就是：她永远都是一副满不在乎的样子。

那天，午餐快用完的时候，侍者领班一手端着一个银托盘，另一只胳膊上搭着一条叠得整整齐齐的小毛巾，为我们送上了咖啡，还有一张供奥黛丽签名的小纸条。

“谢谢你，吉恩。”她脸上又展开一个光彩照人、纯良无辜的笑容。我至少看奥黛丽施展过上百种笑容，但是这一种——就是她现在笑着的这一种——是她最常用的。“吉恩”点了点头，退下了。她压低了声音跟我说：“告诉你一个秘密：其实我不记得他是不是真的叫吉恩。但是他也从来都没有否认过。所以这么长时间里我都这么叫他，或许这已经成了他的真名字！”她像是被逗乐了一般咯咯笑了起来，像是等着我的加入，于是我也忍不住一起笑了出来。

我瞥了纸条一眼，却没有看见任何数字，只看见一个签名档。奥黛丽志得意满地拿起纸条旁边的自来水笔，胡画了几笔，根本看不清写了什么。随后，她抬起头，看着我，笑容还挂在脸上，而且依然非常明艳，不过也显得有些空洞。我已经看出，她正在设想我们的将来，并且为之做着打算。我猜她是不是在脑中计算着什么数目。因为虽然她嘴上笑着，眼神却有些游移不定。

“你现在得付多少钱？”

“什么？”

“房租。寄宿公寓的房租。多少钱？差不多九到十美元一个礼拜？”

“哦，差不多吧，我估计。”我的声音听起来有些戒备。修女们总是告诉我，谈钱是不礼貌的，而说到具体的金额更是粗鲁的行为。

“行吧，不管多少钱，你搬进来跟我住，还付这么多。”

“你不是开玩笑吧？”

“当然不是，”她耸了耸自己窄窄瘦瘦、男孩子气的肩膀。“我能挣上一小笔，你也能过得比你现在好得多。”就像所有正直的美国人面对有人直接挑明财富上的差距时一样，我有些抗拒。她直勾勾地盯着我：“你也看见房间是什么样的了。”此言不虚，我立刻回想起那晚的泡泡浴，奢华的回忆给我留下了深刻的印象。“你的个人空间会大得多，而不是像现在这样，你连自己的一个房间都没有，”她又说。“另外，我可以向你保证，我可比那个讨厌的假扮清纯的海伦和她荒唐的演戏一般的歇斯底里症要有意思得多。”

我犹豫了一下，又立刻担心自己的犹豫不决已经被奥黛丽看在了眼里。说实话，我恨不得立刻扑到她的酒店里去。这已经不仅仅是满足好奇心的问题了，奥黛丽向我展示了一个全新的世界。我已经开始觉得……好吧，陪伴在她左右的自己已经不再像自己了。这种感受令我精神焕发，仿佛无数可能都对我张开了怀抱。我已经不单单是罗丝——我是奥黛丽的朋友，每当这个念头滑过我的脑海，我总是能感觉到一阵愉悦的骄傲。除此之外，奥黛丽也已经变成了我的知心人。我跟她说了许多童年的故事，也跟她倾诉了好些多蒂和海伦这两个八卦女人对我进行的折磨(虽然我有心隐瞒了那一巴掌和关于阿黛尔的故事)。当她说起让我搬进去和她一起住时，我承认我的想象力瞬间像变魔术一般描绘出了这样的场景：无数个夜晚，我们一起躲在被单下不眠不休，彼此倾诉着心中的秘密，直到玫瑰色的朝霞悄悄爬进了窗棂。当这些想象浮现在心头时，我感到一阵强烈的喜悦袭来，笼罩着全身，几乎令我眼前一黑。这是一个令人兴奋的主意，但也令人害怕。我从来没有在孤儿院或寄宿公寓之外的地方居住过，而这两个地方的住宿安排都是契约制的，是有保障的。我抬头扫了奥黛丽一眼，想看她是否注意到了我这一瞬间的犹豫，却发现她刻意选择了忽视。

“我该怎么跟多蒂说呢？”我一边问，一边心不在焉地咬着指甲。

“你喜欢怎么说就怎么说呗，”奥黛丽又点起了一支香烟。我们回去上班的时间已经有些晚了，我不禁皱起了眉头。这个礼拜我们已经晚回去两次了。

“如果她非常生气怎么办？”我想象着多蒂冲到警局里质问我的样子，旁边还跟着一个恶狠狠、脖子瘦长的律师。“也许她有什么权利，”我嗫嚅道。

“她爱怎么样就怎么样，”奥黛丽这么回答道。这个时候，真相已经浮出了水面——她已经明白，我一定会搬进酒店和她一起住的。当我再次望向她的时候，我明白自己也很清楚这一点。

第七章

奥黛丽提出邀请后的第二个礼拜，我就搬了进去。正如我之前所预料的那样，搬离寄宿公寓是整个过程里最困难的一部分。多蒂怀抱着她三岁的女儿弗兰妮，堵在我的卧室门口，斜着眼睛打量每一件我装进行李箱中的东西，仿佛我可能会趁她转身的时候做出什么违背物理原理的事情来，把一个灯罩或是整个床头柜塞进我小小的箱子里。弗兰妮一直在尖叫哭闹。她的哭闹并不是因为我的别离，而是因为海伦坐在楼下的客厅里独自吃着一便士糖果，而不愿意分给她。多蒂其实知道这个原因，也知道只要自己从食品柜的罐子里挖出一勺木莓果酱喂给弗兰妮，这场风暴就能平息，但她就是不愿意这么做。我想，她更愿意让怀中这个哭闹不止的孩子助长自己对我的怒气。我以前也注意到，只要收账单的人来我们公寓，或是有邻居敲门抱怨后院吠叫的狗，多蒂总是喜欢顺手把一个当时情绪最坏的孩子抱在怀里。

虽然这个孩子已经三岁了，但哭起来还是像个婴儿那样，完全不受任何控制。她的叫声能从动物一样的、低得超出人类音域的喉音一口气瞬间升高到穿透耳膜的高频率。当时的情景，说得客气一点儿，实在不能算是一场令人留恋的别离。但是我本来就没有多少东西好收拾，于是三下五除二就把箱子上斑驳不堪的皮带捆好，往楼下走去了。

“多蒂总是怀疑你迟早有一天要走。”我走过客厅，海伦正坐在那儿翻看一本杂志，这是她给我唯一的临别赠言。我最后看了一眼她苍白的脸。她往嘴里丢了一块糖——正是这种糖在几分钟之前让弗兰妮怒不可遏。她猛地把糖嚼碎，斜着眼睛瞟了我一眼，我明白她想说的话：“啧啧啧，吃不着，干着急。男人战场把命丢，寡妇在家干着急……”

面对这一切，我无动于衷。我的的确确、实实在在不能在这儿待下去了。我受不了多蒂，也受不了海伦，更受不了她俩在厨房嘀嘀咕咕关于我和阿黛尔的八卦。她们连见都没见过阿黛尔，居然就信口开河乱作评价。多蒂这会儿已经跟着我下楼进了客厅，弗兰妮一看海伦在吃糖，又哭开了，而且更高了半个八度，简直能把人的耳膜刺破。只是这阵哭声就足以让我赶紧走完剩下的几步，冲到门口，迫不及待地走到街上，一眼都不想再回头看这座过去几年间容身的破楼。

几站地铁之后，我到了奥黛丽的酒店。我站在人行道旁的雨棚下面，抬头打量着我的新家，它金色的大门在泛光灯的映射下熠熠生辉。我突然觉得有些恐慌。此刻，搬家给我带来的恐惧，比离开寄宿公寓时更甚。我登上铺着地毯的大理石台阶，笨拙地跟旋转门对抗了一阵子，带着犹豫不决和一丝惊恐。很多酒店公寓都非常……功能化，和寄宿公寓并没有本质区别，特别是那些专宿女宾的酒店公寓。但是奥黛丽这家却是一家真正的、地地道道的酒店，达到了旅游级别。就在那个决定命运的下雨天，我第一次来的时候，它曾让我兴奋莫名，但是等到我真正搬进来的这天，它的奢华却让我觉得神经紧张。我穿着笨重的外套，一只手里拎着箱子，过这道旋转门都要好一番挣扎。我的大驾光临变成了一次尴尬之旅，旋转门就像吃了一口苦涩东西的嘴巴，把我吐了出来。我还差点儿绊了一跤。

当班的酒店工作人员并没有认出我。我一点儿也不怪他，毕竟我只来过一次。而且就像我之前说的，很早以前，我就掌握了让自己看起来平庸的完美技巧。我想搭电梯上楼，可是被拦住了，最后他们打电话到奥黛丽的房间，请她下来接我。每个人似乎都认识奥黛丽——至少是对她有所耳闻——而且大家都知道她得过好一阵子才会下来。门童带我来到一张沙发前，指着旁边的一部礼宾电话："如果您想给什么人打个电话，请便……"但是他不需要这么费心的。我认识的人里面没有一个是有私人电话的——看我的样子就知道!

25 分钟就这么过去了。终于，小小的金色鸟笼电梯降了下来，奥黛丽走进了大堂。我立刻注意到她的出现引起了多么大的骚动。随着"叮"的一声电梯铃声，所有的脑袋都转向了电梯，紧紧盯着，期待奥黛丽的身影出现。出了电梯，她的脚步稍稍迟疑了一下——这迟疑短暂得肉眼几乎来不及辨认——然后嫣然一笑，迈着漂亮的步子走了过来，像个小姑娘般昂首阔步来到了大堂。所有人都随着她的一举一动同步转动着脑袋，通常这种情景只有在网球比赛中才能看到。我站起身来迎接她，她顺势将胳膊滑进了我的臂弯。我的脸一下子就红了，但是嘴角忍不住泛起一个骄傲的微笑。

"记住这张可爱的脸吧，小伙子们，"奥黛丽指的是我，"打今儿起罗丝就住在这儿了。"她带我转了一圈，和酒店里的每一个工作人员打招呼，就像她第一天来上班的时候警督带着她转遍了我们整个警局一样。她仿佛知道所有人的名字——至少，就像餐厅里那个可怜的"吉恩"一样，没有人对她表示反对，都乖乖被她重新施洗了。我和每个人都握了手，任自己裸露的双手在一双双白手套间游走。想要不觉得自惭形秽真的很难。在酒店金碧辉煌的陈设的映衬下，我的穿着打扮更像是来擦地板的，而不是来住店的。最后，奥黛丽让一个娃娃脸的侍者帮我把箱子抬上楼去。这个男孩子要么叫鲍比，要么就被奥黛丽重新起了“鲍比”这么个名字。我本来想客气一下，但是抬着箱子上下地铁站的楼梯已经让我的手臂非常酸痛了，能有人帮我一把也让我松了口气。到了房间，鲍比把箱子放在门内，奥黛丽给了他 10 分钱的小费。说实话，看着他盯着奥黛丽那双微笑的红唇，我觉得他更想要一个吻，而不是这笔小费。他稍微逗留了一会儿，然后有礼貌地告别了，像是终于明白了自己的期待只不过是个奢望。

现在只剩下我们两个人了。我们走进了我的新卧室，奥黛丽提起我的箱子，“砰”地丢在床上。床铺得非常漂亮，罩着雪尼尔花线床罩，摆着孔雀蓝色的缎面枕头。

“你就睡这儿吧，”她说，“希望你觉得还可以。”

岂止是“还可以”！我环视着房间。上次我来的时候，就偷偷瞟过一眼走廊，看到一间书房，里面摆着好几盏罩着绿色灯罩的银行灯，还有一张看起来沉甸甸的桃花心木书桌。但是这次来，书房已经奇迹般地变成了这间舒适的卧室。紧挨着床的那面墙边上立着一扇饰以金叶，具有东方风情的屏风，上面还绘有长腿仙鹤的黑色剪影。床头柜上巨大的水晶花瓶里插满了白色的水仙花，每一片花瓣都饱满地现出魅惑的曲线。一台老式的圆筒留声机摆放在另外一侧的床头柜上，喇叭看起来像是一朵巨大的牵牛花，姿态与百合同样优美，像是在争芳斗艳。奥黛丽留心到我正在看着它。

“哎呀，真不好意思，把这老古董摆在这儿。我把它摆过来、摆过去，似乎放哪儿都不合适。现在谁还用它啊！我有最新式的维克多牌留声机，就在我房间，当然你随时都可以过来听。”

一时间我都不知如何回答。奥黛丽完全没有必要作出这种不屑一顾的姿态。我从来都不曾拥有过一台自己的留声机——不管是老式的还是新式的——但是我一直很想要。“我……我一张唱片都没有。”我像个傻子一样结结巴巴地说。

奥黛丽笑了起来——一串美妙的颤音，赛过任何留声机或是唱片。

“我有成堆的唱片，多得简直都要从我的耳朵里冒出来了！”她指了指旁边书架上高高一沓唱片套，“只要你能受得了这部老掉牙的机器，随便你听什么都行！”

突然之间，她的情绪发生了转变，安静了下来，冲我伸过头来，仿佛陷入了沉思，然后……一个典型的奥黛丽式的笑容浮上了她的面颊，像是一轮红日冲破了乌云。她猛地一拍巴掌，像孩子突然得到了一份出乎意料的生日礼物。“知道吗？这是一个好机会！我们应该好好庆祝一下！”她拉住我的手，把我拖进了她的卧室。我瞬间想到了她那帮波希米亚朋友，还有他们推崇的生活方式，突然觉得周身的肌肉一紧。

“我们出去玩玩！让我先给你找件儿衣服。”她大声说着，拉开衣柜。我的心跳渐渐恢复了原先的频率。其实我这会儿并不想出去，但是并没有说出来。奥黛丽选了一条非常时髦的淡紫色裙子，黑色的丝带垂绕在臀部下方，系成一个慵懒的蝴蝶结。奥黛丽举着衣架，塞到我的脖子下面。我尽量不让自己显露出不认可的神情。它比我这辈子穿过的任何一条裙子都要短。“嗯，挺好的，挺好，很不错！”她皱起眉头说道，更像是对她自己说，而不是对我。

“这件衣服我穿不来，”我说。奥黛丽问我为什么，我发现自己实在无法开口说出真实想法：因为它看起来“不正经”。但我不喜欢欠别人的情，而且环视周围，看着这个成为了我新住处的奢华的地方，我自然会觉得有些内疚和敬畏。于是不多一会儿，我就屈服了，乖乖穿上了这件衣服。

对于奥黛丽要带我去哪儿，我真的一无所知。下楼来到酒店大堂，她用自己特有的女王一般令人心醉神迷的方式，号令侍者为我们叫了一辆出租车。我俩大喇喇地坐了进去，穿着不知羞耻的紧身裙，下沿仅仅齐臀，裸露出的腿部皮肤可以清晰地感觉到皮坐垫。我们的胳膊上搽满了香粉，发出浓烈的香气。奥黛丽给司机的地址离我们警局不远，这让我觉得又惊恐又奇怪。据我所知，下东区并没有太多娱乐场所。但是我也必须坦白，其实我根本就不知道什么娱乐场所——句号。

奥黛丽付了车费以后，我们在路边下了车。我环顾四周，什么特殊之处也没有。至少，没有像我预想中的那样，出现欢腾的场面或是嬉笑的声音。没有一扇开着的门里传出音乐声和笑声交织的声响，头顶上也没有任何一扇窗户泄出灯光。我们所在的这个街区似乎全是商铺，而且早就都已经打烊了。每间商铺的门前都是黑黢黢的，充满了某种沉重而又怠惰的奇怪引力，仿佛我们正身处一排沉睡的巨人中。我们的最终目的地更令人好奇了，包裹在前所未有的神秘中。

“这到底……”

“嘘！！”

奥黛丽向空无一人的街道俯下身去，鬼鬼祟祟地往两边扫视了一番，突然间我觉得似乎有什么人在偷窥我们。“没事。安全。”她用充满魅力、带些嘶哑的声音低语道。“但是我们还是小心为妙。”她拉住我的手，向着一个死胡同走去。我穿着丁字鞋的脚踝微微扭了一下。奥黛丽非要坚持让我穿这双鞋，尽管它大了半码。我能感到夜晚的凉意包裹着我裸露在外的肌肤。一阵小风吹过，裙摆轻拂着我的大腿后侧，提醒我它只有那么短。越往里走，路边的商铺越少，这再正常不过了。巷子本来就不太适合开商铺。但是我注意到，就在这巷子的最里面，居然还有一家商铺；走近了一看，我非常惊讶地发现，它居然还没有打烊。这是一家假发店，门脸很脏，灯光暗淡，柜台里只有一个店员在打瞌睡。奥黛丽笑了一下，笑声里满是兴奋，推门走了进去，头顶上的小铃铛响了一声。我们一进去，柜台里那个没精打采的年轻人就醒了过来。

“要点儿什么吗，女士们？”这个店员看起来长得很奇怪，油腻的长发搭在额前，还穿着颜色很诡异的吊裤带。我注意到他说“女士们”时的发音也很特别，像是嘴巴没有张开的英国腔。我因为年纪还轻，所以很不习惯被称呼为“女士”，并且我相信奥黛丽也不喜欢被这么称呼。但是我从来都不会强调自己的年轻，所以有这么一瞬间，还觉得自己有了那么一点上了年纪的权威感。

“嗯，啊，是啊。”奥黛丽漫不经心地回答道，扫视着店里的货品。她缓缓转了一圈，很明显是在找某一样特别的东西。靠墙的架子上排满了没有身子的假人头模型，每一个都戴着一顶不同的假发套，粉红色的脸上带着一模一样的画上去的微笑。我有些吃惊。奥黛丽自己拥有一头丰裕、美丽、浓黑的秀发，比我认识的任何一个女孩儿都要光彩照人。我实在想象不出她为什么要买假发套。最终，她伸出了自己小麦色的手和纤细的手腕，灵巧地从一个假人头上摘下一顶假发套，露出眼神空洞、依然微笑着的假人那光秃秃的头顶。这顶假发着实不怎么样：这是一个维多利亚风格的发髻，如果不是因为它那乏味的铁灰色，也许会吸引像海伦这样品位的女孩子。奥黛丽拿着这顶让人不忍直视的发套，扔到店员面前的柜台上。

“我听说栗色款的还不错。”她用戏剧化的腔调对店员说道。我简直不敢相信自己的眼睛——奥黛丽的嘴边竟然浮起了一个带有挑逗意味的笑容。“但是桃花心木色的更是美翻了。”说完最后一句话，她冲店员使了个眼色。我困惑地眨了眨眼睛——这真是前言不搭后语。但是店员很显然并不这么觉得。奥黛丽话中的意思对他来说显而易见。像是突然回过神来似的，他非常有效率地快速按下了收银机上的几个按键。随着他按下最后一个键，一阵沉闷的金属声响起，他身后墙上的一块镶板打了开来，露出一条黑黢黢的走廊，挂着红色天鹅绒幕布。欢乐的声音涌了出来，还有此起彼伏的喃喃的说话声，夹杂着女人的笑声和清脆的碰杯声。哇哇作响的小号和叮叮咚咚的吉他伴着艾尔·乔森①浑厚的歌声，被一部看不见的留声机播放出来。

“你们可以进去了，女士们。”

挂羊头卖狗肉。我以前对此有所耳闻，但是从未亲眼见过，因此目瞪口呆。整个假发铺子只是个幌子。商店所有者——不管是谁——也许一辈子一顶假发都没有卖出去过，就算卖出去过，也只是碰巧的无心之举。奥黛丽对着柜台后面年轻的店员嫣然一笑，向墙上豁然洞开的走廊走了过去。店员看着她袅娜的身姿，而我看着他看着奥黛丽……直到我突然意识到奥黛丽已经消失在黑暗中，而我还站在柜台前面，呆若木鸡。年轻的店员把注意力集中到我身上，用怀疑的眼神打量着我，一侧的眉毛高高挑起。

“这位女士，进去还是走开？做生意随便不得，你知道的。”我发觉他已经蠢蠢欲动，想要把门关上了。他故作客气但却专横跋扈的样子惹恼了我，我恶狠狠地盯了他一眼（这一眼让他的眉毛挑得更高了，随之又变成了带着畏惧的问号，这让我很满意），朝着奥黛丽消

---

① 艾尔·乔森（Al Jolson，1886—1950），俄裔美国歌唱家、表演家，以扮演黑人著称。

失的方向走进了黑暗的走廊。刚一走进门口，我就感觉到身后的暗门关闭了。过了好一会儿，我的眼睛才适应了暗室内的黑暗，我这才敢迈开脚步，否则真担心会绊倒。

“过来呀，罗丝。”

我跟着奥黛丽的呼唤走了过去。她的声音像是淹没在了许多其他的声音里。我费力地推开了走廊尽头的天鹅绒幕布。

眼前的一切让我措手不及。我发现自己一头扎进了狂欢派对的正中间。我被一屋子的人吓坏了。四周墙上贴满了紫红色天鹅绒墙纸。因为光线不足的关系，屋顶看起来像是黑暗的洞穴，中间精心涂抹过的圆形灰泥里却又出其不意地垂下一盏水晶吊灯。整个房间里热烘烘的，因为人多，显得很潮湿，强烈的杜松子发酵气味（在警局工作的这段时间我已经非常了解这就是私酿金酒的标志性气味）在空中飘浮。

房间里人山人海，一时间看不全，我只能格外关注几个特别显眼的。一小撮女孩儿正在房间正中间狂热地摇摆着，跳着查尔斯顿舞[①]。另外一位年轻女士正从一个样式新颖、形似女人高跟鞋的酒杯里啜饮着泡沫丰富的香槟。她的裙子非常时髦，领口开得低低的，缀满了一条条玻璃珠链，周身闪闪发光。两个矮胖的男人正拿着雪茄吞云吐雾，互相拍着后背笑得前仰后合、歇斯底里，脸都憋红了，像两个小丑，彼此越拍越亲热。屋子另外一端，有个女人索性坐在了钢琴上，底下有一伙人正逼着她脱下鞋子和长筒袜。而她自己装模作样地推托了几次，也就应大家的要求除下了鞋袜，用脚趾演奏了一曲听起

① The Charleston，美国 1920—1930 年代流行的一种摇摆舞，以南卡罗来纳州查尔斯顿城命名。

来更像是即兴版本的“筷子华尔兹”。

“你要喝点儿什么？”

我意识到，有人在和我说话。我循声望去，却发现声音来自下方，并且吃惊地发现此人原来是个侏儒，穿着红色的吊袜带，戴着一顶软毡帽，正抬头盯着我。他双眼周围有一圈暗紫色的黑眼圈，而且实在应该刮刮胡子了。我努力想要挤出一个答复。

“别给这位女士喝私酿金酒啊！”旁边传来了奥黛丽的声音，她突然出现在我的身边，用绵软的手臂搂住了我的腰，“让我们先给她来点儿文明的。一杯上好的香槟鸡尾酒怎么样，雷蒙德？”

雷蒙德用肉眼几乎无法觉察的幅度点了点头，迈着僵硬的小短腿，歪歪斜斜地走开了。

“雷蒙德真是个甜心。”

“你这是把我带到哪儿来了？”

奥黛丽却只是笑了一笑：“来嘛，我想带你见一个人。”她依然用手挽着我的腰，把我带往房间远处的一个角落。一帮子衣冠楚楚的男人站成一圈，将轮盘赌桌团团围住。我默默地看着赌盘闪闪发亮的银质舵针在空中旋转，十字指针随着它缓缓的转动一明一暗。奥黛丽凑近了一个身材高大、西装看起来颇为不菲的黑发男人。

“罗丝，过来见见哈里·吉布森。”听闻自己的名字，那个男人转向了我们，用毫不掩饰的狼般多疑的目光把我从头到脚打量了一番。

“叫我吉布，”为了显得礼貌，他边说边漫不经心地冲我伸出一只手。我小心翼翼地握了握这只手。这番客套之后，他立刻将注意力转移回到轮盘上。“给把劲儿啊，加油……”吉布小声说道。奇怪的是，他似乎并没有特别为哪个数字鼓劲，而是好像不希望任何一个数字赢。我注意到轮盘越转越慢，将停未停的时候，他的眼神也随之亮了起来。

“小姐，你的饮料？”

我低头一看，雷蒙德已经端着奥黛丽为我点的那杯东西回来了，但是只带来了饮料，却没有账单。很快我就会明白，和奥黛丽相关的事情总是如此：饮料、餐食、戏票——奥黛丽总是能在几乎看不见金钱交易的情况下得到这些东西。而现在，只因为是她的女伴，我就能免费享用这一切了。我看着这个个头小小的服务生为我们端来的饮料，隐约意识到自己被天上掉下来的馅饼砸中了。他的小短胳膊可能还摸不到头顶，但是却不妨碍他骄傲地举着银质托盘，上面摆放着两杯看起来似云如雾、微带绿色的香槟。奥黛丽从托盘上拿起一杯酒，径直送到了嘴边，优雅地品了一口。我明白，作为一个正派的女孩，我是不应该在公共场合饮酒的，但是我有一种正在经受考验的感觉，我知道我不能直接拒绝。

“这是什么？”我边问边迟疑地从托盘上拿起了我的那杯。

“一小杯天堂。”奥黛丽这样答道。我看了她一眼。她笑了起来：“一份苦艾酒，两份香槟。试试看——你肯定会喜欢的。”

“我……我不会喝酒。警司知道了会怎么说啊。”我脱口而出。

奥黛丽又笑了起来，富有乐感的笑声响彻了整个嘈杂的房间。轮盘上的小白球终于跌跌撞撞地停了下来，引发了桌边的一小股骚动。吉布心烦意乱地转过身来，刚好看到我不愿意喝这杯酒，于是皱起了眉头。

“你这朋友是谁啊？”他问奥黛丽，似乎站在她身边的我是空气。

“另一个打字员。局里的。”

他吃了一惊，又仔细打量了我一番："她没问题吧？"

奥黛丽生气地皱起了眉头——这对她美丽的小脸儿来说是很罕见的表情。"如果你怀疑的话，我可以为她打包票。"

"你可不能什么人都往这儿带啊。"吉布用低沉的声音警告道。但是这个警告是空洞无力的。他的注意力瞬间又被转动的轮盘吸引了过去，又一轮赌局开始了。

"喝一口，罗丝，告诉吉布，你是个好人。"奥黛丽提议道。我意识到自己是无论如何躲不过去了，只好喝了一口，嗞嗞作响的欧亚甘草味香槟强烈地烧灼着我的喉咙，我尽力压抑住自己想吐的欲望。"好姑娘，"奥黛丽赞许地说道。尽管我又一次感觉到这话并不是对我说的。

"好吧，随你的便吧。"吉布让步了。

"哦，罗丝，别管这些无聊透顶的赌棍了！"奥黛丽突然大声地说，冲吉布使了个眼色，又揽住了我的腰，"我们自己找乐子去。"她把我搂得很紧，我只能乖乖地跟着她走，像是某种温顺的农场动物。鸡尾酒的酒劲儿已经开始发作了，我的两颊滚烫，全身发热。

等我们平安抵达房间的另外一头，我忍不住问道："他是谁？"我的意思是吉布。奥黛丽一眨眼就明白了。

"这个地方就是他开的。到目前为止他都是老板。不需要怕他，他不喜欢别人怕他。还有，真没什么可怕的，你一旦了解了他，就知道他连个苍蝇都不敢打死，真的。"她犹豫了一下，像是对自己笑了一下，又像是在脑中琢磨该怎么表达好："还有，他是我的……我的……嗯，我想你可以称他为我的未婚夫。"

我不是非常明白。我从来没见奥黛丽戴过戒指，或是听她提起过订婚的事儿。吉布的坏脾气让我吓了一跳，根本无法想象他跪下来求婚的样子。我又远远望了吉布一眼。看清了他眼中阴沉的神色和没刮干净的下巴上浓重的黑影，想到这样一个男人居然和我身旁明艳不可方物的奥黛丽订婚了，我突然觉得怒不可遏。这不合情理。奥黛丽并没有再多说什么，只是冲我眨了眨眼睛，便立刻开始忙着带我去见屋子里那些所谓的名人了。有几个人是从事电影行业的，不是导演就是制片人。还有几个姑娘在好几部知名影片中演过小角色。有一个头发黄得耀眼的女孩儿还在卓别林的一部电影里担任过群众演员。也许这是我的错觉，但是我总觉得我在哪里见过她，肯定不是在电影里，因为我从来不去电影院，但是好像她为《闲谈者报》(The Tattler)拍过一帧照片，我有一次恰好瞟到过一眼。还有几位是艺术家和音乐家，另外一些人的职业我就不太熟悉了。给我的印象是，随着夜色越来越深，奥黛丽向我介绍的人的职业就越来越说不清道不明，但是随着雷蒙德又端来了几次饮料，整个房间都开始摇晃起来，像是翻滚的海面上的一艘小船。

回想起那个夜晚，有些记忆着实非常模糊。我相信，如果没有记错的话，我和奥黛丽一起跳了舞。我虽然对查尔斯顿舞一无所知，但是隐约记得自己居然跳了一曲。而且我怀疑自己还尝了尝雪茄的味道。我还记得自己坐在长靠椅上，和一个体型庞大的男人聊天，他显然想要好好给我上一课，于是长篇大论地发表了关于股票和债券有何不同的演讲。一个醉得有些踉跄的姑娘一直站在我们身边，不停地插话，一遍又一遍地重复："先生，我从没见过像你这样有趣的鼻子……"他的鼻子的确很大。

我不知道奥黛丽和我是几点才离开派对的，但是仍然记得，上了出租车回家的时候，我的胃里是如何翻江倒海。

"绝对不能再去这样的地方了，"我用自己残存的意识费力地喃喃道。“不是好女孩儿去的地方。”

“哦，安静，别说话。”末了奥黛丽还加上了一个“嘘”，拍了拍又揉了揉我的手。

“警司肯定不会赞同的，”我又嗫嚅道。“一定要跟他道歉才行。”我把头无力地垂向一边，闭上了眼睛。突然之间，我感到有一双强有力的手紧紧抓住了我的双肩，摇得我清醒了一点。我勉力睁开眼睛，发现奥黛丽紧紧盯着我的脸。

“你给我听着，罗丝，”她用冷静而又压抑的声音说道，“绝对不能告诉警司。”我的眼皮发沉，渐渐合在了一起，这肯定让她很生气，于是又把我摇醒，这次更加用力。我突然意识到我们之间的气氛开始变得紧张，一扫之前的轻松愉快。她开始生气，变得严肃。我有点儿害怕了，无辜地抬起眼睛看着她，突然觉得她的脸看起来无比陌生。她在试图让我弄明白什么，而且我凭着本能知道，她想让我的目光和她的牢牢对接，以示我理解她是认真的。在醉酒的情况下，我用尽全力，想让游移不定的眼球稳定下来。费了好大的劲儿，我的眼睛始终在眼窝里打转，从左到右、从左到右、从左到右。

也许我这副样子看起来实在可怜，奥黛丽突然爆发出一阵大笑，叹了口气，松开了紧抓我肩膀的手。“我该拿你怎么办啊？”一个反问句后，又紧接着一阵轻笑。“我想我的担心都是多余的。”现在她的声音听起来是如此的友好，像母亲，又像姐姐。她轻轻地捏了捏我的手。“你可不能告诉别人。还有，”她又补充道，“你才刚搬进来，要是这就要再去找新住处，那可就不太好了。”我隐约感到了一丝威胁，虽然她掩饰得很巧妙。“我觉得多蒂应该不会张开双臂欢迎你回去吧，对吗？”

我们两个都对这个问题的答案心知肚明。我看着奥黛丽，被自己目前对她的依附状况吓了一跳，随后，我的胃里像是有一列体操运动员在大肆翻腾，只得把脑袋探出窗外，释放了一些当晚喝下的香槟和苦艾酒。

第八章

我是那种一直按照规矩生活的人。既然没有骨肉亲人在身边，这么多年来，我一直将一系列的规矩作为我的母亲、我的父亲、我的兄弟姐妹，甚至我的爱人——如果我对规矩一厢情愿的奉献也可以称作是爱的话。虽然，也许的确没有人在床边替我掖被子，但是坚持每晚9点准时熄灯也给我带来了某种抚慰。或许的确没有人给我讲睡前故事，哄我入睡，但是我有一系列的祷告可以做，而且还可以在脑中把第二天早上要干的活儿捋一遍。规矩让我觉得安全。只要严格遵守规矩，我就可以确定，修女们会供我吃穿，打字学校会给我安排工作，警局会录用我。在我遇见奥黛丽之前，心中唯一的神就是颁布十诫的那一个。

所以，很奇怪的是，跟奥黛丽在一起之后，我突然间发现自已打破了之前严格遵守的一切清规戒律。我想我对奥黛丽的爱已经在很多方面取代了我对规矩的爱，而且我对这种变化发生的速度之快觉得非常惊讶。在打破规矩这件事情上，你只要打破了一条，那么打破其他的就只是早晚的事儿。曾经保护着你的朴素的壁垒就在你耳边轰然垮塌。我只能说，因为我太喜欢她，所以我会这么做——虽然我现在的主治医生并不太接受这个答案。

当然，那件事过后，报纸把奥黛丽写成了一个受害者，而我才是那个腐败堕落、谎话连篇、作恶多端的坏人。我既然已经放弃了循规蹈矩的原则，那么也就无意间将自己赤裸裸地暴露于这种攻击下。人为刀俎，我为鱼肉，而他们也确实没有放过我。他们不愿意相信是奥黛丽迷住了我的心窍，而我也找不出合适的话语来形容她对我产生的影响。简单点说，我从没遇到过像她这么有魅力的人，而且以后可能也不会再遇见了。

在我和奥黛丽住在一起不久之后，我沉浸于对了解奥黛丽的渴望中。她穿着打扮、欢饮无度、翩然起舞的姿态全都不经意地流露出一种当仁不让的自信，这对我而言是全然陌生的。我曾多次看到过奥黛丽走进房间，小麦色肌肤上金色的汗毛柔软迷人；突然她孩子气地伸出手去，将素未谋面的男人唇间的香烟偷走，衔在自己口中。没有人会拒绝她，而且这个男人——这里是泛指，因为其实有很多——总是会赶紧作自我介绍，并且从口袋里掏出打火机和一支新的香烟。奥黛丽则叼着偷来的战利品吞云吐雾，用调皮、开心的神情打量着这个男人，像是在跟他说，不管他从口袋里掏出什么，都不如她刚刚偷来的宝贝那么特别、那么好。在我们如影随形的那段日子里，我花了无数的时间观察她，并且，我最终意识到，她的这些习惯性举动，比如对男人嘴上香烟的霸占欲，并不是刻意使坏或是显得瞧不起别人，而只是她这个人特有的做派罢了。

还有些行为，虽然对我来说再熟悉不过，但是似乎完全不在奥黛丽的考虑之列。比如说脸红，奥黛丽好像就没有这项能力。她也从不犹豫或是表示异议。不管别人对她发出的邀请如何，合不合法暂且不论，她总是柔若无骨地耸耸肩，像个刚刚开始发育的少女，伴随着她富有乐感的笑声。

这种轻松随意、“鬼才在乎”的态度体现在她和别人的肉体关系上时，尤其令人震惊。谁是她的情人？谁又不是？我从来都没搞清楚过。但是我知道她在哈里·吉布森的地下酒吧偶尔会引发一些放荡的传闻。她总是表现出“女人只要想，干吗都可以，和谁干都可以”的样子。这让我困惑不解。

你知道，我那个时候搞不清楚，直到现在才明白：对待性事随意和放纵的，要么是富人，要么是穷鬼。剩下的介于两者之间的——这儿我必须说明，我认为我是介于两者之间的，因为尽管我是在孤儿院长大的，但是修女们却教会了我中产阶级妇女应有的端庄（以前听见其他房客说下流话的时候，我从旁边经过都会加快脚步）——而只有中间这拨人，才会在面对性的时候，尽量采取收敛和慎重的态度。中产阶级年轻女性尤为如此。在上人体解剖课的时候，我们都会逼自己红着脸低垂眼帘。要是小伙子向我们提出非分的要求，我们必须愤怒地呵斥“放肆！”。我们受到的教育是要持有保守的性爱观，而我也像和我差不多年纪的那些上过学的女生一样，从心底里觉得保有贞操是非常神圣的。有人觉得这简直是天大的负担，但我却觉得这是一种特别的荣誉。

我对奥黛丽的儿童时代一无所知，因此对她是如何长大的无从知晓。并且我想，就算我知道了这些事实，也不会对我的理解力有所帮助，因为穷鬼的男欢女爱让我觉得害怕，而上流阶层的床笫之事对我而言又总是讳莫如深、云遮雾罩的秘密。但是对于奥黛丽来说，唯一的事实就是，她并不觉得保持贞操是一种殊荣，也不觉得这是一个负担，她是那么的特立独行——只要高兴，她就上床，事后也并不见她有丝毫自责。聚会上她会突然消失，去了幽暗的里屋。不管好人坏人，只要能逗她一乐，她就跟人家上车兜风。我们去晚餐俱乐部的时候，她特有的笑声——通常只对男伴才会发出的调笑声——常从衣帽间传来，毛皮大衣和羊绒外套也挡不住。我不知道为什么我对奥黛丽的男女关系(或是乱搞，据我观察)如此着迷，但我无法自持。尽管不赞同奥黛丽狂野的举动，但我只是安静地观察，并不做出评判，像是强迫自己跟着她看个究竟。观察奥黛丽的欲望是难以抗拒的冲动，它的威力既黑暗又强大。

可以这么说——我的世界即将发生一场浩劫。但是从遇见奥黛丽的那一刻起，我就只能眼睁睁地看着这场浩劫席卷而来。但是如果要像我对医生保证的那样，按照时间顺序叙述故事的话，我还得先说些其他的。

* * *

我们是在一个工作日的夜晚去的地下酒吧，直到第二天早上我还没有彻底醒酒。早上我一进警局，照例闻到挥之不去的廉价威士忌和过期葡萄酒的气味，胃里顿时一阵翻江倒海，像是前一天晚上的体操运动员们正准备来一场加演。我好不容易才集中注意力，让早餐回落到胃囊里。其实我还挺感激办公室里这种讨厌的发酵气味的，来来去去的酒贩子和酒鬼们身上散发的酒味儿为我自己的味道做了掩护——我身上肯定还带着这种气味。更走运的是，警司那天早上来不及让我干活。我本来非常害怕他发现我这个样子，但是他太忙了，没时间对我花太多心思。

可恶的是，警督似乎闲得很。早上他连蹦带跳地拿了一沓报告给奥黛丽，半道上看了我一眼，然后，又看了一眼。

“有人似乎头疼得厉害，需要抿上一口啊，”警督对我咧开嘴笑了一下。

“我不明白你在说什么，”我冷笑了一声，然后两只手捧住抽痛的头。警督笑嘻嘻地走了过来，用他惯用的姿势倚坐在我桌上。

“我想你应该明白，”他说。我抬头看着他，硬撑了半晌，作出高傲的模样。奥黛丽装作正在专心看他刚递给自己的报告，但是我很清楚，她其实正竖起耳朵听我们的对话。“你看你，”警督说，“我又没说你不好。有的时候我也会这个样子啊。”我感到自己鼻翼微张。好大的胆子！居然觉得我会在乎他怎么想！还敢说我们俩——警督和我——之间可能有相似之处！警督似乎对我的怒火万丈视而不见，从口袋里摸出一个闪闪发光的银色玩意儿，搁在桌上，用心知肚明的姿势慢慢朝我推过来，带着一抹坏笑。我隐约感觉到他给我的是一个小酒瓶。“只要来上那么几口，”他说，“你今儿的日子就好过得多了。”

我本能地抽了一口气，往后缩了一下：“不好意思，警督——”

“叫我弗兰克，”他打断了我的话，又向我靠近了一点，补充道，“或是弗兰西斯。但其实大家都不叫我弗兰西斯。”他顿了一顿，脸上红了一下，“除了我老妈。”

“不好意思，警督，请问你是什么意思！”我坚持这么称呼他。听闻此言，他像被我咬了一口似的缩了回去。“我好得很，麻烦你把你的东西收回去，摆在我桌上，别人看见了会错以为是我的。”

他犹豫了一下，伸手拿回了小酒瓶，放进口袋里。而我也因为慌乱，脊背一凉。我匆忙地四下一瞥，生怕警司在往我们这边看。如果警司看见警督试图在上班的时候塞给我一个酒瓶，我非得羞愧致死不可。不管是在上班还是在其他任何时候，我都会这样的。我始终觉得警司和我在道德观和良知方面是平等的，他也一直对我以礼相待。为了给奥黛丽留下好印象，赢得她的认可，我迫不得已喝下了酒，但是相比之下，我更渴望继续得到警司的认可，决不能让他知道我的生活方式已经变得像那些他完全无法认可的摩登女士一样了。

好在那个时候我只需要忍受警督的不认可。他就那么站在我的桌前，一身皱皱巴巴的西装，套着白鞋套。他把小酒瓶狠狠塞进口袋里，把挡在眼前的一绺长发拨开。他的嘴唇沉默地嚅动着，像是想从喉咙深处挤出几个词来，最后终于开了口。

“刚才我还在想，也许你终于开始接地气了，那该是多好的一件事情，”他说。“但是现在我明白了，你还是和以前一样冷冰冰的，像个机器。”他严肃地看了我一眼，转身走开了。我看着他远去，随后像是双眼被什么刺痛了一样，移开了目光。我又用冰凉的手捧住了抽痛的头，隐约听见奥黛丽在我身后笑了起来，笑声里带着些嘲弄，并不是特别友善的类型。

“你这个小傻瓜，”她说，“他只是想在你面前显得随和一些，而且他那玩意儿能让你舒服得多。”她指的当然就是酒瓶里的东西了。但是因为并没有什么实际经验，所以我完全想象不出为什么喝酒能治宿醉。我勉强直起身子，重手重脚地整理着文件。我把一卷空白的纸塞进打印机，开始敲打一份报告，每敲一个键，都觉得颅腔深处的大脑猛缩一下。但是这种剧痛却给我带来某种奇异的抚慰——像是苦修，我想，我在赎罪。

我发誓要和奥黛丽保持距离，但是失败了。那个时候，我并不知道，这将变成之后很长一段时间里我们之间不断重复的某种传统。她是那么难以抗拒，总像是攥着某种你特别渴望的小东西，或者让你觉得自己对她有所亏欠。事实上，从我答应搬到她的住处那一刻起，我们之间的交易就被她单方控制了。好吧，也许在那之前就是如此。也许从奥黛丽来面试时掉了胸针，我捡起来却没有还她的那一刻起，我就在这份交易书上签字画押了。

奥黛丽耸了耸肩，把我和警督之间的这一幕抛在脑后，想都没想就转身回到了桌前，继续工作去了，撇下我一个人在那天上午余下的时间里，翻来覆去地想着这件事情，一直到下午还没能忘却。快下班的时候，我已经想好了要和奥黛丽争辩的内容，并且又在心中修改了好几遍，准备宣称自己再也不会踏入地下酒吧半步——不仅因为这是非法的、正经女孩儿不该去，而且我们本来就在警察局工作，我们的职责就是捣毁这样的窝点。随着五点钟一分一秒地近了，我巩固了自己的道德防线，鼓足了勇气。但是我始终没有找到合适的机会向奥黛丽列举出这些理由，而且我大主教般雄辩的气势也渐渐弱下去。等到我们收拾好东西准备离开的时候，她用让人完全无法戒备的姿势，亲亲热热地挽住了我的胳膊，拉着我往电影院走去。

我本来已经下定决心，不管奥黛丽让我去干吗，我都会断然拒绝。但是目前我所处的局势非常不利，因为，我从来都没有进过电影院。我终于明白了为什么人们将其称为银幕。我坐在奥黛丽旁边，沉浸在黑丝绒般的幽暗里，入迷地看着电影里女明星美丽的鹅蛋脸和上下翻飞的睫毛，还有涂着黑眼圈的坏人形象，他们的眸子总是会被一束银光打亮。在舞台左侧，一个长着细挺鼻子的高瘦男人弹着一架直立钢琴，他蜘蛛腿一样灵活的手指非常敏捷，还带着点儿神经质，和电影配合得恰到好处。我抬头凝视，银色的月光洒在我们头顶上，这一切让我心醉。

尽管处在赛璐珞①的魔咒之下，但我的注意力偶尔还是会游荡开来，思绪飘回坐在我身边的这个姑娘身上。通常来说，充满神秘感的人让我觉得紧张，我会躲着他们。但是我不明白的是，为什么奥黛丽

① 赛璐珞在过去常用来借指电影，因为 Celluloid（即译为“赛璐珞”）是胶片的原材料。

对我产生了相反的作用。就像其他围在她身边的傻瓜一样，我独独钟情于她这款神秘。

那是个非常愉快的晚上，离开电影院的时候，我们决定步行回酒店。奥黛丽说散散步对我有好处。我们沿着街道漫步，在露天咖啡馆的藤椅间穿行。那些日子是一年中最后一段可以露天就餐的时间，急着享受这最后一段好时光的人们发出的欢呼让空气中充满了兴奋的嗡嗡声。凉棚下溢出微黄的灯光，照得我们脚下的混凝土马路发出淡淡的金色，也将餐桌边男男女女的面庞照得宛若发着微光的万圣节南瓜灯。我们一路走着，不知不觉地拾起人们对话的碎片，还有一缕缕菜肴的黄油蒜香，就像那些沿着同一条道路，边走边不假思索地衔起面包屑的鸽子。这些胖胖的鸟儿会在我们走近的时候四散逃开，我们前脚刚走，它们后脚又归位了，像是潮汐来去。

快走到公园的时候，人行道宽了一点，和奥黛丽并肩行走就变得比较容易了。我本来想直接问她，一了百了地澄清平时听到的那些关于她的谣言。其实我是非常尊重个人隐私的，而且一向坚持这个世界上有些事情我不该过问。因为这些原因，所以一直到那时，我都没有问过奥黛丽关于她过往的任何问题。之前，问这种问题的确显得很唐突，但是现在既然我们已经是室友了，我觉得自己应该对她多了解一些。而且我们目前的生活充满了交集，我越来越觉得她的过往可能会影响到我的将来。于是我鼓足了勇气准备发问。

“你的朋友——吉布，对吗？”我说。我刻意没提到“未婚夫”这个词。那天晚上奥黛丽说“订婚”的时候，听起来简直像个玩笑，因此我不确定该不该这么说。奥黛丽听到他的名字，猛地把脸转过来，一侧的眉毛高高挑起。我吞了一口口水，艰难地继续：“他……嗯，没说他是干什么的……”

“哦，对啊，嗯，”奥黛丽抬手在空中轻轻一拂，“你可以称他为企业家。做些出口生意和其他小生意，你知道。就是一般性的生意。”这样的回答实在不能让我安心。她笑了一下，但是显得很假。我有一种她准备就此作罢的感觉。每次我想得到关于吉布的更多信息，就总是这样。我不禁思考：奥黛丽玩这种把戏的目的何在？我不能不说，她很有可能的确是个“酒贩子的女人”，就像警局里那些人说的那样，她在警局工作也只不过是为了给他当线人。我知道吉布绝对不希望别人知道自己是干什么的。那家地下酒吧里的酒储量之大、品种之多不能不让人觉得，肯定是有人给他酿酒，至少是有人帮他进口，要么就两者皆有。突然之间我有一种感觉：吉布像是整家酒吧的老大。整晚人们都在找他说话，就像客人对主人致谢。我想过干脆直截了当地问奥黛丽“吉布是不是酒贩子”，但是她似乎能感觉到我内心的挣扎。

“看呀！”快到广场的时候，她指着什么东西，高兴地叫了起来。“我们坐马车穿过公园吧！我好久都没坐过马车了！”她示意车夫停下，还没反应过来，我已经和巧克力色眼睛、一身灰色斑点的高头大马四目相对了。它伸长脖子，从眼罩里探出眼睛来，像是要审批自己的乘客，看看自己愿不愿意拉着这几个人穿过公园。我们爬进车厢的时候，压得马车一颤。车夫一抖缰绳，马儿缓步向前。这是一辆敞篷马车，夜里的空气开始渗出微微凉意。我紧了紧自己的上衣，把身体裹住，看着两旁的树木稳稳地后退，枝条上挂着秋日里最后一抹艳色。

“你真是应该放警督一马，”奥黛丽说。我看着她，被她这句不请自来的冒失话吓了一跳。我张了张嘴，却发不出声音。奥黛丽没有看我，似有心事一般盯着路边后退的树木。“他对你挺好的，虽然你总是让他下不来台。”

我困惑极了。自从我让警督带着小酒瓶走开，这天剩下的时间里，他一句话都没跟我说过。“你到底是什么意思？”我皱起眉头问道。

“哦，没什么，”奥黛丽把落在树木上的目光转向了我。“只不过警督一整天都在不停地把玛丽支开，让她做这做那，免得她靠近你的桌子。”我耸了耸肩，不知道这和我有什么关系。奥黛丽翻了翻眼珠，像是觉得我无可救药：“如果玛丽发现了你在喝酒，那么你觉得，警局里的其他人会不会很快都知道？”我的血液似乎一下子凝结在了血管里。这一点我倒是没想到。奥黛丽注意到了我神情的变化，脸上浮现出一丝得意的笑容，继而又转头看向那些树木。“要是玛丽知道了，警司自然也就会知道了。”她的声音变得平直、清晰，充满了警告。

到了公园的另一边，我们下了马车，奥黛丽给了车夫几个硬币。离酒店还有最后几条街，我们没有再交谈，沉默地走完了剩下的路。一进房间，我才意识到，我终于彻底醒了酒，可我一点胜利感也没有。

第九章

有一点我还没有说，那就是我一丝不苟的职业生涯中犯的一个小过失，这件事最近遭到了一再盘查。这里说的是我在警局打出的那份臭名昭著的报告，其中描述了埃德加·维塔利先生供认的罪行。

当然，身为一个事后诸葛亮的好处就是，你终于可以看清事情的前因后果，看到那些导致最终结果的小小转折点。我之前已经说过，医生鼓励我按时间先后顺序来解释自己的行为。“生命就是一系列连锁反应，”他说，“原因和结果之间的关系决不能被低估。”因此，自然，我现在完全明白，那枚胸针就是一个转折点，搬去和奥黛丽同住又是另外一个。但是，打出埃德加·维塔利的口供是最大的转折点，因为它标志着我已经无路可退。

如果你问我，是否对埃德加·维塔利感到抱歉，我会告诉你：绝不。我非常肯定，维塔利先生就是那种当代犯罪学者称为“连环凶手”的人，对一个这样的人产生同情对我而言实非易事。我现在明白，自己当初的所作所为的确有失妥当，但是，我并不对自己的行为后果全心全意地后悔。我为给维塔利先生定罪帮了一点小忙，这让我觉得满足。其实从我的内心深处而言，我最为遗憾的就是尚未对他处以极刑。我说“内心深处”，是因为如果我对医生坦言自己的快乐，他就会觉得我是一个彻头彻尾的恶人，所以我只能把这种死不悔改的感觉藏在心底。我并不是一个嗜血如命的异类，我必须提醒你。但是就像任何一个道德观念很强的人一样，我希望看到正义的胜利。

为了叙述的连贯性和准确性，我想我需要详细描述一些细节。正是这些细节，让我最终打下了维塔利先生的口供。从什么地方开始说呢？这可把我难住了。可能我应该先说说维塔利先生是个什么样的人。

人们说，有些男人压根儿就不适合结婚。这句话对埃德加·维塔利可并不适用。维塔利先生也许实在是太适合结婚了——根据法院的记载，他在四年之内结了五次婚。尽管维塔利先生既年轻又英俊，但他所有的妻子都是另外一种类型：比他年长，而且都是生活优渥的寡妇。况且，这并不是他的妻子们仅有的相似之处，她们还有一个既令人好奇又异乎寻常的共同点，那就是都在洗澡的时候遭遇了致命的事故，而且就像有先见之明一般，都在死前不久与自己的财产解除了关系。

我怀疑，最让警司意气难平的其实是维塔利先生的态度。他就是极品人渣（套用警司的话说）——像抹了蛇油一样，偷奸耍滑。他是一个很会忽悠人的骗子，并非学富五车，但是总带着一副认为自己聪明过人的腔调。甚至可以说，他幻想自己是个天才，就像警司审讯他的时候，他不止一次对警司暗示过的那样。警局里的任何一个人，只要见过他，凭直觉都知道他肯定有罪。我们每个人都热切盼望对他进行正义的制裁，而且越快越好。他两次上了法庭，两次选择为自己辩护，而居然两次都赢得了陪审团的同情。

他第二次上法庭的时候，我觉得非常好奇，想看看他会怎样又一次颠覆正义。我在旁听席上坐了一整天，看维塔利先生如何对陪审团施以手段，就像医生随便做一个摘除扁桃体的小手术一样，轻而易举地就打消了陪审团一开始对他的先入之见。对坐在陪审席上的男人，他表现得就像个意气相投、一块儿喝酒的哥们儿，一个普通人，好不容易摆脱了絮絮叨叨的老婆和让人不举的婚姻（哦，他还暗示道，难道这两者之间没有关系吗？），就算感到高兴也没有什么值得责备的。对那些旁听席上的女人，他只需轻舔黑色胡须下丰满、粉红的嘴唇，再展开一个迷人的微笑，露出长长的、狼一样雪白的牙齿，仿佛在对每个人说："我在这世上唯一的罪孽，就是没办法平分我的魅力。而且，你总不能埋怨我的英俊吧。"女人们似乎都非常赞同，而且，也许的确是维塔利先生的外形起了作用，她们似乎比男人更加同情维塔利先生。到了最后，他几乎不费什么力气，就让自己和妻子们的溺死案摆脱了干系。而且，他还努力证明，就算自己和这些案件有关——当然是假设（他眨了眨眼睛）——他也不应该受到任何谴责。目睹了这一切，我好像平生第一次意识到，在罪与责之间，是有区别的。维塔利先生无法证明自己是清白的，但是他可以逃脱责罚——至少法庭上那帮优柔寡断的家伙是这么认为的。

维塔利先生之所以能成为优质股，部分也得益于他对细节的重视——他从不忽视任何微小的礼节。他墨也似的黑发梳了个规规矩矩的中分，还用发油细心地整理服帖。他随身带着一支镶嵌着银把手的手杖，在为自己辩护的时候，他拿着它指指点点，像是马戏团里敏捷优雅的演出指挥。法庭女书记员突然停下手上的活儿，打了个喷嚏，他会带着猫科动物般的优雅，非常绅士地疾步过去，在结结巴巴的法官命令他回到自己的座位上之前，将一方雪白的丝质手帕递到惊愕的书记员面前。更有甚者，我相信，法官的训斥只会让陪审团更加同情维塔利先生，像是法官惩罚了教养很好的绅士一般，简直是吃不着葡萄说葡萄酸。

如果容我一猜，正义最终是被两种诡计颠覆的。第一，维塔利先生总能找到证人——有时候证人还不止一位，而且总是女性，像一帮咯咯作响的傻鹅——声称她们在维塔利先生的妻子溺亡时看见他出去了，并不在现场(我应该说“妻子们”，用复数形式)。第二，大家都被维塔利先生迷住了，被那些雪白的牙齿和迷人的风度蒙蔽了双眼，丝毫无法想象他会残忍、野蛮地将一个女人按在水下，直到溺亡。

但是警司和我脑子要清楚得多。我们仿佛可以看到他非常清醒地做着这一切，而且对维塔利先生的能力有着我们自己的看法。毕竟那是五位妻子啊！随着她们一个接一个地离奇死去，而且死法如出一辙，我们也对维塔利先生进行了一次次令人厌烦的审讯。在这个时候，我们有幸看到了他偶尔流露出的各种情感，我们看到了他的鳄鱼眼泪，看到了他面露讥笑，看到了他满脸愁容，更看到了他在两次得知自己被宣判无罪时，两次露出洋洋得意的神情。有一点我们毫不怀疑：维塔利先生本质上是个彻头彻尾的恶魔。

更为过分的是，我相信，维塔利先生已经无法控制自己的犯罪行为，而且已经养成了用凶案现场嘲弄我们的习惯。那些刚过“保质期”的妻子们，全都用同样的姿势死在浴缸里——这是让人无法忽视的巧合。她们的肺泡中已经没有空气，沉在浴缸的底部，脸朝上静静地躺着，双目凝视上方，覆盖着她们的水面就像一片玻璃，将生死两隔。她们的手臂，你可以想象，在生命消失前的最后几秒中一定在拼死挣扎，可此刻却全都交叉置于胸前，像是黑暗版的夏洛特夫人①。她们的两踝也是交叉的。五幅犯罪现场的照片传达出某种深深的颓废

① “The Lady of Shalott”：诗人阿尔弗雷德·丁尼生(Alfred Lord Tennyson)有关亚瑟王的诗作，她的形象是古典美与死亡的象征。

和超自然的氛围。而点睛之笔——一个装着鸦片酊的瓶子，就躺在距离浴缸一臂远的地方——摆放的位置过于显眼了，也是明明白白的刻意所为。

在我递交那份报告之前，每次维塔利先生的某位妻子面色青紫、眼睛一眨不眨地沉在一缸冰冷的水里之后，他就会被传唤到警局来受审，简直像是定期演出。我已经记不清是第几次看到他胜似闲庭信步地踱进警局了，而且一次比一次潇洒，穿着打扮也愈发华美。第五位妻子溺亡之后，维塔利先生决定不走寻常路，要好好地和我们不显山不露水地玩儿上一局。

在我们的要求之下，他自觉自愿地来到了警局——至少看起来是这样。我还记得他第五位妻子的尸首被发现的第二天，他走进警察局时的样子。他肩膀一抖，甩下大衣，挂在衣架上。这种姿势让我一惊，给我一种十分随便又非常轻松的感觉。他对着四周一笑，就像在自己的地盘上。他的肢体语言看起来好像把这儿当成了自己家，而我们就是他脑子一热请到客厅里来的客人，这会儿他要看看我们能怎么逗他开心。他看起来和紧张没有丝毫关系，至少他浑身上下没有一个分子显示出来。丧妻之痛？半点也没有。警司也许是想给维塔利先生一点压力，于是死死盯着他的眼睛，一字一句地说道："您一定悲痛欲绝吧。"但如果警司说这句话的目的是威吓，那么可没能如意，因为后者只是微微一笑，戏剧化地把一只手捂在了胸口上。

"多好的女人啊，"他回答道，连这位死去的妻子的名字都没有提（我怀疑他是不是已经把人家的名字给忘记了），"我简直不知道自己还能不能再找到一位这么好的妻子。"这些话听起来就像情节剧，而恍惚间，他好像还配上了一个挤眼的表情！时间似乎凝固了。

那个时候，在我看来，警司恨不得立刻挥起一拳，把维塔利先生的脑瓜打飞。但是这么不职业化的做法是绝入不了警司的法眼的，他一定会恪守职业准则，直到最后一刻。他生气地咬紧了牙关，下巴上的肌肉线条清晰可见，但是却逼着自己嘴角挤出一个礼貌的微笑，走完了一遍流程——先是和维塔利先生握了握手，陪他走进了审讯室，后又给维塔利先生倒了一杯水，显得彬彬有礼。警司冲我飞快地一勾手指(这样勾手指的动作，过去一周内我看见奥黛丽对着至少半打侍者做过)，我明白我要跟着他们俩进去。于是我从桌子上拿起一沓打印纸，乖乖地跟着他们走进了审讯室。

我们在审讯室里坐成了一个三角，警司继续和维塔利先生有礼貌地闲聊着，你一言我一语，好不热闹。但是继而气氛陡然一变，警司开始聊起了这起案件。这时，维塔利先生突然摇身一变，成了顽石一块，只是坐着，面带微笑，不吐一字，像是抓住了金丝雀的猫儿。他决定行使自己的权利，守口如瓶。这简直是莫大的嘲弄：他来我们局里，就是为了顽固地——而且不无洋洋得意地——拒绝回答任何和他妻子的死亡有直接关系的问题。我能看得出来，警司已经被他惹怒了，不得不连哄带骗、威逼利诱。而我则警觉地坐在速记机器旁边，精神高度紧张，随时准备记下埃德加·维塔利到目前为止一直拒绝吐露的口供。这种带着黑色幽默的情景持续了大半个小时，最终，警司冷不丁把木头桌子拍得山响，震得维塔利先生和我都往后一缩。警司带着怒火中烧的眼神，把身子往前一倾，额头几乎与维塔利先生的相碰。

“滚吧，小子，你他妈给我滚！”警司从牙缝里挤出几个字，带着野兽般低沉的咆哮。维塔利先生却动也不动。我可以看到，警司的胡子气得发抖。他站起身来，椅子在地上刮出让人骨头发酸的尖响。警司狂风骤雨般冲了出去，用尽全身力气摔上了审讯室的门，差点儿把玻璃震碎。

我僵了好几秒钟，主要是被警司骂人的话吓住了(之前我从来都没有听到过警司骂人)。渐渐地，我意识到，现在审讯室里只剩下了我和维塔利先生两个人。不知不觉间，我向他望了过去，不禁全身一冷。一旦你透过维塔利先生充满魅力的幕布往里看去，你就会发现，里面空空荡荡，连人味儿都没有，只看上一眼，就能起一身鸡皮疙瘩。我立刻就后悔了，觉得不该看他，可是已经太迟了，他已经转过头来，我们四目相对了。一个微笑爬上了他那双鲑鱼粉色的嘴唇——它们看上去太像婴儿的双唇了，不由得令人一阵恶心。他黑色的胡须微微一抖。

"天哪。我根本不想惹怒这个好人，"维塔利先生用惺惺作态、一派天真的腔调说道。我装作没有听见这句话，准备收拾东西离开。"你觉得他会原谅我吗？"他又继续说道，声音里带着一丝难以掩饰的快活。"妻子们的离去真让我伤心，能和警司聊聊我真的舒心不少。"他伸出一只手来，我猛然意识到，他是冲着我的手腕来了。电光火石间，我感到了真正的恐惧——但只是一瞬之间，另一种感觉席卷而来，一种我说不清道不明的感觉。还没等他的手碰到我，我突然伸出手去，反而一把紧紧抓住了他的手腕。借着不知道哪里来的一股邪劲儿，我一把把他拉了过来，死死盯住了他的眼睛。

"我知道你吓唬别人吓唬惯了，所以很难听得进去别人的话。但是你给我听好了，"我嘶声说道。我的声音听起来非常奇怪，甚至连我自己也认不出来。但是，我知道自己已经牢牢抓住了维塔利先生全部的注意力，心头不禁浮出一丝快意。

"你也许是头不受控制的野兽，"我继续说道，"但是，我告诉你，就算动物也会遭报应的。警司收拾你只是迟早的事儿。"

我们之间的空气凝重得似乎伸手都可以触碰得到。像是在我们之间隔了一堵看不见的砖墙。我的双手——像是不受我控制般自主移动着——把维塔利先生的手腕箍得更紧了。他的双眼睁大了，突然，我感到一股又热又湿的东西——低头一看，指尖已经泡在了血里，4个半月形的血口子留在了他的手腕上。我如梦初醒般，赶紧甩开了他的手，端详着自己指尖的血迹。

“啊——！”我结结巴巴地叫了出来。“啊！”我又看了维塔利先生一眼，发现他的表情已经从惊恐变成了另外一种样子，是那么的真诚和熟悉。一惊之下，我意识到，那是见到久违的老友般，慢慢浮现出来的一个微笑。我跑出了房间，冲出了大厅，推开女盥洗室的铰链门，一头扎了进去。

我没有看到维塔利先生离开。直到现在，我都不知道他是径直走出了警局，还是向警司报告了我们之间的小插曲。我在盥洗室里发了好一会儿抖，然后打开水龙头，用冰冷刺骨的水冲刷着我的手，近乎疯癫地希望这冰冷的水能把除了维塔利先生的血迹之外的更多东西冲走。突然，我察觉到有人走进了盥洗室，站在我的身后。我的眼角扫过镜子里的黑影，像被吓坏的小动物，准备在必要的时候和维塔利先生殊死一搏。来的人是奥黛丽。我长舒了一口气。她铅笔般的两道秀眉皱了起来，我突然之间感到羞愧难当。我关上了水龙头，任凭自己抽痛、冰冷、青筋暴突的双手在水槽里滴滴答答。我的关节疼痛，我的皮肤刺痛。我从毛巾架上拿下破破烂烂的脏毛巾，吸干了双手上的水渍。做完了这一切，我手足无措地站在原地，不知道该干什么。我感到奥黛丽上上下下地打量着我。

慢慢地、小心翼翼地，奥黛丽像避开污黑的水坑一样缓步走了过来，从我手里拿走了毛巾。我松开了指节，任凭她从我手里把它抽走，毛巾织物的粗粝感从指间滑过。她顿了一顿，我鼓足勇气，抬起头来，刚好迎上她的目光。她抬起手来，用毛巾的一角从我脸上擦去了什么。在她用这块布帮我擦脸的时候，我向镜子里瞥了一眼，突然明白，原来有一块血痕凝结在了我的右颊上。肯定是我在弄伤了维塔利先生可还没有来得及洗手的时候碰到了脸，我自己一点儿都不知道。奥黛丽帮我擦干净了脸，又把毛巾交还给我，久久地看了我一眼，又对我笑笑。随后，她转身走出了女士盥洗室。从头到尾，她一言未发。

第十章

现在回头看看自己当年留下的笔记，我终于明白了自己是如何一步一步走向万劫不复的深渊的，而奥黛丽又是怎样狡猾而又不着痕迹地种下了第一颗种子。很多迹象表明，我之前提到的那些奥黛丽打字稿中的小错误正是让我陷入困境的开始。她不停地犯着这些小错误；我现在终于明白，这其实是一种非常聪明的测试我的手段，看我究竟有没有对她加以留意，而且可以借此发现，我究竟是会举报她的错误，还是自己默默纠正这些错误，或是索性装作没看见。当然，我们走得越近，我就越是会选择后面两种方式。

渐渐地，这些错误越来越严重。随着时间的推移，简单的打字错误开始演变为改写——你可以说这是因为马虎，但绝非无意识的错误，或是源于打字机的几个键卡住了之类的机械问题。她开始养成一种奇怪的习惯，嗯……我想我也许可以称之为“演绎”。我不知道她这么做的目的是什么。在她誊写报告的时候，所描述的细节和警督的笔记大相径庭。而且，有好几次，我在刑侦室里都发现疑犯的口述和奥黛丽的速记有明显的不同。

那个时候我并不知道该如何处理这种新问题。虽然奥黛丽的报告里这种错误越来越多，但是既然我们相处甚欢（更不用说，我们已经成为了室友，因此从某种程度上来说，我已经和她是一根绳上的蚂蚱了），我也就对这种奇怪的现象睁一只眼闭一只眼了。而且，这些错误通常都是些无关紧要的细节，并不会对整个口供的准确性产生影响。“犯点儿小错真的有这么严重吗？”我问自己，“只要能将罪犯绳之以法不就行了。”那个时候我没能当即意识到，这种行为可能会给别人带来伤害。当我声称我曾经如此天真时，我的医生不禁嗤之以鼻。但是当年的我的确就是这样。（“得了吧，你和‘天真’根本不沾边，”他这么对我说。）当然，这些都是在我明白对事实的变通最终会导致对事实的颠覆之前。那个时候我还不知道奥黛丽最终将如何颠倒黑白，而我又会怎样是非不辨。

但是这都是后话了。

就在那个时候，隆冬里最冷的一段日子到来了，可就在我们还没有留意的时候，又无声无息地过去了。奥黛丽和我就像与世隔绝一般，在装饰得像明艳、欢快的结婚蛋糕一样的酒店里面猫了一冬。我们躺在铺满了整个客厅的祖母绿长毛厚地毯上，摊开手脚读着最新一期的时尚杂志（奥黛丽还会收到许多巴黎寄过来的杂志，当然，我们俩中间只有她能看得懂法语，但是我光是看看插图也很开心）。在奥黛丽对我特别友好的时候，她会和我一起坐在壁炉边，像是对我小施催眠术一样，替我的指甲抛光，梳理我长长的头发（她说她很怀念自己的一头长发，但是却总是坚持定期去美发店修剪自己光可鉴人的齐耳短发，因此这话好像有些言不属实）。直到现在，我的耳边仿佛还回响着壁炉里闷烧的原木不时发出的哔哔剥剥的声响，就像骨头折裂一般。如今回想当初，我明白，我实在是太贪图享受了。我们就像两个被惯坏的败家姑娘。我们把暖气阀门开到最大，在屋里走来走去，一丝不挂，只穿一双拖鞋。我们享用着精美的法式小糕点，上面铺满了巧克力淋酱，点缀着金色的叶子，简直让人不忍下口（每当这个时候，我就想起海伦和她可怜兮兮的一便士糖果，有那么一瞬间，我甚至希望也能赏给她一块）。那个冬天让我明白了一个道理：只要有钱和现代蒸汽取暖设备，任何季节都可以变成温暖宜人的夏天。奥黛丽和我一块儿，把一整年都变成了夏天。

我们每周都会去地下酒吧两三次，或是去性质相同的私人聚会。我们小心翼翼地踩着积雪，裹着厚厚的毛皮大衣，领子高高竖起，头发在冬夜刺骨的冷风中桀骜不驯地挺立着。奥黛丽还会在我们的耳垂上夹上耳坠——钻石的，仿佛就像她用富有魅惑力的声音说的那样，“比冰雪更闪亮，这是我们的责任”。这些冰凉的装饰品在我们衣领上方欢快地跳动着，轻轻掠过衣领上竖起的绒毛。一旦到了酒吧里面，就总是老一套：奥黛丽推着我满屋子乱转，用兴高采烈又带着点儿奇怪的幽默感把我介绍给大家——像是一个姑娘正搂着一支扫帚跳舞一样。不过让我高兴的是，我再没有像第一晚那样喝那么多酒。

然而我第一次去地下酒吧所受到的震撼一直没有从心头抹去。每次奥黛丽带我走进一家毫不起眼的商铺，或是看起来有些可疑的小吃店，某扇地窖暗门或是某条隐秘的走道就会突然开启，紧接着奢华、喧嚣的聚会跃然眼前——这时，第一晚的那种惊奇总会扑面而来。虽然听起来有些奇怪，但是我似乎无法确定，这些地下酒吧究竟是同一家，还是好多家。因为里面总是充斥着几乎同一群人，虽然地点不同。当然，方下巴的吉布总在，面无表情地站在那里。那段日子里，我以为他就是主办这些聚会的人。或是名誉主办人。渐渐地，我和吉布之间倒也惺惺相惜起来。至少是类似老对手之间的某种默契。

我不知道应该怎么理解我对奥黛丽的情感，但显然吉布是想歪了——就像多蒂对我和我的朋友阿黛尔之间的情感妄加揣测一样。说白了吉布就是把我想歪了。我必须承认，孤独感始终伴随着我，而这些姑娘的确有助于缓解这种感觉。弗洛伊德的追随者们也许会说，我的这种诉求和我的母亲有关，因为她仅凭刻毒的恨意就将我抛弃。他们也许还会暗示，我迫切地想要跟阿黛尔和奥黛丽亲近，这是不正常的。但是我才不会理会这些猥琐的评价呢。我只是喜欢远远地看着奥黛丽，这给我带来的享受胜过一切。我想我也不太反感她给我梳理头发，或是在我的手心里轻轻地划圈圈。我也不会反对她在我说话的时候轻舔嘴唇、向我靠过来（仿佛我说的话特别引人入胜，只是我不知道而已）。而且我不得不说，我的确希望奥黛丽随时随地都在我的视线范围内。但是谁不想呢？这只是她的美貌带来的副作用而已。又或者单说"美貌"实在有失草率，从某种程度上来说，这副作用来自那种赋予她的美貌以生气的独特方式——这本身就是一种奇观。我又不是没见过吉布用眼角余光扫视奥黛丽的样子，连她在聚会上跟谁说话都要盯着，像爱窥探的鹰。我相信有句话你们听过不下一百遍了：跟你最像的人往往最让你讨厌。

吉布跟奥黛丽一点儿也不般配——只要看见他们在一起的人，都会这么想。他们俩在一起简直荒唐极了：奥黛丽气度雍容，而吉布至多称得上是长相精明。除了地下酒吧——那个时候我以为这都是吉布的生意，奥黛丽只是去找找乐子——我实在不知道他们还有什么相同的爱好。我实在无法想象吉布去参加奥黛丽的波希米亚小聚会是什么样子，因为他几乎从不谈论艺术或是诗歌。我也同样无法想象他们是如何相遇的。客气点说，他们是"奇特"的一对儿。我想迟早吉布会从我们眼前消失的。但是自从和奥黛丽住在一起之后，我发现吉布已经在她的生命里存在了很长一段时间了，而且还打算继续存在下去。

总之，吉布和我已经对彼此产生了某种宽容，就像人们会对某些毒药产生耐药性一样。在我和奥黛丽同住了一个月之后，我和吉布已经能像在公交车站一起等车的两个人一样说些客套话了。两个月之后，我已经开始学着接受了这样一个事实：和吉布相比，自己是“新来的”。毕竟，吉布对哪个衣柜里有供他洗澡用的浴巾一清二楚，也和酒店的门童十分熟悉，因为后者总是亲热地直呼吉布的名字(而对我就恰好相反，只是客气却又笼统地叫一声“小姐”)。接受这些事实的同时也就意味着，我要习惯某个晚上我希望听到他开门离开的声音，却未能如愿；或是某个早上，我起来的时候，赫然看见他正坐在我们的早餐桌前，粗手粗脚地从奥黛丽小小的白色瓷杯里吸溜着咖啡。每当这个时候，我总是想尽一切办法逼自己不要去想他们晚上做了什么，尽量保持着客气。

就在那样的一个早上，吉布开始透露关于奥黛丽过往的信息。或者说，至少是某个有鼻子有眼的版本了。客厅和占据酒店一角的巨型阳台之间，有扇法式落地玻璃门。那天早上，吉布从玻璃门里往外望去，边啜饮着咖啡，边看着阳台上成堆的积雪慢慢消融，搞得阳台乱糟糟湿嗒嗒。他皱起了眉头。“我们应该把阳台用玻璃封起来，”他说，“不然冬天阳台就浪费掉了。只要围上玻璃，就是间好得要命的玻璃暖房。”

“奥黛丽的父亲会同意吗？”我边问边拿着一片吐司，把烤焦的部分刮进水槽里。“蜜月吐司”，以前在孤儿院的时候，每当我烤焦了吐司，修女们就会这么说。而我总是觉得，选择这么个说法，真是不无讽刺。因为这帮女人对婚姻生活实则一无所知。

吉布直起了身子，看起来一脸诧异。

“奥黛丽的父亲？”

“是啊，”我把装吐司的盘子放在桌上，顺势坐进了一把椅子。

尽管我刮了又刮，吐司表面还是带着黑胡椒一样的斑点。“难道不是她父亲在付房租吗？我觉得我们应该征得他的同意吧。”

吉布脑袋一歪，用一只眼睛打量着我，像是一只鹦鹉打量着陌生人。随即，一种难以置信，又带着些讽刺的表情浮上了他的面庞。

“哦。她现在叫他爸了？”吉布问。“有意思。我本来都习惯了她喊他叔叔。”他若无其事地举起放在腿上的报纸，“啪”地一下子翻开。

我眨了眨眼睛，“你什么意思？”我对着横在我们之间的那面薄薄的报纸墙，结结巴巴地说道。“难道奥黛丽的父亲……其实不是……”我竭力想找出合适的词句，但是面对这么峰回路转的剧情，实在找不出来，“她的父亲？”

吉布把报纸往下挪了几寸，露出眼睛，看着我。我不知道他从我的脸上发现了什么，但是几分钟之后，他显然看出了我无知的程度有多深，而且我有多想得到他的答案。他叹了口气，拿起一片吐司，翻来覆去地看，随后皱起眉头，又丢回了盘子里。“如果说的是严格的血缘意义上的‘父亲’，那的确不是。给奥黛丽付房租的人不是她亲爹。”吉布顿了顿，带着审视的神情扫了我一眼，像是在抉择着什么。“当然啦，”他终于选择说了下去，“你要非说他是她的老爸，也无不可。”说到“老爸”这个词的时候，他鄙视又嘲弄地哼了一下。一线带着寒意的早春阳光透过法式落地玻璃门射了进来，照在他的脸颊上，刚好映出胡子没有刮干净的皮肤上坑坑洼洼的麻点。但很奇怪，这种缺陷却让吉布变得更帅了一些，就像警督眉间那条疤痕一样。吉布又看了我一眼，若有所思地摩挲着下巴。“我没想到……”他想说什么，却欲言又止。挡在他面前的报纸又往下落了一些，最终，他叹了口气，轻抖手腕，把报纸折回了整齐的长方形。

“嗯，我看得出来，你有些搞不清状况，”他说，“始终让你蒙在鼓里也不是个事儿。”然后，他清了清喉咙，用他特有的说话不动下巴的方式，说出了奥黛丽“叔叔”的故事。他一开口，我心中一直以来梦幻般的奥黛丽的形象就迅速地崩塌，比阳台上被雨水侵蚀的积雪消融得还要快，随即被另外一个新的形象替代了。

我这里只能说个大概，因为我不能肯定我能像吉布那样说得绘声绘色。看医生的这几个月来，我已经把这个故事重复了无数遍，好像这已经变成了我自己创作出来的故事，而我也一直都是这个故事的讲述者。

根据吉布的描述，这个会说法语、戴着时髦小帽的女人，我管她叫奥黛丽 · 拉扎尔，可她的本名叫做奥黛丽 · 梅 · 布福德，家里原本在芝加哥郊外开着一家药房。这个药房是家族生意，奥黛丽从小就展现了在柜台后面的天赋——一边心算商品的总价，一边从又黑又长的睫毛后面狡黠地给顾客递着眼色。然而，经济大萧条期间，他们家道中落，奥黛丽的父亲突发中风过世了。奥黛丽的母亲——一个身材瘦长、嘴唇薄薄的女人，名叫科拉-苏——终日沉溺在酒乡中不能自拔。那个时候奥黛丽才刚满十岁，却勇敢地用稚嫩的双肩挑起了家中的生意，然而不管挣多少钱，都飞快地被科拉-苏喝了个精光，如果按照我的医生的说法，就是抑郁症愈发严重了。最终，奥黛丽和她的母亲不得已，将药房抵押给了银行，从郊区搬到了城里。可是科拉-苏发现，自己根本没有一技之长，于是不久之后，就开始干起了另外一种营生。

科拉-苏就职的地方名声并不太好，但是在“保持传统”方面却有着极好的声誉。那是一所保持了旧式沙龙风情的妓院，大部分在这里工作的“淑女”，如果手头没有生意，就在客厅里闲坐着，像是正经人家的小姐一样，等着别人来拜访和追求。呃……或许是做派比较放肆一些的淑女吧，因为吉布告诉我，她们通常会扎堆讲些荤段子，或是赌牌九。但是除了水手语言和赌博之外，一种上流社会的氛围仍然不自觉地流露出来。有时候，一个名叫莱昂内尔的音乐学院男生想要多练练琴，还会坐下来弹上一曲，时而铿锵，时而宛转，从时下最流行的乐团曲目弹到可爱温情的贝多芬奏鸣曲，让整体气氛活泼之余更添文雅与高贵。

妓院的老板是一个声音尖细、一头红发的女人，别人都叫她安娜贝尔（有传言说，她受洗时所取的本名是简，但因为有前科，所以改了名字）。她本来并不怎么想雇用一个拖着孩子的女人，但小奥黛丽和她见面时行了一个搔首弄姿的屈膝礼，外加挤了挤眼睛，她马上意识到，这个迷你“风尘女子”具有成为一个小小女招待的潜质，让她给客人端茶倒水，也许能讨客人开心。

因此这两个布福德家的女人找到了工作，活了下来，至少在那段时间里，她们挣的钱不至于少得让科拉-苏一天就喝个精光。科拉-苏在楼上“干活儿”挣票子，而在楼下，男人们从奥黛丽端着的银托盘上取用着柠檬水和威士忌，在她湿漉漉的掌心里放上几个分币，偶尔还有一个五分镍币，再轻轻地捏一把她的小手。当吉布说起小奥黛丽在顾客中间多么受欢迎的时候，我一点儿也不觉得惊讶。她天生就是一个好演员，总能在觉得需要讨某人欢心的时候随时随地来上一小段舞，而且在莱昂内尔的调教下，也能乒乒乓乓地弹上几首钢琴曲了。男人们喜欢她不怕生的个性，而且她还常常坐在牌桌旁的客人膝上，被客人逗着，玩上两手牌。当吉布细数奥黛丽的这段历史时，我想，这段日子必定对她有一定的早教作用——就在她在妓院谋生的日子里，她开始了解和磨砺自己身上这种操控他人的力量，特别是对男人。

有个“常客”[1](吉布说奥黛丽尤其喜欢用这个词，还告诉我说这是法语)特别喜欢奥黛丽。此人名叫艾斯特凡·斯扎克先生，是个潇洒的匈牙利中年男子，个子不高，资产雄厚，而且有某种“巴洛克[2]式的偏好”，你也可以称之为文明的变态。自从布福德母女工作并生活在安娜贝尔的妓院里后，很快，斯扎克就不再往妓院二楼跑了，只要看着自己的小缪斯载歌载舞就显得心满意足，而且只要她愿意，他就总是让她坐在自己腿上。起先，安娜贝尔并不以为然，因为斯扎克总是流连忘返，而且只要奥黛丽肯陪着他，他花在酒水饮料上的钱并不少于给屋里那些为他提供私人服务的成年女子的。但是随后她发现，斯扎克总是偷偷往奥黛丽手里塞钱(况且这些钱的总数值得上大票子了，并不只是几个铜板)。安娜贝尔怒不可遏，开始板起面孔装正经了。“警察一定很想知道他为什么这么喜欢小女孩儿，”安娜贝尔眼中闪露出告密者的寒光。

说奥黛丽是被“绑架”的并不十分准确。斯扎克决定坐船回法国避开安娜贝尔的陷害时，奥黛丽卷起包袱，心甘情愿地跟着他一块儿走了。也许有那么一两个瞬间，自责浮上过她的心头，为自己抛下的酒鬼母亲感到伤心，但是这一缕柔情在她和斯扎克到了巴黎的那一刹那起，就像香烟腾起的迷人烟雾一般烟消云散了。斯扎克以前在巴黎居住过多年，自然非常乐意用这个城市的声色犬马让自己的小姑娘目眩神迷。他们一同游览博物馆，听音乐会，出席社交沙龙，出入街边

---

① 原文为 habitué。

② 巴洛克(Baroque)是一种代表欧洲文化的典型的艺术风格，有奇特、古怪、变形等解释，原是 18 世纪崇尚古典艺术的人们对 17 世纪不同于文艺复兴风格的一个带贬义的称呼。

咖啡店。他们神秘的“家庭关系”也随之散播开来。每当要解释为什么身边多出来一个小姑娘的时候，斯扎克总是能游刃有余地让初次见面的人相信，她是自己的女儿。而对那些彼此知根知底的老朋友，他总是装作不经意地宣称，她是他远房美国亲戚家的一个侄女，现在托付给他照看，原因（我猜他一定暗示得非常熟练而又隐晦）实在太令人悲伤，他都不忍细说。

他们一起在法国度过了奥黛丽少女时代的大部分时光，因为斯扎克家财万贯，他们生活得无忧无虑。吉布说，奥黛丽总是坚称斯扎克是匈牙利贵族。如果斯扎克是我之前读过的书上那种贵族，那么倒也可以解释他的某些变态行为。最后，他甚至还送奥黛丽去上了学，看她戴上缎带小帽，系上浆得白硬的水手领，穿上海军蓝的百褶裙裤，还有深色过膝袜，就像一个真正的法国小姑娘（必须指出，就算在不上学的日子里，有时候斯扎克也要求奥黛丽穿着这身制服）。在快到二十岁的时候，奥黛丽已经出落成了琴棋书画无所不能的大家闺秀，精通英法双语（也略懂匈牙利语，虽然可能在上流社会不太用得着），还进一步研习了早年跟莱昂内尔学过的钢琴技艺，虽然说不上多有天赋，也总能弹上几曲。

因为小时候在芝加哥郊外长大，所以奥黛丽总是带着一种男孩子气，虽然在法国“打磨”了多年，骨子里却还是活泼好动，四肢瘦长，流露出一种与生俱来的随性风度。斯扎克总是带她去欧洲南部过夏天，所以她打得一手好网球和高尔夫。每当她无所畏惧地游向金光斑驳、碧蓝如画的地中海深处，比其他人游得都要远的时候，总是会引来酒店客人带着艳羡的窃窃私语。这个时候，志得意满的斯扎克总是带着主人的神气，从折叠帆布躺椅上望着奥黛丽，胸口一层铁灰色的胸毛，在里维埃拉的阳光下微微发光。

那段日子——吉布讲这个故事的时候斗胆猜测——也许是这个匈牙利男人一生最快乐的时光。也许斯扎克甚至让自己相信，奥黛丽永远也不会长大，战争——那个时候欧洲大陆已经升起了硝烟——也永远不会真正降临到他们头上。直到卢西塔尼亚号[①]沉入海底，他们才觉得应该躲着点儿，于是惴惴不安地返回了大西洋彼岸，来到了纽约。彼时的纽约，也已经被第一次世界大战搅动得人心惶惶。人们站在肥皂箱子上，高声阐述着西奥多·罗斯福和伍德罗·威尔逊不同的政治立场。但是斯扎克和奥黛丽却游走于这些喧闹之外，坐着电梯躲进公园大道崭新的公寓里，斯扎克把这儿变成了他们与世隔绝的小小绿洲。

逍遥日子总是短暂。黑手社[②]挑起的战争意味着匈牙利这座巨大城堡上开始出现了裂痕。贵族们的好日子快到头了，不再那么吃香。在无政府主义者和君主制主义者之间的争斗引发的骚乱面前，斯扎克的私人银行经理也暴露出了真面目：“资本家”。斯扎克给他去了一封又一封电报，一次比一次绝望。三周之后，他们明白，这个银行经理压根儿就不会再出现了。“哦！”斯扎克在意识到自己再也联系不上银行经理了之后，面对这个血淋淋的现实，他哀叹了好几个礼拜，“我早就知道会这个样子！我应该把钱都交给美国佬打理！就算是瑞士佬也好！”

奥黛丽是否从这个时候开始打算离开斯扎克，我们不得而知。从

---

① 20世纪初世界最快的邮船，1915年5月7日被德国鱼雷击沉。德国迫于舆论谴责的压力，宣布取消对客船和中立国船只的无限制潜艇战。1917年，由于西线战局的不利，德国宣告恢复无限制潜艇战，直接导致美国向其宣战。堪称是改变第一次世界大战历史的邮船。

② 第一次世界大战期间成立的塞尔维亚秘密组织，其宗旨是以恐怖手段推翻奥匈帝国在巴尔干的统治。

我目前对她的了解程度来说，这是很有可能的。但是，尽管胸怀惊涛骇浪，她表面上还是波澜不惊。也许奥黛丽还是对于自己在她们母女人生的最低谷弃母而去胸怀一丝愧疚，她还是留在了斯扎克身边，劝说他勒紧裤腰带过日子（他对此并不擅长，需要指点——虽然我很难相信奥黛丽居然是这方面的行家），节省开支，把剩下的一点钱都换成了自由公债[①]。

战争结束以后，随着《沃尔斯特法案》的兴起，奥黛丽发现了另一个有利可图的投资商机，并且告知了斯扎克。此时，奥黛丽已经完完全全脱胎换骨了，两人之间的关系也发生了微妙的变化。随着奥黛丽过生日次数的增加，斯扎克去她床上的次数越来越少，反而在财务建议方面对她的需要越来越多。奥黛丽甚至平生第一次拥有了自己的私人公寓。也许这也是斯扎克对自己的某种私下的保护：他知道他们的新生意并不完全合法，但是他很有可能觉得他对其中细节知道得越少，自己就越安全。

“你知道，她很多时候都得靠自己。”说完了这些故事，吉布赞许地评价道，“就像约翰·D·洛克菲勒，或是其他好些大老爷们儿一样。”

我目瞪口呆地盯着吉布，还在试图消化他刚才塞给我的信息洪流。想到我的室友可能是这个国家的头号女酒贩子，我不由得大吃一惊。我周围像是出现了一个诡异的磁场，我的道德观像胡乱打转的指南针。时不时偷偷去一趟地下酒吧是一回事，但是给酒吧供酒，又从中赚大钱，这绝对是另外一回事。好几个月来，我都在奥黛丽的胳膊肘旁边，啜饮着香槟，用一个假设安慰着自己：如果有人手不干净，

① 第一次世界大战时美国发行，指完全由认购者自愿承购的政府公债。

我敢说，那绝对是吉布，而且只有吉布一个人。但是事实并非如此。我和奥黛丽一起度过的夜晚有了修订版本。我一时间真心难以接受。

“那——斯扎克呢？”我磕磕巴巴地问道。

“哦，他啊，”吉布带着一丝戏谑的笑容说道，“他还没有退场。时不时来过问一下，把他那份儿拿走，你懂的。我想你必须承认，毕竟是他给我们提供了第一桶金。但是要是没有奥黛丽，你知道的啊，那也是打水漂。”

我盯着吉布的脸。他橄榄色的脸油光可鉴。当他微笑的时候——虽然这种时候不多——他的面庞显得神采奕奕。而现在，当他带着骄傲细数奥黛丽的“光辉成就”时，整张脸在晨晖中焕发出光芒。我本来很想表达谴责——对吉布，对奥黛丽，对所有这些——但是我竟然发现自己对他们的好奇和敬畏愈发加深了。

当然，那个时候我还无法分辨吉布的微笑中隐藏着什么——其实，也许这个故事只是一个故事，而奥黛丽的仰慕者们永远也无法得知她真实的童年是什么样的——它就像是被层层涂改过的一样，已无从辨认。真有意思。我常常想，奥黛丽眼中的世界是否会很不一样？因为只有她才能看清魔术之后隐藏的所有把戏。有一次，我从报纸上读到一篇关于魔术师霍迪尼①的文章，他有一句话很出名——他说他的职业生涯只不过是一连串幻灭的记录。我忍不住想，对于奥黛丽来说，她眼中的世界是否也是一样？回想当初，我觉得不无可能。

① 霍迪尼（Harry Houdini，1874—1926），美籍犹太人，至今仍是逃生术表演的代名词，被誉为“现代魔术之父”。

第十一章

站在高楼的阳台上往下看，你会隐隐感到一种悸动，无声地意识到，跳与不跳，全由你自己说了算。纵身一跃当然不是那么明智，这注定是一种自我消灭的行为。还是不要产生这样的幻觉为好。但是我们总会被引诱着，思量一下这种挑战。对我而言，在一九二五年的晚春时节发生的一件事情就好像纵身一跃一般，无法回头。

究竟发生了什么……我该如何描述呢？也许可以这么说：我在警局的职业生涯走到了一个三岔路口，我发现自己突然之间不知该何去何从——就像米娜自我毁灭地陷入德拉库拉伯爵的魔咒中[①]一般，我也带着被爱俘虏的人所独有的那种不加掩饰的情愫，病态地陷入了黑暗的道德深渊。

距离警司和我上次对埃德加·维塔利的审讯已经过去了两个月。我记得那年的冬天走得很仓促，像聚会上突然意识到自己已经待得太久的客人。到了四月，阳光打在身上已经很有些暖意了，清风中已然传来了夏日湿热的气息。早晨灿烂的阳光和我在警局里度过的黑暗的下午形成了鲜明对比——那个下午我录下的口供中令人憎恶的细节比平时更多，似乎多得都要满溢出来。这也许和我们打字小组重新分配工作有关。玛丽怀孕了，所以警司只让她做些归档的活儿，好像是怕听到了强奸、谋杀之类的消息会影响孕妇的心情，让孩子早产。想到一个女人被产前的阵痛折磨，这简直让警局里的男人比听见任何谋杀案都要更不自在。

“这是一个很好的例子，”有一次，警司把我们召集到一起，重新分配了工作，“充分说明了为什么女人应该比男人更加一专多能。”我们都默默地点着头。我猜奥黛丽也点了点头，虽然她站在我身后，我看不到她。“我明白，这对女性来说，并不是一份轻松的工作。如果我能说了算，我可能不会让你们这些女士中间的任何一位接触发生在这所警局里的这一切。”警司又说了下去。“但是，当然，如果没有人打字和归档，我们是无法正常运作的，而警官和巡警们的表现证明，他们完全无法胜任这项工作。”他又给玛丽递了一个和善的、老爸似的眼色，“而且我们不会忘记，亲爱的，你煮的咖啡总是最棒的。”听到警司夸奖自己，玛丽白胖的脸庞上浮现出一个微笑。“我觉得你可以继续煮下去。而且还可以做好归档的工作。我们会十分感激。”说完后，警司挥了挥手，让我们解散，于是聚集在他周围的人四散走开了。玛丽、艾里斯、奥黛丽和我分头回到座位上，继续之前的工作。

警督那天早上不在办公室，但是我们并不觉得奇怪。他是我们警局的代表，总是会直接赶赴案发现场，鉴于这种情况，他觉得自己可以独立安排时间。他讨厌按时上下班已经不是什么秘密了，我们都猜测他会在下午什么时候晃进办公室，装作早上去执勤了的样子。

那周迟一些的时候，我得知警督那天早上去了一家酒店。因为一

---

① 吸血鬼德拉库拉伯爵，原型来自弗拉德三世·“采佩什”（Vlad Ⅲ Iepes，1431—1476）。“采佩什”在罗马尼亚语中的意思是“穿刺”，他本人也以酷爱施行“穿刺”刑法而闻名，在其死后被人传为吸血鬼。英国小说家布拉姆·斯托克的小说《吸血鬼德拉库拉》就是以其为原型。

个女人被发现溺死在酒店某间客房的浴缸里，所以叫他过去看看情况。这具女尸死亡的姿态是那么眼熟，而且客房保险柜里的物品被一扫而空。我们警局里的工作人员自然立刻明白了凶手是谁。但是警司和警督几乎花了一整个礼拜，才勉强收集到维塔利先生有可能认识这个死者的证据，因为这一次他并没有和死者成婚。“他甚至已经不愿意花费时间和她们结婚了，”我无意中听见警督低声对警司说，“直接杀人越货。他在加快速度。我们让他好日子过得太久了。”

好些日子过去了。他们经过不懈的努力，终于迫使维塔利先生来我们警局接受调查，并成功地传讯了他。但是这种喜悦一闪而过。很显然，维塔利先生从一开始就没有打算掩饰脸上愉悦、嘲讽的神色，而且打算再次用之前审讯时的那一招对付我们。警督陪着维塔利先生走进审讯室(对外我们都叫它访问室，听来似乎友善一些)之后，警督突然出现了——就像瓶中精灵一样，从他烟雾缭绕的办公室里冒了出来。

“欧文，”他叫了一声警司的名字，展开蜘蛛腿一样细长的手指，搭在警司肩上，“从他嘴里掏出话来对于这个案子有多重要，我自不必多言。”

警司胡须一颤，“是的，杰拉尔德。我心中有数。”

“祝你好运。记住——他非常狡猾。最好你们也机灵一点，给他设个套儿……”

警督半凉不热、不太管用的建议说到一半就戛然而止了。警司果断、坚定地大步走了开去。“罗丝？”警司回头喊了一声，让我跟上。我的心脏猛跳了起来。自打上一次之后，一想到要和维塔利在审讯室里碰面，我就害怕得要死。但是我又不能不去。我两膝发颤地跟着警司走了过去。周围本来忙忙碌碌的人们也一下子安静了下来，像是对我们即将面对的任务致敬。所有人都向我们看了过来，就像我们正准备登台表演一般。

“喂！”艾里斯对我招呼了一声，在我经过她旁边的时候，特地多塞给我一卷打印纸。“希望这一次警司能从他嘴里掏出点儿什么。”她低声说道，脖子上的女式领带颤动着，鸟喙般的小嘴似乎并没有动过。当我路过奥黛丽身边的时候，她挑起了一边的眉毛，似乎带着某种怀疑，但是我突然明白，这并非不友好，而恰恰相反，包含着友爱之情。我走过玛丽身边，尽管几天前她才宣布怀孕的消息，可面庞已经开始闪闪发亮，腰腹也渐圆了。她冲我使了个眼色，坚定地点了点头，像是我要单枪匹马、赤手空拳地迎击维塔利先生一般。

一进审讯室，我就把门一关，匆匆穿过房间，在小小的打字台前坐定，尽量不引人注意。维塔利先生已经开始接受审问了；他靠坐在椅子上，大声比较着婚姻生活和单身汉的日子。我不说你们也知道，他的话肯定不那么礼貌，所以我就不多赘述了。我用之前艾里斯给我的那卷打印纸替换了速记机上那卷空白的(她一定早就知道这儿有一卷空白的，她脑子里有一本账！)，静静等待着。维塔利先生向我这边瞥了一眼，顿了一顿，和我目光相遇的时候，他的眼睛眯了起来。我突然意识到，我之前一直很害怕这个时刻，和他再次相遇让我非常紧张。很显然，维塔利先生没有对别人泄露过我们之间的小事故。但是转眼间我又觉得这并不是因为他想与我串通一气，而只是在等待最有利的时机，更何况他还没有把我摸透。

“你已经结婚了吧，警司？”维塔利先生带着些傲慢的语调问道，虽然我们都明白他早已知道答案了。通常，警司不会允许一个疑犯这么和他说话，但是我明白这次警司想要竭尽全力地让维塔利先生继续说下去，不管用什么方式。因此他清了清喉咙回答道：

“是的。”

“啊，很好，”维塔利先生的双手在空中舞动了一番，似乎警司为他的说法提供了极好的佐证，“那么你一定也清楚，女人并不总是像她们伪装的那样，是一个天使。”

“所以呢？”警督插了一句话，带着一种轻松、友好的语气，像是找到了能让他开口的机会，“难道你在特指你的某一个妻子？”

“哦，我也没有特指谁啦……只是泛指吧，我想。”维塔利先生转过身来，上下打量了警督一番，带着一丝了然于心的神色，露出狼一般的牙齿，笑了一下。“你肯定还是单身汉吧，如果我没猜错的话？”警督身子一僵，小心翼翼地瞟了警司一眼。警司用几乎看不出来的动作冲他轻轻点了一下头。

“是啊。”

“那你就无法领会女性不那么美好的秘密了……不像我和警司。”维塔利先生接着说道。他抬起一只手，边说话边整理着自己的胡须：“你不知道，每一个天使一样的女人，内心都有隐秘的恶魔一面。但是，这恶魔的一面你们是无从看到的，除非你跟她结婚。”他停了一会儿：“或是跟她们非常熟。”他色眯眯地笑了一声，像是在脑中梳理他“非常熟”的那些女人，随后有礼貌地轻轻咳嗽了一声，继续说了下去：“在公众场合她们肯定不会显示出这一面来，你懂的。”他扫视了整个房间一圈，最后目光定格在我身上，逗留了片刻。突然间，他的双眼眯了起来。我的心猛跳了起来，耳中都是雷鸣般的心跳声。“当然，偶尔，也会有女士在不该出错的时候出错，肆无忌惮地对一个陌生人展现出恶魔的一面。”

现在我确定，他不会善罢甘休，一定会瞄准我继续攻击。我感到额头上冒出了一层冷汗。但只有维塔利对着我看，警司和警督依然紧盯着他，这让我有一丝侥幸。

他的声调听来漫不经心，但是目光中充满了灼热的怨恨："以你们年轻的打字员小姐为例——罗丝，是吧？我打赌，她现在展现出来的样子是如此娴静，你们肯定觉得她一直都是这么一位举止文雅的淑女，对不对？"

"够了！"警督严厉地打断了他，"我们已经听你废话到现在了。也该言归正传，跟我们谈谈你的妻子们了吧！少对我们的打字员指手画脚！"

维塔利先生的眉毛都要挑到天上去了，他盯着警督，又看了看我，最后又把目光移回到警督身上。一副"原来如此"的神情浮现在他的脸上，就像他是第一次见到我们一样。

"天哪！"他用无辜的腔调，带着顽皮的笑容说道，"哎呀，我还不知道你已经有了小情人儿了，警督。兔子吃了窝边草！好大的胆子呀。我想我该跟你握手庆祝吧。"

"我已经说了：你够了！"

我瞄了警督一眼，但是他没有看我，而是双眼紧盯着面前桌上摆放的笔记本。一片玫瑰色从他的双颊延伸开来，直达发际，连耳朵根儿都红了。虽然我身份卑微，也觉得受到了冒犯，更何况是警督？我猜，只是想一想有人觉得我和他有什么罗曼蒂克的瓜葛，就已经够让他受辱的了。

"维塔利，你安分一点！"这时，传来了警司冷静、镇定的男中音，"我们已经让你快活了好一阵子了。恐怕现在轮到你告诉我们故事的真相了。坦白从宽！"

但是，似乎维塔利先生并不需要警司的宽大处理。他依旧沿用了上次的伎俩，每次听到警司和警督提出关于谋杀案的问题，他只是坐在那儿，一言不发，默默微笑。两个小时过去了，他们就像在对一个塑料模特儿发问一样。每个问题提出之后，只是一片空寂，带着嘲弄，空洞地在我们耳中回响。警司和警督轮流在房间里踱步，而我坐在那儿，一直想按下速记机的按键，憋得手痒痒。我的手腕悬在空中，神经高度紧张，仿佛面前的速记机会摇身一变，像枪支一样开火。时间一分一秒地流逝着，那些被重复了好多次的问题砸在维塔利身上，就像橡皮球撞在了砖墙上，统统被弹了回来。房间里坚定的意志开始衰退。

维塔利说的话仅够让我们不放弃提问。每每让他认罪仿佛已是近在咫尺的事情，但就是看不见摸不着。在一阵特别长的沉默之后，维塔利先生俯身从桌子上拿起一张案发现场的照片，带着某种职业化的兴趣仔细打量。

“是你拍的？”他问警督。警督抬起了一边眉毛，小心翼翼地点了点头。

“我们的摄影师那天刚好病了。”警督停了一停，脑袋歪向一边，像是突然想到了什么新的招数。他换上了一种轻松的态度，眉头舒展开来，前额上的疤痕也平复了下去。他友好地一笑：“说实话，相机我也摆弄不来。你懂的啊，要是布景里的东西你啥都不能碰，怎么能拍出好照片来。要是没拍出你的大作的神韵，别怪我啊。”

这句恭维话实际上是个诱饵。维塔利先生对其报以礼貌的微笑，既没有肯定，也没有否认。他清了清喉咙，转换了话题：“哦，对啊，我好像不太礼貌啊！你们想听我的供述，对吧？我真是太没规矩了。来吧，请允许我作供述。”他又清了清喉咙。警司和警督迅速地交换了一个眼神，不由自主地流露出两头饥渴的野兽般的兴奋。他们往前探着身子，努力保持着脸上怀疑的神色。维塔利先生笑了一下，满足地靠坐在椅子里。

“好吧。我的供述就是：实际上，我觉得你非常有天赋，警督。真的。我是真心的。照片拍得很有天赋——富有创造力。我可以预见你光明的未来。你应该去租个影棚，做些艺术工作。也许你还应该买个可爱的小三脚架，在户外弄些布景。或许你还可以和那个叫斯蒂格里茨[①]的家伙比试一下……”他带着嘲弄自说自话了好一会儿。警督一度一巴掌拍在桌上，霍地站了起来，像是要对维塔利加以颜色。但是箭在弦上的一刹那，他又恢复了理智，停了下来，身子一僵，跌坐回椅子里。维塔利看着他，露出了笑容。警司的胡须沮丧地颤抖着，最后，叹了一口气。

“弗兰克，你跟我出来一下。”警督点了点头，疲软地站起来。“维塔利先生，”警司接着说，“如果你在这儿待着不动，我会非常感谢。罗丝，你去喝杯咖啡，歇一会儿吧。”

“哦，咖啡，听起来不错，”维塔利先生向我转过身来，“多谢你啊，罗丝，也给我来一杯。”他笑了一下。我打量着警司的神情，想看他是否会真的命令我去给这个恶棍倒咖啡。警司的胡须一抖，脸上有一种说不清道不明的神色，所以我自作主张，对维塔利先生的要求不予理会。警司一言未发，走出门去，但是警督却帮我抵着门，等着我从速记员的桌前起身走出来。从审讯室出来之后，他一头扎进了警司的办公室，估计两个人要制订新的审讯策略。我也回到了自己的办公桌前。

“天哪，看你这张脸！我想他还是不愿意开口吧，”奥黛丽在一

① 阿尔弗雷德·斯蒂格里茨（Alfred Stieglitz，1864—1946），被尊称为“现代摄影之父”。

边说。

“一个字也不说，只说些关于天气的废话耍我们，”我说，“我真替警司觉得揪心。他真的尽力了，你知道的。大家都知道，这个恶棍明明就是个杀人犯！”

“一个字也问不出来吗？嘴这么紧？”

我摇了摇头：“真是金口难开啊！只是说他知道自己的权利。真是顽石一块。神呐！钢铁一般的意志啊！就没人能撬开他的嘴巴。”

奥黛丽咬着铅笔头上的橡皮，一副心不在焉的样子，跟抽烟一个姿势。她若有所思地望着远处：“你确定他是有罪的？”

“何止有罪啊，简直是十恶不赦！他已经两次上了法庭，但是就像狡猾的蛇一样，每次都设法逃脱了。”

“只要拿到他的口供，就能让他伏法？”

“对啊！只要有了口供，就能吓走那些替他说谎和作伪证的傻瓜们。”

“那好，”奥黛丽最终从远处收回了视线，突然之间正经起来，像是找到了解决难题的办法，“那你最好自己把他的口供打出来。”

我看着她，突然觉得很烦躁。“我说过了，他一个字也不愿意说！”我提醒她，“他既不愿说自己的妻子，也不愿谈酒店里这具女尸。”

“谁说非要让他自己说了？只要让他随便扯几句就行了。最关键还是你记录下来的是什么。”

什么？？？我眨了眨眼睛。嘴巴张得大大的，呆若木鸡。“我……我不能就——”

奥黛丽眼珠一转，打断了我的话：“你当然可以。你打什么，法庭上就用什么。你知道的。他肯定会说，‘我可没说过这些话’。但是他们会拿出速记稿说，‘哦，维塔利先生，这儿可都白纸黑字地打着呢——如果你没有自己亲口说过，我们怎么会有这份记录呢？这些字又不会自己跑出来，你懂的……’”她停了一下，看了看我，向我靠了过来，眼中闪闪发亮，饱含深意。

“但是……但是警司、警督……他们都知道这不是他自己说的。他们都知道……这并不……并不那么准确。”

“如果警司和你都觉得你鼓起勇气这么做是为了正义，那就绝对不会惩罚你。也许到了最后他还要感谢你呢。”我无语了，呆呆地看着奥黛丽。她还是一如既往地无视我的惊讶，耸了耸肩，回到办公桌前继续对付堆积如山的报告去了。“事实就是事实，不管是从你嘴里说出来的，还是从他嘴里。”

“你真的觉得他——”

“是的。”还没等我问完，奥黛丽就斩钉截铁地说道。

我摇摇晃晃地站起身来。警司办公室的房门依然紧闭。但是我知道我不能再休息下去了。如果事情真如奥黛丽所说，我必须在这个机会消逝之前紧紧抓住它，彻底制止维塔利，匡扶正义。崭新、犀利的不确定感充斥着我的大脑。我去女盥洗室冷静了一下，在脸上泼了些水，长久地盯着镜中那个平淡无奇而又一脸困惑的女孩儿，像是在和自己较劲。

究竟什么是公正？不就是一种特定的结果吗！

电光火石间，我仿佛看到奥黛丽出现在我身后，注视着我。我吓了一跳，从水槽边跳开，把靠着水槽的拖把都撞倒了。恢复神志之后，我慢慢开始意识到自己应该怎么做了。这时，再看一眼镜子，里面映出的只有我自己。几分钟之后，似乎我和镜子里那个女孩儿的“看谁先眨眼”比赛陷入了僵局，于是我走了开去，放了镜子里面那个“孪生姐妹”一马。是时候鼓起勇气干上一把了，就像一直以来我想做却又不敢做的那样。

当我走到打字桌前的时候，警司和警督还在警司的办公室里。几乎没有人往我这边看，这就意味着没有人注意到我苍白的脸色和颤抖的双手，这让我松了一口气。我坐了下来，意识到我已经下定了决心。现在唯一需要做的，就是把报告打出来。我希望没人注意到我身边并没有放着速记稿。刚开始打字的时候，我还有些迟疑，小心地编造着某些细节。然后速度就越来越快，我的想象力将一系列案件清晰地串联起来，栩栩如生的程度令人吃惊。

警司办公室的门一下子打开了，警督独自一人一阵风似的冲了出来，大踏步地走出了警局。可能他们在如何对付维塔利这件事情上产生了分歧，警督决定自己出去抽根烟透透气。我停下手里的活儿，用万分之一秒看了他一眼，又赶紧继续下去。我的打字工作已经进行到白热化的状态，如果这个时候有人给我掐表计算打字速度，说不定会发现我已经打破了个人纪录。报告打好之后——或是说，内容够用了之后——我从打字机卷轴上一把把纸拉下来，忍不住高兴地尖叫了一声，但又在引起别人更多注意之前控制住了自己。奥黛丽看了我一眼，送上一个大大的、满意的笑容，我也高兴地用灿烂的笑容回应了她。搞定了。我把这件事儿给搞定了！我仿佛已经感觉到了正义的气息，如此清晰，让我把全部的热忱都献给了它。我欣喜若狂，几乎不能呼吸。

白纸黑字的报告就拿在我的手上。我穿过办公室，走到警司办公室门口。门开着，我在门框上敲了几下。警司正盯着地面，手背在后面，来回踱步。我用颤抖的手递上这份报告，但是他一开始并没有留意。

“我们一定要把他拿下，一定要继续努力，”他喃喃道，仿佛在给他自己下死命令，“我们可以换一种方式试试看。弗兰克呢？”他猛地抬起头来：“去把警督找来。我们不能让维塔利坐在那儿洋洋自得。这次一定要把他攻下来。”

“警司先生。”我喊了一声。我发现自己的声音和我那次直面维塔利一样，变得冷静而又自制，好像不受我自己控制一般。就像之前那次一样，我被这种自己不熟悉的声音吓了一跳。我的手还冲着警司伸着，因为捏得太紧，手中的打印纸微微发抖。“我把他的口供打出来了。”我说。警司扫了我手中的纸一眼，皱起了眉头，显得很不耐烦。一丝冷笑不由自主地浮现在他的脸上，我可以看出，他准备拿我撒气了。

“是吗，罗丝？”他恶狠狠地挖苦着我，“干得好啊。口供！他说的那些胡话，有哪一句能派上用场吗！都是垃圾！这个杂碎知道他已经把我们吃定了。”说完，他准备转身离开。突然之间，我的身体里好像有个开关被触动了，空着的那只手抬了起来，拉住了他的胳膊肘。过去，警司在路过我身边的时候，曾经在我肩头轻轻拍过几次，但是这可能是我第一次主动对他产生身体接触。当我伸手拉住警司的时候，我意识到，这和我平时想象的很不一样。我这一拉，力道大得出奇。警司先是看看我的脸，又带着惊讶，把目光移到衣袖上我拉住他的地方。我的脑中电光火石般重现了几周前拉住维塔利先生的那一幕，但是我让自己不要多想，尽量沉着。我放开了警司的胳膊肘，又递上了那份报告，比之前更加坚定。

“警司先生，我把维塔利先生的口供打出来了。我想你真的应该看看。”

警司皱了皱眉头，叹了口气，终于从我手中抽走了报告。我紧紧盯着警司，看他的目光在纸上游走。我可以看出，上面的内容让他震惊——最起码一开始是这样。他来来回回看了好几遍，看看报告，又看看我，好像找不出来这两者之间有什么关系。他的眉头开了又皱，皱了又开。最后，他好像终于明白了，就像水洇进了布的纹理。他松开双肩，身子站直，眼中的神情变得坚定又冷静——一动不动，静如止水，就像死了一样。他清了清喉咙。

“我明白了。”他用低沉、平和的语调说道。我们久久地对望着，一言未发。他终于明白了我的意思，但是还没有完全接受。有一瞬间，我如鲠在喉，怕自己坏了他的规矩，甚至会被他逮捕。事实上，到了这个关口，我反倒得到了某种安慰，像是确认了自己可以死心塌地地相信，警司绝对不会在守规矩方面有所动摇。但是很快我就发现，他似乎对我的提议考虑得很认真。“你应该很清楚，这简直大逆不道。”他低声说道。如果这是一个问题，那我没有回答。“我想说，这并不是非常循规蹈矩的一种做法。”我点了点头。“我们必须确保我们抓对了人。”

“我对此确定无疑。”说完以后，我看了看警司，明白他也一样。我明白表决心的时候到了。我端正了姿势，清了清喉咙，开始说话了。“我觉得自己并没有夸大其词，”我说，“在我看来，唯一一件比这个男人的所作所为更恶心的事情就是——从道德上来说——违背我们自己的良心，让他逍遥法外。”我并没有说我们一直以来都是这么做的，但是我可以看出，警司也是这么想的。

还没等我们细细商量，警督就溜达回来了，打断了我们的谈话。“好吧，好吧，”警督活动着肩膀，伸展着双臂，像是刚做完柔软体操，“不好意思，我在他面前不淡定了。让我们再去试试吧！”

“弗兰克。”警司依然用低沉、安静的声音喊了警督一声。他带着信任的神色，拍了拍警督的肩膀。“弗兰克，我们搞定了。”他把报告递给警督，警督读了一遍，对着这份我打印出来的口供皱起了眉头，额上的疤痕也随之皱起。

“我出去这么一会儿，你就搞定了？”

警司看着我，我们四目相对。过了好一会儿，他才开口回答。“是的，”他坚定地说道，“我们搞定了。”

一听“我们”这个词，警督转过身来，像发现新大陆一般看着我，好像整个早上他就把我当做一件家具，或是我赖以为生的那台神奇机器的延伸部分。他一侧的眉毛高高挑起。我想也许他已经在心里想好了怎么指责我，但是最终，只是点了点头，什么都没说。

第十二章

如果有机会让我重来一次，我一定会在记录奥黛丽言行的日记里写下不同的内容。现在看来，我发现自己刻意回避了某些对奥黛丽生意细节的记载，而本来这些细节可以让我不至于像现在这样身陷囹圄。在我们住在一起的日子里，我一直保持着对她言行的记录，但是必须承认，当渐至的初夏温度让春日里生气勃勃的郁金香花朵褪去花瓣，变成了尖端分叉的雄蕊，低垂在橡胶质感的茎秆上时，我的“报道”已经变得很不全面了。好吧，也许“全面”这个词不那么准确。更精确地说，我写得还是很全面的，但是变得更有选择性，有策略地忽略了一部分内容。那个时候，我想我已经开始渐渐明白，奥黛丽的有些言行最好还是不要出现在我的日记里，否则可能会让她显得品行不端，特别是从法律角度来说。我变得对她十分袒护。

所以，我那个时候的日记(我现在正看着它们)有可能显得有些琐碎，轻飘飘的，读起来就像是时尚杂志，几乎全都在逐条记录奥黛丽的美容和卫生习惯。比如说：

> 今天，O 买了好几双长筒袜，就是那种新式的“裸肌”蜜黄色长袜，穿上简直令人侧目。她赠予了我一双，还向我展示了怎么在穿了长袜的腿上扑粉，这是当下最流行的。“亮闪闪的尼龙

看起来太讨厌了。”她说。O总是说，大腿绝不能比福特T型车的亚光镀铬板更亮。

今天我平生第一次跟O去看歌剧。这么华丽的剧院，我还是头一回看见！我几乎都无法集中注意力看戏，只顾着看周围那些盛装的观众了。但我必须承认，看见这么多钻石实在是有点儿让人不安。这出戏本身是关于一个既有趣却又可怕的爱情故事的，名叫《丑角》，说的是一个小丑，因为嫉妒，总是恐吓自己的妻子。演出结束以后，我和O就忠诚这个话题讨论了很久，她似乎对我的观点洞若观火。发现我们对这个问题有相同的看法真是一件舒服的事情。选她做我的闺蜜，没有看走眼！

今天O和我去了美容院。O和平时一样修剪了自己的齐耳短发。我把头发烫卷了。她建议，也许有一天我也可以剪一个像她那样的短发，这样我们就更相配了。但是我表示了犹豫。不知道为什么，现在的女孩子都急着斩断三千烦恼丝，我想也许她们觉得这样会让自己看起来更勇敢。真可惜她们搞不清楚，勇敢和妄为之间还是有很大区别的。虽然我嘴上不说，但是我非常珍爱自己的长发，还有与之相伴的各种意义。我慢慢开始发现，也许我并不像自己所想象的那般思想先锐。而且我相信，虽然O看起来绝对不像，但其实内心深处，也是颇为守旧的。终有一天，她会厌弃现在的摩登女郎生活，而我那个时候还是愿意陪伴在她左右。我们未来的生活一定非常美好！

今晚我们去地下酒吧之前，O把我下面的头发别了起来，让我感受一下如果把头发剪得像她一样短是什么感觉。她还给我搽了胭脂和口红。打扮得像O一样，让我不由自主地兴奋起来。自从见到她的那一刻起，我就在想象着像她一样是什么感觉。有好几个晚上，都有不同的男士过来跟我打招呼，把我当成了O——虽然这只能说明要么那几个晚上特别黑，要么这几个男人醉得厉害，因为我还不至于自我膨胀到痴心妄想着我看起来和O那么像。但是，他们的确走了过来，用非常亲昵的态度，轻唤着O的名字。之后我抱怨这些男人手放得不是地方，她耸了耸肩膀，笑着说这只不过是一种逗趣的方式，好像她能把这些人玩弄于股掌之间，我也就一定可以。而我自己可就没那么自信了，因为如果换作是我，绝对不知道该怎么应付这些男人。我既没有对他们一笑了之，也没有让他们请我喝一杯，更没有从他们嘴上偷香烟，我只是狠拍他们的手，让他们放开，就像一个紧张的老处女，但转而又觉得自己蠢极了……

气温直线上升。今天，O带我去38街那家时髦气派的罗德泰勒百货商店买游泳衣，因为她觉得我们可能会去参加一些公园聚会或是去海湾。我们一起挑选了一些再过100年我也想不到自己会买的东西。修女们曾经说过，一个女孩儿暴露出来的皮肤的多少和她心中的暗黑面是成正比的，也和她灵魂中的良知成反比。但是当我对奥黛丽复述了这种说法之后，她脸上显现出又震惊又好笑的神色，我瞬间很难为情，觉得自己傻极了。她向我展示了在海边遇到一定会出现的巡逻监察员时，该怎么把游泳衣的包边卷下去。而当这些监察员没有盯着我们看的时候，又该怎么把这些包边“夹”上来，显得更加时髦。最后我们买了两套运动风的汗布游泳衣，看起来十分相称，但是她穿起来比我好看多了。我可以在试衣间的镜子里看上她一整天都不会厌倦。她看起来美极了，生机勃勃，清新可人，好像随时要从试衣间的座位上来个燕式跳水。终于，我可以宣布，我有了一个闺蜜，让我醉心的闺蜜！哦，但是我不能总这么说她，得悠着点儿……

* * *

还有许多篇日记，内容都和以上这些八九不离十。你们大致可以了解我这些日记都是什么样子的了。除了这几篇，还有其他一些篇目，我在这里就不多赘述了。这已经足以表明，我花了大量时间对奥黛丽进行纤毫毕现的描述，对她多姿多彩的形象进行了热情洋溢的夸赞。向当局出示这些日记肯定是毫无作用。关于我对奥黛丽的感情，他们已经产生了误会，这些日记只会让误会加深——我现在明白了。

日记里我对奥黛丽情人的记载也不会帮助他们改变这种误会。当夏季翩然而至的时候，我俨然已经变成了一个名单记录者。我现在正看着其中一则名单：

4 月 16 日——哈里·吉布森

4 月 20 日——内维尔·伊格斯顿

4 月 29 日——哈里·吉布森

5 月 1 日——朗尼·艾森伯格

5 月 3 日——欧文·麦克埃尔

5 月 3 日(同一个晚上)——哈里·吉布森

5 月 10 日——雅各布·艾萨克斯

5 月 15 日——还是吉布(大吵一架之后)

5 月 23 日——鲍比·阿利斯特

6 月 4 日——又是吉布

诸如此类。

也许你觉得我保存着这样的记录非常无礼。我想如果我是一个妇女参政权论者的话，可以坚称奥黛丽是“自己身体的主人”，就像眼下这些人在那些控制生育运动中宣称的那样，其余的话就不必多说了。但是我穷极一生，都无法冒充妇女参政权论者，也对玛格丽特·桑格[①]或是和她沆瀣一气的同类爱不起来。我从不会对鼓吹妇女政治运动的女性产生迷恋——不管她们是绝食还是在马路上游行。那些政治废话并不会让我感到心痒难耐，我也并没有觉得世道不公而义愤填膺。我也压根儿不是性解放者。事实上，我现在已经承认，自己有点儿老处女的感觉。

当然，这些名单的准确率也并不是100%。好多次，奥黛丽会从聚会和地下酒吧彻底消失，无从寻觅她去了何方，也无从知晓她做了什么，和谁在一起。也有好几次，奥黛丽整晚未归，第二天早上才回来，刚好可以在去警局上班之前换上另一套衣服，在早餐台前喝上一杯咖啡。

我为什么如此喜爱奥黛丽？事到如今，我还在试图找出这个问题的答案。当我发现自己被一个人扔在聚会上时，从来都不会指责奥黛丽，说她是个差劲的女伴，虽然也许我的确有权利这么做。那个时候我已经对奥黛丽的个性非常了解了，明白如果自己太过黏人，要求太多，奥黛丽也许再也不会理我了。所以我有自己的一套。每当我发现奥黛丽消失了——前一分钟还在我身边，下一分钟已经消失在音乐、香烟和尖笑声的迷雾里——而且很显然不会很快回来，我通常就会回到酒店（当然，独自一人），为自己泡上一杯茶。然而，有一天晚上，

---

① 玛格丽特·桑格（Margaret Sanger，1879—1966），美国护士和作家，发起了美国计划生育运动，组织了第一届世界人口大会。

当我准备好开溜，独自一人回去的时候，突然意识到，有人从远处看着我。这个人的目光让我瞬间停了下来，一个熟悉的身影幽灵般穿过整个屋子，来到我的身边。

“真没想到会在这儿见到你。”

“警督……”我喊了一声，呆住了。

“既然我们到了这儿，你还是别守着自己那一套规矩了，直接喊我弗兰克吧。至少现在这么喊。”他笑了笑，警惕地看了看左边，又看了看右边，确定其他人没听到我们的对话。

他大可不必担心。没人特别注意到我们。人群继续狂欢。几个女孩儿跳上了附近的一张桌子，身穿完全由珠子串成的裙装，左摇右摆，吸引了很多人的注意。珠裙是如此光彩夺目，女孩儿们的身体仿佛泛起了粼粼波光，像是刚捕上岸的鳟鱼，一身乳白色的鳞片。屋子里人山人海。当人群把我和警督推近的时候，我发现自己的眼睛刚到他的胸口。我本能地扫视着人海，寻找吉布的身影，担心他看到警督出现在这里，会作何反应。但是他正忙着——一个男人在屋子一角对着几个人表演着看起来显得很业余的魔术，吉布皱起眉头，怀疑地盯着他。我还认出矮矮的、戴着软毡帽的雷蒙德站在吉布手肘附近，专心等待老板点上下一轮酒水。那个时候，警督和我完全被淹没在人潮里，没有被任何人注意到。

“你在跟踪我们吗？”我问他，回想起这几周以来在城里转悠的时候那种奇怪的感觉。我注意到最近似乎有什么东西不太对劲儿，这种奇怪的感觉让我在跟奥黛丽出门往城里去的时候，总是忍不住往后看一眼。似乎总有些东西在我看不到的地方——一个熟悉的身影总会在这里或那里的橱窗倒影中闪现，却在我想定睛细看的时候，又消失得无影无踪。

“我跟踪你们干吗？”这是我得到的回应，但不是一个直接的回答。他不顾我的责备，过了一会儿，跟我靠得更近了，悄悄地碰了碰我的手肘。“听着，”他低声说，“我觉得你最好赶紧离开，现在就走。”

我没有跟他说几分钟之前我刚准备离开。他的这句忠告触动了我，我倔头倔脑地把心一横，突然之间决定留下来。我挥手叫雷蒙德过来。他歪歪倒倒地走了过来，在乱哄哄的人群里显得惊人地灵活。很快他就走到了我的身边，顶着两个永恒的黑眼圈，抬起圆溜溜、亮晶晶的眼睛，友好地看着我。

“你好呀，罗丝小姐，”雷蒙德说，“你今晚看起来美极了。”我谢了他，但压根儿没放在心上。雷蒙德跟我很像，总是彬彬有礼。

“谢谢你，雷蒙德，”我换了一个声调，听起来像奥黛丽一样轻快，“我想我可以再来一杯香槟鸡尾酒，反正现在还早。”

“好呀。”雷蒙德看了警督一眼，但却并没有开口问他要喝点儿什么。他等了一会儿，想着我可能会介绍一下这个人，至少客套几句，但他很快从我脸上看出我一点儿也不欢迎警督，于是就耸耸肩膀，转身离开了。关于人情世故，雷蒙德可谓了如指掌、颇有洞见。他从不多管闲事，只有摆惯了架子的人才会如此。

“我不是跟你闹着玩儿的，”警督等雷蒙德走远之后对我说，“我真的觉得你应该尽快离开这里。”

“为什么？因为这不是良家女孩待的地方？”我愤愤不平，傲慢地说道。“我猜……”我欲言又止，像是被自己要说的话吓了一跳。突然之间，我恶向胆边生，决定还是继续把话说完：“我猜，你是想在这儿遇见奥黛丽吧。这话你肯定不爱听——但是她已经走了。陪她一块儿离开的那位先生看起来特别风趣幽默。”警督看起来很惊讶，但既没有显得被冒犯，也没有生气，只是脸上浮现出好奇的神色，匆匆看了我一眼。

“不，罗丝，你还没搞清楚状况。”他伸出一只胳膊拥着我，把我的身体扳了过来，我们俩都看着出口的方向。“今晚会有一次突击检查，我觉得你还是不要留在这儿为好。”他把声音压得很低，像是提醒我把注意力放在即将发生的事情上。我开始注意到有一些神色阴郁的男人聚集在出口附近，几个一组，四散开来，装作若无其事的样子，打量着房间。我顿时明白了警督的意思。“我们磨蹭得够久了，他们已经开始打算关门了。随时都有可能发出信号。我们必须让你离开这儿。”

我们？他为什么要帮我？我还以为他打算让他们把我抓进班房，从铁栏杆外面得意洋洋地打量我呢。但是就在我意识到发生了什么之前，警督已经抓住我的手臂，带我穿过房间了。我的脑子里地覆天翻，试图瞄到吉布或是雷蒙德，看他们发没发现这些便衣警察——他们已经在屋子里布好了点。就在我们快走到门口的时候，我觉得警督欠我一个解释。

“等等，”我突然想起，上次我们到这栋楼里来喝酒的时候，奥黛丽指给我看过的一个地方，“我有更好的路出去。”警督停下了脚步，点点头。他抓着我的手松了松，但并没有完全放开，随后被我带着往后面的一个小房间的方向走去。

一到了那个房间，警督就惊愕地扫了我一眼。屋子幽闭狭窄，塞满了高可及顶的架子，每个架子上都摆着没贴标签的瓶子。“老天，罗丝，这是什么地方？我们可没时间在这儿耽误。”

“别着急。”我走到满是瓶子的一面墙前，寻找奥黛丽给我指过的那只空瓶子。我举起一只，看了看底下，什么也没有。我又举起了一只。

“罗丝……”

“啊！”终于，我在最后举起的一个空瓶子底下发现了要找的开关。我把手探下去，拉了一下，纹丝不动。我一阵惊慌，又猛拉了一把，突然觉得开关好像动了。摆满瓶子的架子被一对结实的铰链缓缓拉开，像是轻若无物。我对着警督转过身去。虽然周围一片黑暗，我还是感觉到他双目圆睁，像是两个碟子一般，看着眼前凭空出现的这个新出口。

“我想我不应该吃惊。”他晃了晃脑袋，恢复了神志。“快，我们走。”他又抓起我的手肘，带我向外走去。

“我也不太知道这条路通往哪里。”

“不管是哪儿，总比待在这儿强。”

那天我穿的裙子是奥黛丽的，下面是水手式的百褶短裙，外面罩着一层薄纱。就在瓶架在我们身后轰然关上的时候，那层纱飘了起来，夹在了门缝里。我想再把门推开，已经来不及了。门闩一声闷响，落了下来。

“我的裙子！”我在黑暗中叫了一声。警督从外套口袋里掏出一个打火机，点亮后举过头顶，检查了一番。我们俩想把门再打开，但是从外面找不到把手或是门闩。

“好吧……嗯。好的。”他吸了一口气，从我的裙子上收回目光，注视着我的眼睛。“非常抱歉。”警督边说边把手往手袋里伸。

“抱歉什么？”

警督没有回答，而是掏出一把欧皮耐尔牌的折叠木柄小刀，腕子一抖，打开了刀刃。我不由得缩起了身子，往后一退。

“放松。”警督拉住我的裙子，摸到被门夹住的地方，刷地一刀，把纱割断。直觉告诉我，小刀非常锋利，薄纱就像纸一样，被一裁为二。我自由了。裙子剩余的部分拖在后面，割剩下的一块布只能勉强遮住我的臀部。“真不好意思，”一个奇怪的笑容浮现在警督脸上，我以前从没见过他这副样子，“这条裙子还挺漂亮。”

“这不是我的裙子，是奥黛丽的。”我脱口而出。

“哦。好吧，我们走吗？”

我们沉默地走完了通道里剩下的路。警督打火机的光亮为我们照明，把我们的影子拉得长长的，投在通道的墙上。过了好久之后，我们终于来到一扇木头门前。警督打开了一连串的门闩，都是些单向锁。突然之间，一股潮湿、炎热的夏夜的空气扑面而来。我们走出了通道，站在了一条平淡无奇的小巷里。我不知自己身处何方。

“真狡猾，”警督评价道，又检查了一番我们刚才出来的门，“所有的门都是从里面反锁上的。只出不进。是逃跑的好路。”

“听起来你很欣赏嘛。”

“的确。”

“今晚的突击检查是你组织的吗？”我问他。

警督看着我，与我四目相对，过了好几秒钟。天上挂着一轮满月，我看着他冷冷的、湛蓝的眸子，他额头上那条刀疤打了蜡一般光滑，在银色的月光下闪闪发光。

“不是，”他终于开了口，耸了耸肩，“其实这样的地方我……并不反对。”我没有搭腔，他继续说了下去，突然结结巴巴紧张起来：“其实，我有自己的一套理论。”他的眉毛神经兮兮地扬了起来，像是要去干什么坏事，又被自己的胆大妄为惹得有些兴奋：“嗯，我的理论就是，社会需要这样的场所，就像一个泄气阀，你明白不？禁酒并不实际。只会让更多的本分人变成罪犯。”接下来是一段长长的沉默。他说话的时候因为兴奋耸了起来的肩膀也垂了下去。我想即使我不开口，他也知道我想问什么。

“那么为什么……”

“我为什么跟着一起来搞这个突击检查？”

我点了点头。

他又耸了耸肩膀，目光远远投向巷子的尽头。“我也不知道。”他又看向我，迟疑了一会儿，像是在掂量该说什么。随后，他不好意思地咧嘴一笑，冲我的裙子挥了挥手：“我想你永远不知道自己什么时候会需要对一名落难少女出手相救。”

这是一句电影台词。但是我不知道为什么警督要对我说这么一句话，因此颇有几分意外。更让我感到意外的是，警督说了这句话以后，看着脚下的人行道，脚步奇怪地拖沓起来。我实在不敢相信他是真心的。一个淑女应该对他的示好表示鼓励，不管这样的示好是多么笨嘴拙舌。但我没有。也许我对警督这番表白的自然反应更像是猫见了受伤的田鼠。

“是啊。你把我的裙子弄成这副惨样，我都忘了谢谢你了。”这句话从我嘴里说出来的时候，比我预想得还要尖酸。但我非但没有道歉，反而雪上加霜，又装模作样地行了一个屈膝礼。

“是奥黛丽的裙子。”他也不依不饶地纠正了我一句。我屈膝礼行到一半，抬头瞪着他，他也瞪了回来。我俩又一次四目相交，但这一次充满愤怒，突然生出一股野火。我们这样僵持了好一会儿，像是银色的月光突然将正在龇牙咧嘴的我们变成了两尊石像。但是，说来也怪，突然之间，我们脸上紧绷的肌肉不约而同地舒缓开来，像是照镜子一般同时咧嘴一笑。我很惊讶地听见自己和警督一起笑了起来。

笑声渐止之后，我非常明显地感觉到，警督向我走近了好几步。

我本能地往后退去。“我该回去了。要向奥黛丽通报裙子的遭遇。”我突然急着道别离开，不光是因为警督靠得太近让我觉得不舒服，而且我也怕他提出要送我回家。那个时候警局里所有的人都已经知道奥黛丽和我住在一起，但是我总是小心保密，不让别人知道我们的地址和公寓的奢华程度。我可不想仅仅因为这个傻乎乎的小侦探把自己想象成一个十足的绅士而把事情搞砸，前功尽弃。

“我想你已经说过……嗯，今晚她有别的乐子？”

“她应该已经回家了。”我用傲慢的声调撒了一个谎。警督又从我们中间的边界地带退让了几分。“她也许在猜想我去哪儿了。”

“那我一定要送你回去。”他重重地叹了口气，往巷子的出口走去。我知道我不该让他看见奥黛丽的公寓，但是他竟然如此简洁有力地弃我的反对于不顾，我明白，他无论如何都是要送我回家的了，于是我决定，把我的抗议留到下一次。当我们听见警车带着悠长哀怨的警笛声，“呜哇呜哇”地往正常的酒吧出口的方向开去时，看看身边这位体面的伙伴，我内心不由滑过一丝窃喜。

第十三章

钥匙插进锁眼里的一刹那，我惊讶地发现，奥黛丽已经到家了。这大大出乎我的意料。她裹着用层层薄纱制成的宝蓝色浴袍，摊开细长的手脚，猫咪一样卧在绿白条纹相间的贵妃榻上。屋子里白天的热气还没有退去，奥黛丽把窗户打开，让晚间的凉气进来。垂到窗棂上的白纱窗帘被微风撩起，不时轻拂着窗子，为这一幕增添了猫样的感觉——就像一只恼怒的家猫甩着尾巴。奥黛丽置身一间珠光宝气的书房，倚在贵妃榻上，在她身后玻璃窗外墨色的夜空映衬下，显得神采奕奕、容光焕发。

她正边看杂志边吃着丝质糖果盒里的樱桃果酱夹心巧克力。奥黛丽吃甜食的方式也是她自己特有的，和海伦有天壤之别。海伦吃她的一便士糖果时总是显得很有罪恶感，偷偷摸摸的，让你想起疑神疑鬼的松鼠，拼尽全力防着鸟儿或是什么别的大型动物过来抢它的坚果。奥黛丽则与之相反，吃起甜食来总是一副随心所欲、懒洋洋的样子。有的时候她就那么漫不经心地吃着，腕子松松地抓着一块儿什么，靠近了杂志仔细看巴黎最新款帽子，早就把手里的东西给忘了。而有的时候，她又一心扑在甜点上面。如果碰到特别美味的，她会毫不顾忌地发出“嗯……”和“噢……”的赞叹。对海伦来说，糖果像是特别珍贵的东西，但是对于奥黛丽来说，对待珍宝的态度就像对一块糖果。也许这种差异来自阶层本身，而奥黛丽这个阶层是我完全无法了解的。毕竟，海伦这么宝贝自己的糖，是因为总是不够吃。而奥黛丽的甜点却供应丰富，甚至有些浪费。在我们一块儿居住的几个月里，我从奥黛丽的床底下拣出不知道多少吃剩半盒的巧克力，只能咂咂嘴，转手扔进垃圾桶，因为这些巧克力开了封，又被遗忘了这么久，早就长出一层白乎乎的绿霉了。

“哦！”她抬起头来看见我们，惊呼了一声。我能看出，发现一个男人出现在她的门厅里让她非常惊讶。特别是当她认出这个人是警督的时候，简直惊呆了。但是我想，不管这个男人是谁，都会让她生出几分惊讶来的。之前我从没带任何男人回来过。刚才我们穿过大堂走进电梯的时候，一路上收获了酒店员工的无数哂笑和高高挑起的眉毛，这种耻辱一直到现在还让我觉得刺痛。不管我怎么劝阻，警督都坚持要把我送到房门口。现在他还在门厅里磨磨蹭蹭，打量着客厅，惊讶得嘴巴微微张开。我猜这一路上来把他惊住了，估计到现在还没从奢华的大堂、金色的电梯还有目前身处的装修时尚的房间里回过神来。奥黛丽嗔怪地看了我一眼；我明白，让警督送我回家，就等于违反了为她的生活状况保守秘密这个誓言。她很不开心，但是就在她因为生气身子僵住的一瞬间，又控制住了自己，肌肉重新松弛下来，显出一副欢迎的态度。她柔媚地站起身来，迎接我们。

“我的天哪，警督先生，赶快进来！别客气！”

“我只想把罗丝安全送到家而已。”

“哪儿的话！来都来了，坐一会儿嘛。”奥黛丽挽住警督的手臂，把他引到之前自己倚卧的贵妃榻上坐下，警督迷迷糊糊地就被她拖了过去。他似乎特别在意奥黛丽刚在这儿坐过，于是礼貌地溜边坐下。她用审视的目光打量着警督，嘴唇无意识地弯成某种弧度，我明白这意味着她正在思考如何重新掌握住局面。我知道，如果她找不到一个方法，确保警督不会说出她的秘密，那她是不会安心的。要想做到这一点，她必须先试试警督的深浅。“我给你弄点儿喝的吧，”她说。警督看着她。“弄点儿能让你放松下来的饮料，”她又说。很显然，她说的不是咖啡或者茶。警督似乎明白，如果他接受了这杯鸡尾酒，奥黛丽的神经就能放松下来。

“好啊。”

奥黛丽起身去准备酒水的时候，警督的目光一直追随着她。我趁机穿过门厅，钻进奥黛丽的卧室，把这条裙子换了下来。就算奥黛丽注意到了这条借给我的裙子底边被粗暴地损坏了，她也不会介意的，说都懒得说一句。我知道她不会为了一条裙子责备我的。但是我知道这条裙子我笃定是赔不起的，因此弄坏了我还是非常内疚。另一边的房间里断断续续传来塞尔脱兹气泡矿泉水开瓶后的喷溅声。我搬进来几个月后，开始和奥黛丽共用一个衣柜，我现在正站在这个衣柜前面，研究着里面的衣服。就在我左思右想该换一件什么衣服的时候，我听见奥黛丽端着一托盘饮料，穿过房间走到咖啡桌前，冰块随着她的脚步叮当作响。新鲜浓郁的青柠香味儿从客厅里直飘进卧室，我猜她做了金利克鸡尾酒。奥黛丽从不喝地下酒吧里贩卖的乙醇和杜松子糖浆的混合物——这玩意儿通常被称为“浴缸金酒”（私酿金酒），因此她很有可能用上了我们藏在厨房吧里的最后一瓶正宗英格兰金酒（第二天居然神奇地又放上了一瓶新的）。奇怪的是，想到这里，我的嘴中竟然盈满了口水，这是我以前从来没有体验过的现象——我之前可是对酒一窍不通啊。

我看着眼前一整面墙的衣服，试着加快速度。如果警督品行端庄一点，乖乖回家的话，我的决定就会容易得多，只需要舒舒服服地穿上睡衣就行了。但是我立刻放弃了这个想法。我平时穿的睡衣本身非常得体。事实上，它就跟我们在孤儿院里穿的长睡衣差不多，有点不分性别：用漂白过的粗亚麻布制成，高高的领子浆洗硬挺，袖子长长的，手腕处用细绳收口。但是我知道，我宁愿去死也不愿意让警督看见我穿着睡衣，特别是这一件。我只能另找更加合适的衣服。

“这对手镯非常漂亮，”我突然听见警督这么对奥黛丽说。我立刻明白了他说的是哪一对。之前奥黛丽并没有戴过这对手镯，但是今晚一进门，我就发现这对手镯在她手腕上闪闪发亮。他们正在讨论的这件小玩意儿是一对钻石手镯，像我这样的乡下妹子，自然以前从来没有见过。勒布伦太太曾经教过我如何清洁宝石，但她首饰盒里的任何一件东西，都不能和这对手镯媲美。那个时候，最让我好奇的是，为什么奥黛丽从来都不戴它们出门？与之相反，她有一个奇怪的嗜好，就是喜欢在家的时候戴着它们，就像其他女人穿着家居服那样。

“这是真的钻石手镯吗？”警督问道。我听见奥黛丽哈哈笑了起来，银铃般的笑声带着暧昧的气息，像是在说“是啊，当然”，又好似同时在说“不是啦，别傻了”。我自己也想过这个问题，但是从来都没敢问过。最后，我终于在柜子深处发现了一件自己的衣服。我把这条普普通通的蓝布裙子套在身上，向客厅走去，但是并没有进去，而是偷偷躲在门口一个不引人注意的地方，看着他们。

“知道吗，”她兴奋地向警督靠了过去，“这是别人送我的礼物，我从没问过是不是真的。”她又笑了起来。我注意到，她把“礼物”这个词说得特别咬牙切齿，像是咬到了什么苦涩的东西。警督显然也注意到了。

“是吗？是个礼物？”

“是啊，嗯。更准确地说，是个订婚礼物。”

"哦，不好意思，我以为你……"警督苦苦寻找着最不显得失礼的词语，可是一无所获，"还待字闺中呢。"他终于找到了一个不那么男性化的词(也尚还礼貌)。奥黛丽露出了一个斯芬克司的微笑，显得很高兴。

"我是单身啊。"

"哦？不好意思，你说什么？"

奥黛丽并没有回答，而是把手伸到了警督眼前。"但是它们的确很美，不是么？"这不是一个疑问句。她缓缓地把手腕转到左边，又转到右边，让钻石的每一个小棱面尽情地放射着光芒。警督赞赏地盯着这对手镯。

"我从没见过有女人这样搭配——两只手都戴着手镯。"

面对警督的赞赏之情，奥黛丽的嘴角又浮上了一丝苦涩，冷冷一笑。"是啊，看起来有点儿像……手铐，对吧？"她把两只手腕并拢，摆了个姿势。警督显然对这样残酷的比喻显得很吃惊，瞥了奥黛丽一眼。她靠得更近了一些："告诉你一个秘密：订婚礼物都是这样，多少都有这个意思。"她带着玩笑的神情抬起了脑袋，但动作里也有几分阴暗的意味。我突然感到自己心里像是扎了根刺，但又并不清楚究竟在为谁痛心。

奥黛丽又把两人中间的距离缩短了几分，我几乎屏住了呼吸。"你可以随心所欲地装扮一个东西，却无法改变它的本质。玫瑰的香味，和它的名字无关①……"她风情万种地说着。"玫瑰"是我名字的同义词，因此显得分外刺耳。"局子里关的那些个家伙难道会因为知道了我的手铐比他们的漂亮而眼红吗？"奥黛丽露出了狼似的笑

① 此句出自莎剧《罗密欧与朱丽叶》。

容，艳红的嘴唇咧得大大的，露出一口雪白的牙齿，身子几乎要碰到警督了。突然，我觉得自己必须出现了，于是咳嗽了一声。

他们的注意力一下子转向了我这边。像是森林里的两只小动物，突然意识到林子里不是只有他们两个，顿时僵住了。警督的脸红到了耳朵根儿，从贵妃榻上弹了起来。

“哦！呃，好吧，我该走了。贝克小姐，看到你平安回家我很高兴。”

“谢谢你，警督。谢谢……”我想找一个合适的词，微微耸了耸肩，最终变成了喃喃自语，“你的帮助。”其实我并没有讽刺的意味，但是我能看出，这句话给了他这种感觉。他带着点儿委屈地站直了身子，显得非常抱歉——被我发现他和奥黛丽眉来眼去、弄坏了我的裙子……又或者，突击检查这件事也让他觉得很不好意思。他伸手去拿自己的帽子。

“哦，弗兰克，再坐一会儿嘛。酒还没喝完呢，”奥黛丽娇嗔地说道，指了指还剩半杯的金利克鸡尾酒。她抬起一只手，调皮地拽了一把警督的衣袖。奥黛丽喊警督的名字，显得如此自然，就像已经喊了无数次一样。我回想了一下他们俩坐在客厅里的情景，突然觉得警督对他身边的这些奢华陈设并没有我之前想象得那么震惊和不安。一丝疑云浮上了我的心头。

“不，不了，已经很晚了。我今晚也已经喝得不少了。回家之前不能再喝了。”从贵妃榻上匆匆起身之后，警督一直站在原地，这会儿又装模作样地理了理皱巴巴的外套。可是不管他怎么努力，外套还是招牌式地挂在身上，一副没精打采的样子。我一直都觉得警督的确长得还算不错，但是此时此刻，当他看着我时，灯光映照着他前额上的疤痕，一个坏坏的笑容浮现在他的唇边，我才明白，为什么他每次与女士为伴时，她们都喜欢围着他转。

“而且，”他又补充了一句，“今晚已经足够精彩了。”听闻此言，奥黛丽斜睨了他一眼。“究竟发生了些什么，还是让罗丝——不好意思，我的意思是贝克小姐——慢慢跟你说吧。”

奥黛丽把他送到了门口。“那边……往右边走。”警督搞错了方向，我听见奥黛丽柔声轻唤着，告诉他该怎么去电梯。之前在我脑中升起的疑团打消了几分——他应该不是因为喝多了才搞不清方向，而的确是头回来访。据我所知，凡是第一次来的人，都会被奥黛丽的公寓震住，搞得晕头转向。

奥黛丽回到了客厅里，态度陡然一变，显然等着听我立刻跟她汇报我近来和警督到底发生了什么纠葛。“送你回家？他可真是好心啊。”她往贵妃榻上一瘫，身体像是一条湿毯子。她的动作总是行云流水一般，虽然长手长脚、线条硬朗。几个月以来，我都试图厘清这种悖论，而且我知道，我不是第一个想解开这个谜的。

“别担心，”看我不答话，她又说道，“我不会和他走得太近的。”我当下就明白，这是一句谎话。她从贵妃榻上探过身子来，拍了拍我放在膝头上的手背。“我知道，你不想让我和他走得太近。”她的声音听起来有些兴奋。我意识到，警督突然入了她的眼了。但是我并不以为然。因为手头上还有一件更重要的事情。

“奥黛丽，”我试探性地开了口，“俱乐部今晚有个突击检查。”

她正品着警督喝剩的金利克，听闻此言，一口酒雾喷了出来，空气中顿时充满了金酒的松木气息和青柠的香味。霎时间，她已经抓起电话，对着一个无比紧张的接线员——从声音可以判断出来——咆哮着一个又一个电话号码，而回答都是令人失望的：所有号码全部无人接听。

第十四章

警司说了“我们”。面对警督的疑问(在这么困难的情况下，你真的在这么短的时间内，就拿到了维塔利先生的口供？)，警司看了我一眼(意味深长的一眼！)，说，“我们”拿到了。这两个字在我心里有着前所未有的分量。

我认识警司这么多年了，很少听他用“我们”这个词。他越是刻意回避这个词，越是加深了我对他的尊敬。我想这应该是很普遍的现象。总有一些人，让我们觉得能拥有这些人的友情、加入他们的阵营是难能可贵的。警司衡量他人的时候，有一套非常精确的心理标准。如果你达不到他的标准，他对此毫不掩饰，也不会在意你的感受，因为他觉得有问题的不是他，而是你。

我现在把这些话说出来，是因为他意味深长地看了一眼，而且用了“我们”这个词，我知道这有其特殊的含义——这是历史性的一刻！我毫不怀疑警司总是严格按照规章制度办事，但是，他却同我一起变通了制度——同我！我知道他的道德感极强，因此，只有在极端的情况下，同非常特别的同道中人在一起时，他才胆敢将正义女神的剑握在自己手中。我不想用“替天行道”这个词，因为听起来既混乱又反叛，和警司一点儿也不搭调。我相信，警司是经过了更好的淬炼的产物，是一种更高阶的存在。你可以说我傻，但是我相信——或者说，我过去相信，因为这里用“过去”更为恰当——当他说了“我们”这个词的时候，他在用自己的方式表示：是的，罗丝，我们是同道中人！

我以前也说过，但是我现在还要重申：你们千万不要觉得我和警司之间有什么不可告人的秘密。我们之间绝对没有所谓的“瓜葛”。我也从来不曾“给他今后再兑现的支票”——就像奥黛丽对那些她不想立刻搭理的追求者承诺的那样。警司和我之间的关系更为纯洁。警司除了是一位职业上的榜样以外，还为人夫、为人父。尽管我承认，自己有时候对成为他妻子的那个女人不是一般的好奇和不屑(顺便提一句，我从没见过这个女人)，但我从没想过把他从这些身份中抽离出来，也不曾想过他会成为一个不守信用的人，或是我的情夫。好吧，确实有那么几次(很少的几次！)。我的确假想过要是嫁给警司会是什么感觉——让他来我家里，吃我特别为他准备的饭菜，在他凑过来轻吻我的面颊时，八字胡扎得我痒痒的……或是只有后半句：“八字胡扎得我痒痒的”，到此为止。哦！我可以跟你保证，对于这些幻想，我只是点到为止，而且只在特殊的时候才会这么想。

当然，我从没将这些脑子里的想法泄露出来过。工作的时候我总是端庄得体，带着职业化的礼貌。虽然每个人都知道我最近和奥黛丽走得很近，但是我相信警司清楚我才不会受到不良影响，变成水性杨花的女人，或是什么恶棍的姘头。我们之间总共也没说过几句话，但那是因为我们不需要。我总是觉得他和我心心相印，从第一次面试的时候起，我就这么觉得。至于打出维塔利先生的口供，我觉得那是做了比保持职业道德更正确的事情。虽然我们两个人在宗教信仰上都算不上特别虔诚，但是不知怎的，我却相信我们都共同信奉着同一种抽象的理念：我们都在践行上帝的旨意。我们都是道德上无可指摘的人，出淤泥而不染。我想，我和警司比周围的人都要“干净”一些，凌驾于浊世之上。因为这些原因，但又不止这些原因，在那次突击检查之后，我去警局上班的时候自然非常紧张。

突击检查那晚，奥黛丽打的那些电话多数徒劳无功。最大的消息来源就是有时替她和吉布传口信的十四岁小混混，名叫查理·怀丁。他们付查理钱，让他像个办公室职员一样坐在后面的小房间里接电话，把这些秘密的订单记下来，比如“费城，一百一十件（查理通常都写成“肥城”）”或是“巴尔的摩，五十件（查理会写成“包拉磨”）”。查理那天晚上从小房间钻出来，给吉布捎一条口信，然后就磨磨蹭蹭不愿意回去，看他能不能在别人拿他的年龄说事儿之前捞到几口金酒喝。查理的个子特别小，简直像个小矮人，根本不像有十四岁的样子，他自己也经常为这个事实哀叹。但是就在突击检查的骚乱之夜，查理正是仗着自己的小个子，从地下室的窗户里逃了出来。

天快亮的时候，门口响起了带着歉意的敲门声——开电梯的小伙子解释说，电话在占线，所以我们必须亲自下楼去迎接那位年轻的访客。查理站在仿若大教堂般气势恢宏空空荡荡的大堂里，后脑勺上扣着他的报童帽，目瞪口呆地看着周围的一切，显得比平时任何时候都要更加弱小。但是奥黛丽显然没有为之所动，而是径直走到查理面前，在他抬起来四处打量的小脸前打了个响指。查理眨了眨眼睛，像是刚从催眠术中苏醒。奥黛丽转而连珠炮似的说出一串名字，用手指挨个数过来。查理每听到一个名字，就回答“是”、“没有”或是“可能吧，女士”，用以说明谁被警察“请”进去了。等到太阳升起，我们梳洗停当去上班的时候，奥黛丽已经临时拟好了一份不完全名单了。

那天早上，我们到了警局之后，奥黛丽给自己倒了一杯咖啡，缓缓向拘留室的方向走去，看似不经意、实则有预谋地往铁栏杆里瞟了几眼。她就像是巨大而又空旷的博物馆里随意闲逛的游客，冷冷地打量着知名艺术家那些不太出名的画作。显得同样冷漠、矜持的还有吉布、雷蒙德和其他几张酒吧里常见的熟面孔。他们无所畏惧地迎上了奥黛丽的目光，但是全部保持沉默，一点儿都看不出他们和铁栏杆外面的这个女人有丝毫认识的迹象。直觉告诉我，他们之间在进行一场无声的对话。我决心要好好观察奥黛丽，看她到底要采取什么计划——她绝对已经成竹在胸了。

当然，那天早上，我对自己的命运也有些忐忑。我很清楚，自己也是这个目前正被严密监控的酒吧的一分子。虽然我从奥黛丽和号子里几个男人之间交流的眼色可以看出，她没有被供出来，但是我自己就不敢保证了。而且警督也是我担忧的原因之一，因为他没有亲自逮捕任何一个人，也没有对警局里其他人解释，为什么突袭大获全胜之际他却神秘失踪。想到这些我坐立不安，不知道他会说什么。他会把我供出来吗？我知道，在必要的时候，警督是很善于给事实化妆的，但是要让他跟警司公然撒谎，不知道他良心上是不是过得去？

事实证明，我的担心是多余的。当我听说警督早上打了个电话说今天不进来时，不禁一阵轻松。他解释说，昨晚突击检查的时候他突然胃痛，所以只能提前离开了，而且今天还是没有好转，因此没法来上班了。要是让我猜，我会觉得在电话里撒谎也许容易得多。有意思的是，科技在很多方面为骗术提供了便利。

奥黛丽不知用了什么方法，让自己参与到全部关于地下酒吧的审讯中去。他们先拿吉布开刀，就像我预测的那样。这是警司审讯手段的一种。方法很简单，因为他总是这么干：先拿“大鱼”开刀——他这么叫那些头头，然后跟他们说，如果他们不老实交代，后果会如何；接着，这些“大鱼”就被带回牢房里，任紧张的情绪在他们心头滋生；再然后，“小鱼苗”们被一个接一个地带进审讯室里；一天下来，“大鱼”们多数都会认罪，因为怕自己已经被“小鱼苗”们供出来了。我本以为，吉布被拖出来推进审讯室的时候，奥黛丽会显得不淡定，没想到她就像事不关己一样站了起来，冷静地把一堆资料和几卷打印纸收拾整齐，“哒哒哒”地踩着高跟鞋，平静地向警司走去。

然后，奇迹发生了。

我之所以称之为“奇迹”，是因为直到今天，我还没有完全搞清楚奥黛丽究竟是怎么做到的。虽然，凭着事后诸葛亮的聪明，我有一套非常完整的理论可以解释，但其实我能百分之百确定的就是：奥黛丽跟着吉布和警司进了审讯室之后，只过了短短十五分钟，就有脚步声从里面传了出来。我们都很惊讶是谁这么快就出来了，于是都转头去看，随后更为惊人的一幕出现了：出来的人是吉布。他独自一人走了出来，胜似闲庭信步一般向门口走去。警局里的每一个人都注视着他。很显然，他自由了。我还记得他被我们看着的时候是那么喜气洋洋，这倒很符合他的性格，因为毕竟他是一个喜欢看别人笑话的家伙。带着纯粹的傲慢，吉布吹起了欢快的小调，戴上自己炭灰色的浅顶软呢帽，像平时一样把一边斜翘起来。他洋洋得意地用肩膀撞开前门，我们最后瞥见的是他那顶上下跳动的帽子在警局马赛克玻璃门中闪过的一连串不连贯的轮廓。随着他缓步走下台阶，远离这栋建筑，他的身影越发显得支离破碎起来。

我环视了屋子一圈，和在办公室另一头归档文件的玛丽的目光撞了个正着。虽然她一直都不苗条，但是似乎过了一夜，孕味又浓了许多，肚子又大又圆，像个气球，把裙子绷得紧紧的。她的两颊越发红润了，显得水汪汪的蓝眼睛更加碧蓝。就连她的姿势也发生了突变。

她站着的时候，总是用一只手握成拳头抵着下腰，深深地按进肉里，像是要撑着自己的脊柱。她和我对视的时候，把下嘴唇嘟了出来，耸了耸肩，像是在说："天知道怎么回事？反正我觉得他有问题。"然后又接着整理文件去了。

众人仿佛这个时候才从吉布的离去中如梦方醒，周围又恢复了平日的嘈杂。我忍不住开始揣测：奥黛丽究竟说了什么，才把吉布弄了出来，因为她说的话一定得让警司觉得放了吉布不会对不起自己的良心才行。那个时候我觉得，奥黛丽一定精心准备了好一番说辞来说服警司，因为警司是那么的刚正不阿，绝对不会被一番傻话给糊弄过去。"的确，"我想，"他和我合谋了维塔利先生的口供事件，但是那是另外一回事。"就像我之前说过的，警司和我是一条战壕里的战友，我们有更高的追求。维塔利事件是为了不让正义偷偷溜走——这可是常有的事。我绝对不会相信，警司和奥黛丽在一起时就会放弃原则。"不会的，"我想，"奥黛丽一定把自己的想象力发挥到了极致，而她最不缺的就是创造力。"

虽然我也觉得有些滑稽，因为我对警司是那么的忠心耿耿，而他又被奥黛丽耍得团团转。不过，毕竟她来警局工作就是为了这个。这个时候我必须接受某些事实——关于奥黛丽的传言，至少是其中一半，的确是真的。她来我们警局当打字员，就是为了把握整个局面，但是她的终极保护目标是她自己这个大酒贩子。请不要误会，我并不是说直到那个时候我才明白这个事实。我并不是个彻头彻尾的笨蛋。从奥黛丽带我去地下酒吧的第一晚起，虽然我那个时候觉得她可能只是去玩玩，并不是酒吧的主人，但我从那个时候起就明白，她实际上是一个游走于黑白两道的女人。但我那个时候还没有意识到的是，自从我任由她牵着我的手走进那个让人两眼一黑的酒吧时起，我自己也成为了一个游走于黑白两道的女人。突击检查的第二天，当奥黛丽设计让警司放了自己的同伙的时候，我居然一个“不”字也说不出来。

不管奥黛丽对警司说了什么，她的话的确起了作用。那天下午剩下的时间里，像吉布那样一脸得意、扬长而去的桥段在拘留室里剩下的人身上反复上演，过程如出一辙：敷衍了事地问几个问题，紧接着，人就被放出来了。地下酒吧被逮捕的嫌犯都挨个跟着奥黛丽和警司走进了审讯室，过了大概十到十五分钟，就又出来了，蹓蹓跶跶走出大门，离开了警局。

我想我应该为之高兴，这是值得庆祝的事情。只有那么一刻，我到现在都记忆犹新：当雷蒙德被放出来的时候（当然不是我的功劳），他走过我的办公桌，怒气冲冲地注视着我的脸说，“真‘谢谢’你啊，罗丝小姐——哦，现在我知道你对你这些‘朋友’有多好了。”奥黛丽成功地把这些人救了出来，我真的松了口气。并且我真心觉得对不起雷蒙德。我们最后说过的一句话就是我的酒水点单，然后我就在突击检查开始前脚底抹油开溜了，撇下他端着那个托盘。而我自己也仅仅是侥幸逃脱了被捕的命运。如果我被抓住，那么我肯定只会竭力争取自己的自由，无暇顾及我此刻占据的这些道德高地了。所以，在当我看到雷蒙德重获自由的那一刻，我是非常高兴的，觉得奥黛丽做的这一切也许并不是坏事。

*　*　*

那天晚一些的时候，白天的纷纷扰扰终于远去，我们搭出租车回到了酒店。自从和奥黛丽住在一起之后，我就很少坐地铁了。我们上下班都是坐出租车。现在回想起来，我曾经徘徊过的那些地铁站台只是隐隐约约存在于记忆之中，仿佛是梦境一般。我们驶过曼哈顿街道的时候，我若有所思地望着窗外，鼓足勇气询问奥黛丽，她究竟跟警司说了什么，才把那些人顺利放了出来。

“什么意思？”她问。

“你知道的呀，我的意思就是，你到底用了什么方法？肯定得有足够有力的理由吧。警司可不是那么容易说服的。”

奥黛丽收回了注视着窗外的目光，仔仔细细地打量着我。我从没有这样直截了当地问过她问题。我的心跳加快了，担心自己破坏了我们之间的某种合谋约定。但是奥黛丽的回答出乎我的意料。“罗丝，”她说，“你对警司也未免太有信心了吧。没必要的。”她的目光又重新回到窗外渐次闪过的摩天大楼身上。“你最好记住，亲爱的，他只是一个男人而已。”她像是漫不经心地随口嘟囔了一句。

我没有再追问下去。但是奥黛丽没头没脑地这么一句，让我在那个晚上剩下的时间里都坐立不安。每当我准备细究奥黛丽那样评论警司到底是什么意思时，总有一阵不安的感觉袭来。我下定决心将它抛在脑后，但下了决心之后，这件事却还在我脑中盘亘。你知道，怀疑本身就像最厉害的害虫，让人烦心，挥之不去，比任何一种虫害的杀伤力都要强劲。它无孔不入，总是悄悄地来，却几乎不可能从脑中根除。

晚餐之后，我一个人待在卧室里，想用读书和听音乐让自己分分神。但是，听完了五张莫扎特的交响乐，又读了九章《红字》，我还是无法定心。我叹了一口气，关掉了台灯，爬上了床。午夜已过，我非常疲倦，但是好像有点儿累过头了，因此久久无法入眠。我不禁沮丧起来。以前我总是脑袋一沾枕头就睡着，睡眠总是我赖以宽心的宝物。实际上，我在孤儿院的这么多年里，只有两次晚上睡不着。而每一次，阿黛尔都能感觉到我的沮丧，总是熬夜陪着我，给我讲故事，等待倦意慢慢袭来。有一次，她还溜进了厨房，给我调制了一杯牛奶、肉桂和肉豆蔻混合而成的热饮。

想到这里，我不禁想起我们公寓里宽敞舒适、设备齐全的厨房，里面总是应有尽有（奥黛丽每三天会让食品店送一次货）。很有可能，我可以在里面找到复制阿黛尔“舒心特饮”的全部配料——牛奶、肉桂和肉豆蔻。我穿上拖鞋，悄声走进了厨房。然而，当我穿过房间，来到厨房的时候，发现灯亮着，有人捷足先登了。

“哦！”奥黛丽叫了起来，“没想到在这儿见到你。”她穿着一件乳白色缎子睡衣，但是穿在她身上，更像是一件晚礼服——有的地方紧贴在身上，而有的部分又故意垂落下来。她孩子般轻笑一声，拉起我的手，像是在闹市里的一家饭店碰巧遇到了我。她小麦色的手腕从袖子里探出来的时候，我发现她又戴上了那对钻石手镯。这让我非常好奇，不知道究竟是什么神秘的力量让她又戴上了它们。“睡神还没来接你哪？”

我咕哝着含混作答：“他好像爽约了。”我的声音听起来非常干涩，也反问了她一句：“你也是吗？”

“是啊，但是我有这个！”我坐进厨房的椅子里，向站在炉子边的她望去。这一幕看起来非常不协调，我眨了眨困倦的眼睛，这才发现，之前从来没有看见过奥黛丽在任何一件厨房用品前驻足，更别提使用了。一阵肉桂的芳香扑鼻而来，我突然惊讶地发现，这股味道似乎就来自我本来打算调制的热饮。“相信我，这玩意儿棒极了。”她从一个奶锅里把热饮倒出来，分成两杯，把其中一杯放在我的面前。一股蒸汽像小蛇的尾巴，钻进了我的鼻孔。

“小心点儿，很烫的。”我端起杯子的时候，她又加了这么一句“废话”。我对着杯子吹了口气，向她展示了我的耐心。她在我对面的椅子上坐下。等待我们的“甜睡宝”凉下来的时候，我打量着她。

她看起来镇定自若，尽管已经这么晚了。她的皮肤泛着小麦色，十分光滑，墨黑色的齐耳短发就像刚刚梳洗过一样光可鉴人。我之前从来没有仔细注意过她的五官比例反差如此之大：她的眼睛大得出奇，却长着一张樱桃小口，而且五官都集中在面部正中，簇拥着花蕾一样娇嫩的嘴唇。一阵倾慕之情从我的心底涌了上来，却又掺杂着一丝淡淡的嫉妒——大部分的倾慕都会伴随着嫉妒。随后，我的目光又转回她的手腕上。

“它们还真漂亮，对吧？”她发现我在看着她的手镯，于是说了这么一句。的确。我点了点头。转念之间，我很想问问她关于送她这对手镯的那位未婚夫的故事，就是上次她随口跟警督提到的那个。但是还没等我开口，奥黛丽抢先一步说道：“这是别人送给我和我妹妹的礼物。”说完，她随手用手指拨弄了一下左手腕上的手镯。我惊讶地看着她，随后渐渐意识到，上次我偷听的行径没有败露。奥黛丽并不知道，我听见了她对警督说的话，至少我可以认定这一点。她并没有打算跟我说“订婚礼物”的故事。她叹了口气，继续说了下去。

“这是父亲留给我们的遗物。一只给了我，另一只给了我的妹妹。”她解释道。说到“妹妹”这个词的时候，她的脸上浮现出一种悲凉的神色，非常戏剧化。我尽力压制住了自己表示不悦的哼声。她肯定是在瞎编，我对自己说。以前我经常在海伦脸上看到这种神情，虽然海伦的演技没有奥黛丽这么专业。但是紧接着奥黛丽又叹了一口气，让我觉得她也未必是在跟我恶作剧：“我的父亲是一个投机商，开始做钢材生意赚了不少钱，但后来全赔在铁路上了。”一瞬间，我觉得自己像是在读《时代周刊》的头条新闻。“在我们还十分年幼的时候，父亲就过世了，”她的面色一沉，像墓碑一样肃穆，“只给我们留下了这一对手镯——一人一只。我们不管到哪儿都戴着它们，这对手镯让我们形影不离，我们彼此立下各种誓言，永远不把手镯摘下来。”她用一根手指轻轻抚过手镯上的一串钻石。“当然，父亲也把一屁股债甩给了我们。”奥黛丽露出了一个苦涩的微笑，流露出一种坚毅却又乐观的穷光蛋式的自得，像是在说，这个微笑的主人所经历过的漫漫长夜和穷困潦倒的日子，比你可多得多了。“她的名字叫维奥莱特[①]，”奥黛丽说，“她是那么的甜美可爱，人如其名。”她又琢磨了一下自己说过的话，像是刚刚想起来什么：“哦——就像你一样！”她装作方才意识到我的名字也和花朵有某种联系。接下来，奥黛丽又换上了一副严肃的神情，嘴角微微下垂，这可是前所未有的，让她的脸看起来非常做作：“维奥莱特总是处处照顾着我，为我做出了很多牺牲。”

她的每一句话都是精心设计过的，命中率奇高。当她说了这句话之后，不由得听者不去思考，她妹妹究竟做了什么样的牺牲？并且你会情不自禁地往最坏处想，眼前仿佛出现了一束天堂中的光芒，射在奥黛丽想象中的圣人妹妹身上。最好还能有些如泣如诉的弦乐，搭配着这幅画面，就更完美了。

“你知道，我总是觉得，女人之间的爱，要比男人给我们的更为真诚，”她直视着我的双眼说道，“你明白我的意思吗？”我礼节性地点了点头。她吸了一口气，凝视着我的脸，像是被某些鲜活的记忆刺痛了：“维奥莱特死的时候，把手镯交给了我，让我一手戴一只，就像我和她永远成双成对。虽然我后来一度落魄，但却从未曾想过要变卖这对手镯。”说完这一句，她的胸口剧烈地起伏着，像是刚从某个遥远的海岸一路游过来似的。突然之间我很想笑，给面前这个满嘴

① 即 Violet，意为紫罗兰。

胡言的家伙一个白眼，好好笑话她一顿。但是我并没有开口去问这个显而易见的问题：好吧，既然她妹妹对奥黛丽来说这么重要，那么在她奄奄一息的时候，难道不更应该把手镯卖掉，用以维持她的生命吗？我咬了咬嘴唇，又接着吹起了面前杯中的饮料，看它泛起小小的涟漪。我一边权衡着是否要说出自己的怀疑，一边喝了一口热饮，居然险些被巨大的愉悦感震住。

“哦，”我忍不住叫了起来，“太好喝了！”

“好喝吧。我加了些炼乳调味。”她告诉了我这个秘方，看着我微微一笑，像是把刚才自己说的悲情故事抛之脑后了。“罗丝，你和我，现在已经情同姐妹了。”奥黛丽柔声说道。还没等我回答，她自顾自地说了下去：“维塔利那个案子，我觉得你做得对极了，每一个正义的人都会这么做的。我觉得你非常勇敢。真的。我实在是太钦佩你了！关于姐妹，我觉得还有一点……”她顿了一顿，冲我甜甜一笑，“姐妹们会为彼此保守秘密。我相信，必要的时候，你也会为我保守秘密的。”

说到最后一句的时候，她的音调冷静下来。一瞬间，我觉得自己就是那个本来想粉刷一下地板，却未曾想把自己刷进了墙角里的人——我已经无法脱身了。

“哦，别这么紧张嘛！”奥黛丽提高了声音，“我的意思只不过是，我真的把你当好朋友看待。你是我在这个世界上最珍贵的朋友，是我最最亲密的伙伴。”她从桌子另外一边探过身来，捏了捏我的肩头，“能遇见你，我真的很高兴，罗丝。我们像是已经相亲相爱很久了。”她从右手腕上摘下一只手镯。“来。”她把我的手拉过来。我突然觉得很不好意思，因为我的手又湿又冷，但是她的手则温暖光滑。我还没有来得及拒绝，她就把手镯套在了我的手腕上，随手扣紧了："戴着吧——这样才能证明我的真心。"

我难以置信地低下头来，打量着手腕上这个闪闪发光的宝贝。钻石在我们头顶上昏暗的灯光照射下，依旧熠熠生辉，数百万个棱面连最微小的光芒也能捕捉得到。数百颗小星星在我面前闪耀，就像整条银河都围绕在我的腕间。

这辈子从没有人送过我这么好看的礼物。实际上，在此之前，我见过的任何一件珠宝都无法与其媲美，但现在，它就在我的手腕上。我藏在办公室抽屉深处的那个胸针也很不错，但是那不能算是礼物——它是奥黛丽不小心遗落的，而且我最终是要把它还回去的。这不像胸针，也不像衣服，前者我只是捡到而已，后者我只是问奥黛丽借来穿罢了——这是她送给我的礼物。想到这里，我简直要幸福得昏过去了。我想谢谢她，但是嘴唇颤动着，却发不出声音。看到我这副样子，奥黛丽笑了起来，笑声像富有乐感的波浪，从厨房蔓延出去。我们坐在那儿，十指相扣，看着手腕上相配的手镯，带着狂喜，对着彼此傻笑。我看着奥黛丽的笑容，觉得自己顷刻之间，像是跌进了幸福的无底洞。

而我后来才明白，就是像这样的时刻，最终导致了我的覆灭。

第十五章

天一下子就热了。好像突然之间，曼哈顿的人们就只剩下一件事可以讨论：天气。“热得爽吗？”奥尼尔和哈利每次巡逻回来，都会吹着长长的口哨，问办公室里的人们。神呐，还能再热点儿吗？唇上汗水闪亮，两颊和鼻子都被晒伤了，红彤彤的。屋外人行道上空空荡荡，寥寥几个行人(可能非常勇敢，又或者是疯了)匆忙地从一小处荫凉逃窜到下一处。就连我们警局也被热烘烘的蒸汽熏烤着，以往夏天它可是阴湿凉爽的。这种炎热让人无处遁匿。可我们也不能坐以待毙。慷慨的警司可能热得有些绝望，就自己花钱买了几台电扇，警督花了大半个下午把它们都装到了墙上，指望着能让我们的脖子和脸凉快凉快。

“这样你能吹到风吗？”警督把一台风扇对着我的方向，准备装铰链。黑色铁丝编成的小笼子对着我，就像某种机械花朵。突然之间，我的发髻里散落出来的几缕头发就被吹了起来，轻拂着我的脖子和肩膀。桌上的纸张都被吹得像是活了起来，如同风中的小树，拍打着枝叶。我连忙把东西压下去，顺便偷瞟了奥黛丽、玛丽和艾里斯一眼，她们此刻似乎都忙于工作。其他人桌上的纸都纹丝不动，似乎只有我独享着人造的旋风。

“我不需要特殊照顾。”我说。

“是啊，你啥也不需要。”他挤了挤眼，拧紧了铰链上的螺丝。虽然清风拂面，但屋子里似乎更热了——一阵突如其来的热潮重重地蔓延开来，我的脸红到了耳朵根。我没有回答，站起身来去了女盥洗室，往脸上泼了些水。

当然，水龙头里的水一点儿也不凉爽，水管也很热。但是我还是拢起双手，接了些半凉不热的水泼在脸上，任凭它沿着脖子和下巴流下来。水滴停留在何处，难以辨别，因为一切都随着脉动的热力蒸腾。我的汗水和泼在脸上的水温度难分伯仲。就在我站在水槽前滴滴答答时，奥黛丽走了进来。她双臂抱胸，叹了口气。

“你知道我们需要什么吗？”她问道。我在心中静静祈祷，她的结论是我们应该去东50街某处配有空调设备的著名电影院。她小巧的嘴唇一撇，出现了标志性的嘴角曲线，她的目光越过我的头顶，瞄准空无一物的地方。我知道，她要说出来的计划一定远比电影院来得复杂：“我们需要一个小小的假期……去能吹到海风的地方。得让人把我们请到个好地方度假……”

我眨了眨眼睛。好像她刚才说的是我听不懂的中国话。我从来没有真正意义上地度过假。每年我有三天年假，通常都待在家里，埋在一堆小说中。在我童年时期，监督我们阅读的修女是绝对不会允许我看这些书的。

“那……工作怎么办？我们怎么跟警司说？”

“哦，切……”她不屑一顾地手腕向后一甩。“把他交给我吧。我可以搞定。其实他像猫咪一样柔顺，真的。”她说的“猫咪”这个词，让我浑身不舒服。她的音调在我听来简直有些下流。我之前费了九牛二虎之力才从脑子里驱逐出去的怀疑的念头，刷地一下又回来了，思绪瞬间回到了突击检查之后的那一天。但是我能感觉到奥黛丽正盯着我的脸看，等着我的回应。我只有先把疑虑放到一边，挤出一个笑容。

“度个假挺好的啊……只要我们能摆平。”

我用了“我们”这个词，但并不是真心的。我知道奥黛丽一个人就能摆平一切，的确如此，速度快得又创新纪录。周五我们就拿到了为期一周的假期，坐上一个乐于助人的华尔街男人的车子，驶过了皇后区大桥。这个男人矮得可怜，在我看来简直堪比雷蒙德。他的小短腿居然还能够得着车子的踏板，真是一个奇迹。事实上，可能他只能够得到油门，因为我似乎不记得他踩过刹车。我们一路极速驶向长岛广袤的白色海岸。

“跟我说说嘛，那些地主在你们交易所里都干点儿什么？”经纪人载着我们在高速公路上狂奔的时候，奥黛丽用喜不自胜的声音问道。

“不是地主，是小组。”

“哦，对对！我就是这个意思！那些小组在交易所里都替你干些什么？……真是太有意思了，有意思得不行！……我都不知道每天这么刺激，你是怎么受得了的！”每多问一个问题，她就像是更入迷了几分，仿佛自己也要挽起袖子大干一场的样子。当然，那个时候，我已经不会随便被这些表象所蒙蔽了。

不管怎样……就这样，我们总算是逃出来了！每往前行进一英里，我就觉得两肋间的空气又清爽了许多。城市就像巨大的高压锅，总是熬煮着汤汁。敞篷车全速行驶，一阵阵强劲的、人为的凉风劲拂着我的面颊，酷暑中城市的一幕幕映入眼帘：灰白的柏油马路上蒸腾而起的热力让空气一闪一闪地舞动着，宛若波纹；中央公园的死水池子变得浑浊腐臭，几乎呈现出磷光的绿色，滋生出大量的蚊虫；每个地下蒸汽井盖里都升腾起大团大团既脏且热的废气；哦，还有那些建筑工地上传出的巨大噪声，搅动着空气，让人觉得更热！究竟为什么我们现代人类要像签下卖身契一样住在这样的地方，我实在无法理解。

从主干道上开下来之后，我们一路驶过好几个海边的小村庄。终于，在开到一座很大的房子前面之后，华尔街经纪人踩下了勉强刚能够到的刹车片，车子发出刺耳的尖叫声，缓了下来。砂石路上的牡蛎壳四散开来，被压得吱吱嘎嘎响。房子门前整齐地停放着好几排车子，小径两侧都停满了。有几部豪华轿车里还坐着汗流浃背的司机，能隐约窥见他们在前排看着报纸。

我们沿着小径开到了最上面的喷泉边上。车子绕了喷泉一圈，经纪人都找不到特别适合停车的地方，只在一丛灌木旁边找到一处非常狭小的空位，可能只比他的小轿车车身宽出一根头发。好一番折腾之后，我们的临时司机把着方向盘又是发牢骚，又是喘粗气，这才把车子挤进了窄位，熄了火。引擎一安静下来，我们就听见了屋里传出的音乐声和笑声，我猜里面可能正在举行游园会之类的活动。

“时间正好！只要再多开一分钟，我就要疯掉了！”奥黛丽宣布。她下意识地伸出手来，像是要对头上华美的钟形女帽做些无形的调整。这顶帽子居然狂飙一路都纹丝未乱。我打量着周围，想看看这究竟是什么地方。

这座房子有两层，是一栋非常壮观的荷兰殖民时期建筑，屋顶尖尖的，两侧有陡峭的斜面。屋顶上最高处有个小小的灯塔式建筑，周围有一圈眺望台，构成了第三层。整栋房子白得耀眼，纯洁得难以置信，一瞬间我恍惚以为自己闻到了刚刚晾干的油漆味。尽管没有人出来迎接我们，但是前门大开着，很显然，还有客人陆续到来。从大门往里面望去，我可以一眼望到同样洞开的后门，就像一个相框，围住了青青的草坪和隐约可见的波光粼粼的大海。我转过头来，刚想指给奥黛丽看，可她转眼间已经走到了我的前面。她从车上一下来，就往房子大开的前门走去。

“多谢你捎我们这一程，埃德温。”

“要我从后备厢里把你们的行李取出来吗？”埃德温问道。他还被自豪的光芒围绕着，这种自豪感来自一路上奥黛丽对他的关注。

“哦，先别急，”奥黛丽漫不经心地答道。埃德温骄傲的小胸脯像是漏了一点儿气出来。“我们随后会派人去取的，等到有人……接待我们之后。”

奥黛丽的最后一句话让我觉得有点儿好笑，忍不住开始怀疑，究竟有没有人邀请我们？还是——小小的担心向我袭来：我们难道是那种最不上台面的蹭饭虫——不速之客吗？埃德温踯躅着，在车子旁边磨磨蹭蹭，开始意识到他的乘客很显然打算弃他而去了，因此十分恼怒。“那我一会儿怎么找你？”他生硬地问了一句。

“哦，”奥黛丽嘟囔着，“我们会有办法找到你的。在聚会上找人我很在行。”后面一句倒是真话。不过我很怀疑她会不会把这个能力用在寻找埃德温上。而埃德温看起来也同样怀疑，对奥黛丽怒目而视。奥黛丽一歪脑袋，乌黑闪亮的齐耳短发在阳光中摇荡；她轻笑一声，半真半假地开了个玩笑：“要是实在找不到，我就租条小猎狗，纠集一支搜猎队，发颗信号弹！”她紧张地笑了一下，勾住我的手臂，急急忙忙地带着我往敞开的大门走去。耳边埃德温的抱怨转而被屋里聚会的欢声笑语所取代。

一整个早上，我们都坐在敞篷车里，被刺眼的阳光照射着。因此，刚走进室内，我的眼睛过了好一会儿才适应幽暗的灯光。我寸步不离地跟着奥黛丽，在她穿过人群游走于房间各处时本能地追随着她。我必须说，和我已经习惯的满是乌合之众的地下酒吧派对比起来，这是一个十分优雅的聚会。我们来到了一架三角钢琴前面，这里看不见醉醺醺的女人用脚指头弹“筷子曲”，只有一名雇来的钢琴演奏者弹奏着非常美妙的德布西①的作品。许多墙面上都装饰着镀金镜子，蓝色和金色相间的凸花锦缎墙纸彰显着主人的贵气。壁炉台上陈列着一排花色清爽的青花瓷器，富有东方风情。侍者们将装满了一杯杯香槟的托盘高举过头，就像金色的云朵飘了进来，蔚为壮观。就连聚会上人们的口音似乎也和我在地下酒吧听到的有所不同，说到辅音似乎下巴几乎不动，而说到元音的时候，又带着欧洲大陆的轻快。

聚会上的人，我一个也不认识，显然这里面实际上并没有人来自奥黛丽在城里的社交圈。屋里的女士们都带着优雅又矫健的好气色，手臂晒成了小麦色，像是在高尔夫球场上晒了好多天。她们的发型要么别了上去，显得短短的，要么修剪整齐，轻扫自己修长、精瘦的颈项。男士们则穿着整洁光鲜的日间套装，或是更加运动风一些，穿着POLO衫和定制的时髦灯笼裤，袜子高高地提上来。这帮人看起来是这么地整洁、入时，我突然觉得有些不好意思，似乎自己蓬头垢面。其实我也穿着一条昂贵的裙子。是奥黛丽坚持借给我的。

“别这样。”奥黛丽发现了我的不安，猛地打了一下我的手。

“我们来这儿是见谁来着？”

“当然是布林克利夫妇啊。马克斯和维拉。”布林克利夫妇指的是马克斯·米利安和维拉。这两个名字我当然知道，但是我还是觉得很不舒服，而且我很快明白了原因。马克斯·米利安和维拉是社会名

① 阿希尔-克劳德·德布西（Achille-Claude Debussy，1862—1918），法国作曲家。

流，他们的一举一动常见诸报端，还会配上照片。我之前那种“不速之客”的感觉又涌了上来，而且我对此行的目的突然感到了一种恐慌。我停下了脚步，伸手去抓奥黛丽的胳膊。

“奥黛丽……你究竟和布林克利夫妇熟不熟啊？是他们请我们过来的吗？”

她耸了耸肩，打开手提包的扣钩，从包的深处摸出一个信封，在我面前随手一晃，“我有一封介绍信。跟邀请函也差不多。”

我吃了一惊，瞪大眼睛看着这封信，但是奥黛丽丝毫没有注意到，因为她根本就没看我。她的目光在人群中搜索，脖子缓缓转动着，就像潜艇潜望镜一般自动和机械。毫无疑问，她正根据报纸社交版上的照片对现场这些人一一辨认盘点。她看起来和以往不同，显得有些一惊一乍，于是我不禁怀疑，她到底能不能搞得定。我又看了一眼她依旧捏在手中的那封信，开始在脑中搜索她那些身家殷实或是极富社会影响力的朋友。

“这封信……是那个匈牙利人写的吗？”

“谁？”她漫不经心地答道，眼光还在人群中搜寻。她从大厅晃到了后院，我始终跟着。

“就是那个匈牙利人呀。嗯……是不是你的叔叔？”

她猛地停下了脚步，双眉紧锁，转过身来，盯着我，目光中似乎流露出一丝怒气。我大气都不敢出。但是这股怒气就要流露在脸上的那一刹那，却又消失得无影无踪。她的双肩松弛了下来，轻轻一耸，仰天大笑起来。

“哦，亲爱的，我的小傻瓜！你肯定最近听了吉布的什么废话。”她转了转眼珠，拍了拍我的手。我顿时觉得自己太容易上当受骗了，真是超级白痴。我们走出后门，被炫目无情的正午烈日照耀着。此时此刻，我脑中那个膀大腰圆、有着贵族背景和君王气质的匈牙利人的形象开始土崩瓦解。

“我……我……嗯，吉布说……”

“哦，我知道吉布会说些什么。”她翻了个白眼，一副鄙视的样子。然而，一看我满脸的沮丧和怀疑，她的语调又变得柔和了起来，拉起了我的手。她凑了过来，一股“深谷幽兰”的香水味儿钻进我的鼻腔：“你和吉布认识的时间还不长，所以还不知道，其实他的想象力特别丰富。”

前半句的确是实情，我和吉布认识的时间不长。但是后半句么……在我看来，他根本不是富有创造力的那一型，而且我也不觉得他私底下其实拥有广阔无垠的想象力。单凭想象编出一个匈牙利人的故事？我看不像。而奥黛丽则恰恰相反，拥有过人的想象力。我几乎可以肯定，我听信的这个匈牙利人的故事正是奥黛丽自己的又一创造发明，虽然传到我这里已经是二手的了。更别提那天晚上她说的那个“好姐妹维奥莱特”的故事了！虽然她解开手镯送给我的那一瞬间，我的确被她的慷慨大方打动了，但这对增加手镯背后的故事的可信度于事无补。

她编织出这些多变的故事究竟是为了隐藏什么，我那个时候还无从知晓。而且很奇怪的是，虽然她满口胡言，但她在我眼中依然充满了魅力。以前海伦编假话说故事的时候，我却没有这种感觉。虽然很不好意思，但我必须承认，当海伦的谎话被揭穿，露出真面目时，特别是看到她自己大惊失色的样子时，我总会暗自咂摸其中的快乐——有的时候简直就挂在脸上。每到这种时候，我总是幸灾乐祸得要飞到天上去！

但是这件事儿放到奥黛丽身上就不同了。我始终也未能完全理解，为什么同样的事情发生在这两个女人身上，给我的感觉却大相径庭——明明两个人都是骗子。事到如今，我还是常常感到困惑。也许我不那么欣赏海伦的原因在于，我总觉得海伦说谎的时候看起来很绝望，而且也不成功，但奥黛丽恰恰相反，正是个中高手。有时候，奥黛丽说谎只是为了好玩，就连她自己也一个字都不相信，而且她对此从不加以掩饰。海伦说谎是出于某种可怜兮兮的需要——想知道自己在别人眼中是什么样子。我想，很多时候她都必须先说服自己，这些谎言都是真的。因此她比奥黛丽更为可鄙。我的医生说，人类动物本能会对弱者格外严苛，因为为了生存，必须剔除弱者。他说我的动物本能性很强。而且他说这句话的口气听起来并不是很赞赏。他对我还有些其他看法，也同样不太客气，虽然这些看法他并没有全部当面说出来。他总是在他的小笔记板上记着笔记，我装作不在意的样子，但某天我俯下身子，偷看到了这些用蓝色自来水笔写在我名字旁边的词语，个个都是那么尖锐与残酷。我之前投诉过，说这个医生对我的关注度不够，但是我目前所在的这个机构似乎很少做民意调查——病人对医生的评价如何，根本没人管。

哦！不好意思，我又跑题了。实际上，这两个女人的问题在于，她们对待撒谎对象的方式是截然不同的。海伦说谎是希望你能肯定她，跟她沆瀣一气，你还要装傻。这样的谎言一出口就显得很侮辱人的智商，让人觉得很讨厌。但是奥黛丽却明白，有的时候你就是想被她欺骗；她并不需要你来肯定她编织的世界。不管是不是对你，她都会编出这样的谎言。她只是漫不经心地邀请你入套，而且尽管她的谎言不堪一击，你也会觉得自己甘愿上当，哪怕只是为了满足好奇心而已。她也知道这一点，所以并不会逼迫你宣布自己相信她的谎言，那样未免要求太高。如果她那样做的话，她就会冒险让听她说谎的人去戳她无意间留在身后的漏洞，这样一来整个故事也就土崩瓦解了。她对这些方面的理解使自己的谎言和海伦的有了本质区别。

那个时候，我意识到奥黛丽正盯着我看。轻柔的海风慵懒地吹拂着她的刘海，刘海用一种奇特的姿势，轻轻拍打着她浓黑的眉毛。“来嘛，别老想着吉布的胡言乱语了，我们应该找点儿乐子。”她宣布。她带着我走到端着香槟托盘的侍者面前：“要不索性先来一杯文明人喝的提神饮料，再去找派对的主人？”

我点了点头。于是我们在花园里游荡起来，奥黛丽依旧牵着我的手。我承认，让人们看见我们是如此亲密的闺蜜所带来的无法抗拒的骄傲感让我的心都有些刺痛了。我想这是因为我喜欢让人们觉得我有这么一位美丽而又富有魅力的朋友。有的女孩儿不喜欢站在漂亮姑娘身边，怕自己相形见绌。我知道海伦以前不愿意和店里的几个女孩儿做朋友，也是因为这个原因。但是我总觉得，站在奥黛丽身边，会让我显得更为重要一些。我总是幻想这样一来，可以冲淡我自己的平庸，就好像站在英雄身边的也都是英雄似的。

在这个海滨花园里，城市里苦不堪言的酷暑天气变得温暖明媚。我环顾四周，像到了奇异而又硕果累累的新世界。一个硕大的石头阳台上铺满了波斯地毯，摆着一排桌子，上面陈列着精美的菜肴，像是苏丹的盛宴。雪白的桌布在海风中飘扬。树枝上挂满了五颜六色的灯笼，在风中轻摆，像是急不可耐地等待着夜幕的降临，好继续照亮欢宴，直至夜深。在阿波罗和阿芙罗狄蒂的石像间，一支弦乐四重奏乐团在一个绿草茵茵的小土丘上演奏。屋后的草坪从房子一直延伸到海边，一路下来，坡度渐缓。白沙滩边，绿草的边界微微卷曲，就像美妙的嘴唇。远处蓝宝石般的海面上，两艘帆船沿着天际滑行，偶尔懒懒地变换着位置。我们有说有笑地在绕着花园散步，一会儿往东一会儿往西，高跟鞋在身后的草坪上留下印记。

草坪另外一端有个年轻男子，不时抬起眼睛，斜睨着我们。他没有冲我们挥手打招呼，但是当我们靠近草坪上谈话的一圈人时，他的目光始终跟随着我们，终于，人也跟了过来。一开始，我没觉得有什么异样——奥黛丽不管到哪儿，都会吸引别人的目光。但是过了大概半个小时之后，我明显发现，这个男人的注意力始终在我们身上。他脸上有一种既专注又漫不经心的神情，像是在努力辨认一个以前的老熟人。我想他和奥黛丽是不是以前就认识？也许这背后隐藏着另外一段我没有听说过的故事。终于，他走了过来。

当他走近的时候，我发现他出奇地年轻，一股学生气，可能刚从预科学校毕业一两年而已。他的个子倒不是很矮，但是非常纤瘦，细弱的脖子顶着个小脑袋，但却穿着一身厚重的西服，显得很有戏剧效果，就像小孩儿穿着爸爸的衣服。“玩偶”这个词浮现在我的脑海中。他的皮肤像婴儿一样细腻白嫩，但是下巴上有两个看起来非常愤怒的粉红色青春痘，在雪白皮肤的映衬下，显得格外醒目。他有一双湛蓝清澈的眼睛，周围稀疏地围着几根睫毛，头发是非常浅淡的褐色，近似金色，只比阳光的颜色浓重那么一点点。

“你们好呀。我们是不是认识啊？”他用熟悉的口气打了个招呼，声音异常低沉，和他的形象不太相称。他的表情也显得很奇怪，带着羞涩，似笑非笑。穿过草坪走过来的时候，他显得很紧张。奥黛丽对着向我们走来的年轻人转过身去，仔细打量了他一番后，突然僵住了。有那么一瞬间，她就像静止不动的电影明星，抬起两手捂着张开的嘴巴，竭力遏制着叫出来的冲动。但是这种反应转瞬即逝，就像从来没有发生过，似乎她只是忍住了一个小小的嗝。还没等我反应过来，她已经恢复了镇定，猫科动物一般冷静的眸子里平静如水，对着来者露出了一个微笑。

“你好，”奥黛丽用悦耳的声音招呼道，但也带着拒人千里之外的意思，机械地伸出一只手去。

“哦……”他结结巴巴地答应了一声，带着难以置信的神情，像是不知道该怎么办，看着奥黛丽伸出来的手，就像这辈子他从没跟任何人握过手，所以不知道奥黛丽把手伸出来想干什么。“我是泰迪，”他说。奥黛丽索性伸手抓住了他的手，猛烈地摇了几下。

“哦！很高兴见到你，泰迪。”

“泰迪·特里科。”他边说边用手摸着胸口，像是要确认我们明白他话的意思，而且特别强调了他的姓氏。

“奥黛丽·拉扎尔。”奥黛丽学着他的样子说道，还洋洋得意地笑了笑。听闻此言，年轻人的眼睛瞪得大大的，一下子把手抽了回来。

“哦！”他叫了起来，“哦——我还以为……哦……哦！”

“我是罗丝。”我开了口，在这个非常尴尬、笨嘴拙舌的对话里插了一嘴，为的是让它早点结束。泰迪仿佛这才注意到我的存在，转过身对着我，眼睛依然瞪得大大的。

“哦，当然，”他晃了晃脑袋，像是让自己恢复神志，“不好意思……嗯，当然，是啊。”他冲我伸出手来，我让他捏住指尖摇了摇。一放开我的手，泰迪又转向了奥黛丽，继续目瞪口呆地盯着她。

“请原谅，”他说，“你实在太像一个人了……”

“总有人这么说。”奥黛丽毫不在意地一甩手腕，将这句道歉抛诸脑后。我在想，泰迪是把奥黛丽当作哪个女明星了？好多人都说她和好几个女明星长得很像。这倒可以解释这个少年的古怪行为了。奥黛丽又笑了一下，但笑容里有着无法掩饰的空洞——我可以看出，她已经受够了这个年轻人，准备抽身了。“那个，泰迪，你一定知道我们的主人藏在哪儿，对吧？”

“布林克利夫妇？”

“正是。”

“哦，当然，我带你们去见他们吧。”带着惊魂未定的神情，他带着我们向石头阳台的方向走去。奥黛丽迟疑了一下；我能觉察到，她不是很想跟着这个年轻人。但是随即她像是下了决心似的挺起肩膀，迈着放松的步伐悠悠地跟着他走了过去。

“你是怎么认识布林克利夫妇的？你是他们的亲戚吗？”奥黛丽问这句话的时候，声音听起来很奇怪，简直像是海伦背台词一样。

“我吗？哦，不是的。但是我跟他们的确很熟。我很喜欢他们。他们对我也很好。我们都还在霍奇科斯的时候，他们的儿子菲利克斯有时周末会带我去他们城里的家。”

“是吗，那他人不错啊。”奥黛丽像平时一样，心不在焉地听着。

“的确如此，”泰迪认真地回答道，“回纽波特的火车实在太恶心了，而且偶尔离开学校去别的地方转转也不错，对吧？”泰迪顿了一顿，用眼角余光瞥了奥黛丽一眼：“嗯——你可能没怎么去过纽波特吧？”

奥黛丽呆了一下，含混其词：“没太去过。”

“啊，”泰迪说，“那实在是太糟糕了。”我们往草坡上爬的时候，他又继续用怀疑的眼光瞄了奥黛丽几眼。到了屋里，我们跟着泰迪穿过了好几个房间，最后来到了一个镶着深色饰板的办公室里，一群人围成一个圈站在里面，忙着欣赏壁炉上面挂着的一幅油画。钻石图案的花饰铅条窗大开着，想让窗外的海风涌进来，但是室内还是不太通气，我觉得自己的幽闭恐惧症都要犯了。

“是啊，就是啊，”一个穿着丁香色夏日长裙的女人说道，对着油画挥了挥手，“不知怎么了，几乎每个人都说我像她，但是就算如此，也纯属巧合，因为她是马克斯家的亲戚，你们知道的。”

我仔细端详了正在说话的女人一番，慢慢搞清楚了状况：此人正是维拉·布林克利。这张脸很容易辨认。她是那种人们常说的大家闺秀式的女人。一头秀发仔细烫过，往后梳着，高高的颧骨和颧骨下面的阴影部分就变得分外显眼。如果不是因为下巴太长，她也可以算得上是一个美人儿，但是这么一个突出来的方下巴让整张脸变得有些像马脸。她很瘦，身上有些日晒的斑点，臀部瘦削，正符合时下的潮流，而且我看不出她的年纪：看她的脸，似乎已经三十大几小四十了，但是看她的脖子，又似乎已经奔五了。

“布林克利夫人？”泰迪小心翼翼地拍了拍她的肩膀。这位女士转过身来。

“哦，天哪，泰迪！你已经从中学毕业了，现在是个大学生了，叫我维拉吧。”泰迪点了点头，脸红了一下。

“这两位女士一直在找派对的主人。”

“哦！没问题，孩子。马克斯！过来一下，亲爱的。泰迪想让我们见几个人。”她招呼的是一个看起来一本正经的男人，戴着单片眼镜，穿着日间套装，从一盒雪茄烟上抬起头来，这盒烟是他刚刚打开准备招待几个银行家的。和维拉·布林克利一样，马克斯·布林克利也是奇异的年轻与成熟的混合体。他的身形瘦削，但是脸上肉嘟嘟的，就像平静的冰川湖，颊肉垂在下巴两边。他狮子一样高高隆起的鼻子让他看起来很年轻，但是这个结论转瞬之间又被架在右脸颊上的单片眼镜推翻了。他既像二十九，又像五十九，而且不属于任何一个中间年龄段。他穿过房间走过来，目光里带着怀疑，看看奥黛丽，又看看我，最终目光又回到奥黛丽身上。

“布林克利先生、布林克利夫人，”泰迪开始这么称呼，布林克利夫人猛地扫视了他一眼，他立刻改了口，“啊……马克斯、维拉，这两位是……”他突然说不下去了，因为刚才的自我介绍给他的刺激过大，他已经忘记了我们的名字。

“罗丝·贝克、奥黛丽·拉扎尔。”奥黛丽快速补充道。

“对——罗丝·贝克和奥黛丽·拉扎尔。”泰迪边重复，边分别冲我们俩做了个手势。很显然辨认谁是谁对他来说还不是问题，因为他先指了指我，又指了指奥黛丽。

“哦！我差点儿忘了，”奥黛丽补充了一句，换上了一个她最讨人喜欢的笑容，“我想我该把这个给你们。”她递上了那封介绍信，马克斯·布林克利把信接了过来，放在自己的单片眼镜前仔细端详，嘴角抽动了一下。

“哦——不错，不错，”看完了信，他友善地嘟囔着，“我一直都这么跟我老婆说，彭布罗克的朋友也就是我们的朋友！”这句话像是挠到了他自己的痒痒肉，他大声地笑了起来，这么单薄的身体里却能传出如此低沉浑厚的大笑声，真是奇怪。我觉得我们像是刚刚跨进了某扇看不见的大门。一种更为放松的欢迎氛围弥漫开来，像是一列多米诺骨牌轰然倒下。维拉笑了起来，奥黛丽笑了起来，泰迪也笑了起来，我自己也加入其中，虽然直到今日我还是不明白，究竟有什么这么好笑。布林克利先生把这封信随手折了起来，塞进夹克衫内袋里。“我希望你们不要介意——这个周末还有些其他人在这儿留宿。都是些朋友小聚。”

“我们自然不想多加叨扰……”奥黛丽说了这么一句，但是听起来有些扭捏作态，我立刻知道她的推脱不是真心的。

“快别胡说。怎么能是叨扰呢！而且彭布罗克希望我们好好照顾你们，他甚至巴不得——”他顿了一顿，冲奥黛丽挤了挤眼睛，“有女监护人好好看顾你们两位未婚少女呢！”奥黛丽抿嘴礼貌一笑。布林克利夫人低下头来，微微一皱眉头。“我会让费尔顿去取你们的行李，”布林克利先生接着说道，“他会把行李拿上楼去，带你们去卧室。费尔顿！”

几分钟之后，我们已经来到了楼上一间豪华、朝阳的卧室里。奥黛丽闲坐着，梳理着自己光亮的头发。我推开一扇窗户，看着远处波光粼粼的大海，对着美丽的夕阳，有点儿发呆。我只能让自己这么想：世界上这么多人里的确有一个“彭布罗克”。不过我还没有天真到真的以为奥黛丽和他相熟。因为自从那一次起，我几乎再也没有听到奥黛丽提过这个名字，尽管我们用它当作敲门砖，住进了海边别墅里。

我看着奥黛丽有一下没一下地梳理着自己的头发，漫不经心地盯着镜子，突然意识到此刻她脑中所想绝非什么“彭布罗克”，而是另有其人。她心烦意乱地皱起了眉头，不顾这样会破坏自己美丽的鹅蛋脸。

“难以置信！简直是废话！荒唐！”她自言自语地抱怨道。“纽波特人不待在纽波特，到处乱跑什么？纽波特人怎么配来这里消夏？简直是可笑！”

我被她愤怒的腔调吓了一跳，不解地看着她，但是她浑然不觉。

“我们必须对那个小男孩儿防着点儿，”她喃喃道。

我搞不清楚，她是对我说话呢，还是已经忘记了我也在房间里？

“谁？”

“泰迪，”她随意地抚弄着柔顺乌黑的眉毛，“他是个麻烦。”她的声音听起来深思熟虑，像是默默盘算着什么不欢迎旁人窥探的心事。这时突然响起了敲门声，是费尔顿，来给我们送行李。我于是把疑问咽进了肚子里，开始取出两个箱子里的衣物。

第十六章

布林克利家的夏日生活保持着规律的节奏感，通常来说，早上是休闲运动的时间，下午在花园里搞些聚会，晚餐时间开启美味的盛宴，之后是慵懒的傍晚时光，会跳上一两曲华尔兹。就算布林克利先生的确有什么职业，我也着实说不清楚。但有一点很明确：布林克利家族家境优渥至少已经有两三代人了，因为现在这家人似乎根本不曾被所谓的工作要务所困扰。而且，他们这座大宅子里应有尽有，我敢说整个夏天的大部分时间——甚至全部时间——他们都是在这里度过的，这宅子成了夏日里纽约社交圈的宇宙中心，奥黛丽和我也很高兴能成为其中的一分子。

我们到了自己的房间之后，便梳洗打扮，准备出席晚宴。再度出现在众人面前的时候，一天的暑气也走到了尽头，天边挂着明亮却不刺眼的夕阳。我们下楼走到了阳台上，发现长长的餐桌已经换上了浅蓝色的台布，摆上了雪白的蜡烛和瓷器。每张桌子正中间都放着一整只大烤猪，肚皮朝下趴在盘子里，嘴里塞着焦糖苹果。每个座位前都摆着席卡，我瞥见奥黛丽看到自己名字和泰迪挨在一起时微微皱了一下眉头。

泰迪走过来，在奥黛丽身旁落座的时候，脸上挂着不好意思却又略带狡黠的微笑，好像他赶在我们下楼之前换了几个席卡，把自己的放在了奥黛丽旁边一样。这也没有什么奇怪的，男人总是使尽浑身解数，只为一亲美人芳泽。但是奇怪的是，整顿饭奥黛丽都背对着泰迪，用礼貌却又强硬的别扭姿势，避免和他有任何交谈。即使只是眼神接触，似乎也让她压力很大。我从没见过她这副样子。以前就算是对身份再卑微的仰慕者，她也总是礼数得体（说不定哪一天就用得着这些人呢）。我忍不住想，对这么一个涉世未深的少年，她到底怀着怎样的深仇大恨。我们对他一无所知——除了他把奥黛丽错认为是某一个电影明星（这也谈不上冒犯吧），他从纽波特来，从霍奇科斯学校毕业……这也不至于让她整晚都拧着身子不跟人家说一句话吧。那天晚上她跟我说话的那个专注劲儿，真是前所未有呀。

晚餐之后，泰迪随着奥黛丽来到了舞台边，台上已经有些成双成对的男女迈开了轻盈的舞步。我想他可能是想跟奥黛丽跳上一曲。可他这个如意算盘未免也打得太早了点儿。奥黛丽想方设法一次又一次地婉拒了他，既不显得失礼，但又高高在上。因此，整晚的大部分时间，他都一个人站在舞台的一头，看着奥黛丽，双手别扭地插在高腰白夹克衫的口袋里。在他面前，翩翩起舞的男女如潮水起落；在他身后，远处的黑暗里，真正的海浪也起伏不定。他甚至一度穿过阳台，往我这边走了过来，也许我的感觉不一定对，但是我觉得，他可能是想走过来请我跳舞。就在他快要走到我身边的时候，奥黛丽突然出现了，身后跟着几个男人，一字儿排开，挨个儿鞠躬，郑重其事地吻她的手。奥黛丽富有乐感的笑声飘荡在空中，跟他们道歉说天色已晚。几秒钟之后，一只软绵绵的手搭上了我的胳膊。我还没有反应过来，已经被她拖着回到了房间，铺好了床，穿上了睡衣。

“抱歉让你跟着我这么早上床，像两只可怜的老母鸡似的。”奥黛丽喃喃道，一头倒在了床上，合上双眼。“不过我真是一秒钟也待不下去了。要是他们再演奏一支华尔兹，我就该昏倒在某个可怜虫的怀里了。”她的手探了过来，捏了捏我的手。

“没事儿。”我说的是实话。有的时候，当她把我一个人抛在地下酒吧里时，我总是早早地回家，爬上床去——孤零零一个人。那个时候，我的确很不开心。但是和奥黛丽一块儿早早地回家，我可一点儿也不介意。

* * *

第二天一觉醒来，我发现身边的床上空无一人。奥黛丽去了哪儿？她并没有留下便条。我起身梳洗得当，下楼去阳台上吃早餐。我实在不好意思跟布林克利夫妇请来的其他客人打招呼，就让管家给我拿了一份晨报，装作全神贯注读头条新闻的样子。我正在装模作样，但有一条新闻真的吸引了我的眼球。

我看见了维塔利先生的照片，背上一凉，端起来准备喝的咖啡悬在了半空中。照片上，他苍白、锐利的目光看起来同以往一样的空洞和冰冷——虽然我注意到，他洋洋自得的嘴角曲线有些下垂，胡须也没有好好打理。《维塔利被指有罪，或面临电椅极刑》——标题这么写到。“好吧，”我想，“世间自有公道。”电椅极刑！在我向正义女神伸出援手的这一次次经历中，如果说其中有哪次应该让我感到一丝愧疚，那一定是非这次莫属了。然而，我的心中只有一种感觉——深深的满足感，因为陪审团终于发现了真相。我把这篇文章从报上撕了下来（“维塔利先生选择为自己辩护，但无法证明口供记录的欠真实性”——其中有一句这么写着），仔仔细细地折好，塞进手袋里，准备等到奥黛丽再次出现的时候拿给她看。

我回到房间里，等着奥黛丽。到了十一点半，烈日当空，酷暑难耐，我有些坐立不安了。其他客人们都去参加户外活动了。布林克利夫妇为他们提供的各种设施可谓应有尽有：想上球场的，有网球拍和白色网球服；想去高尔夫球场上提高球技的，有9号铁杆和防滑钉；羽毛球和配有彩色小球的槌球设备也不在话下，更有一种装在人造革箱子里的镀银铅球——管家告诉我这是一种传统的法式草地滚球游戏设备，叫做“贝当克(Pétanque)”。我决定还是不掺和了，干脆简简单单去海边游个泳算了。我一个人也可以享受游泳的乐趣，也就不用和其他客人打交道了(奥黛丽不在的话，我很讨厌这么做)。

室外的温度已经很高了，但是房间里还是很凉爽，我哆哆嗦嗦地穿上了这个月早些时候奥黛丽带我从罗德泰勒百货公司买来的游泳衣。我向管家要了条浴巾(他看了看我游泳衣底部露出来的大腿，高高地挑起一条眉毛)，估摸了一个大概的方向，往海边走去。

这里有两片海滩可供挑选。布林克利家的领地有狭长的一块，从长岛海湾一直延伸到外海。如果你是个比较浪漫的人，可以选择去白沙滩，感受大西洋的惊涛拍岸和咸腥的浪花。但是我已经说了几百次了，我是一个很实际的人，于是我选择了虽然水质没有那么好，但是风平浪静的海湾。等我到了海边，发现除了我之外，空无一人，只有快艇偶尔驶过，在烈日下惊起荡漾的涟漪。离岸边不远的地方有一个给游泳者休息用的小浮台，被人从水底固定住了，在轻柔的水波里荡漾。

这个时候天气已经很热了，沙滩上蒸腾起一片迷雾，我走进齐腰深的水里，清凉快活。如果说到不那么淑女却又令我自豪的特质，那就是：我其实是一个很厉害的游泳健将。我的击水动作爆发力十足。很多女孩儿都会游泳，特别是当下随处可见的动作敏捷的“假小子”们。但是若干年前，会游泳的女孩儿还为数不多，要么就是乡下丫头，要么就是富家小姐。修女们送我去贝德福德女子学校的时候，在某些意想不到的方面，我的确获益匪浅，其中就包括学会了游泳。老师们带我们去女子专用的海滩练习游泳，我们推波逐浪，却总是被老师强迫我们穿上的那种长长的、短灯笼裤式样的游泳衣拖累了手脚。学校每年都会为游泳课聘请一位声音低沉、肩膀宽阔、满脸雀斑的游泳老师，我们总是挨个排着队等她评判自己的击水姿势是否标准。

我仔细打量着水边的那个小浮台。浮台上面有一个小小的跳台，插着一面迎风招展的橘色小旗，像是给逐浪者一点鼓励。我目测这个小浮台离岸边只有几百码的距离，于是决定一鼓作气游过去。我又往水里走了一点儿，海水漫过了我的胸膛和脖子，我吸了一口气，愉快地拍打着水面，游了起来。我把脸浸在水中，准备来个标准的自由泳。我总觉得游泳是一项令人振奋的运动：人们必须按照特定的姿势在水中移动，肢体尽力伸展，大口呼吸，让肺叶被空气填满，整个世界既像是充满了喧哗的水声，却又好似将声音隔绝在外。而且很奇怪的就是，即使一个人游泳技术再高超，一下水也好像总是会觉得有些惊恐，对自己的肺活量和肌肉力量产生质疑。我已经游了很久，在快到小浮台之前，就产生了这样的惶恐。我的身体就像过电一样，每一寸都觉得恐惧，最终触碰到小浮台上面厚厚的木板时，我的四肢瘫软，像果冻一样，心里高兴极了，但转眼间被筋疲力尽的感觉所取代。我爬上了浮台，像死人一样仰面朝天地躺着。

我不知道自己这样躺了多久。终于，我的呼吸不那么急促了，粘在头皮上的头发也像一坨坨小土块一样，开始干结。整个世界安静了。浮台微微摇晃着，我像是躺在摇篮里，都快睡着了。然而，随后我渐渐意识到，浮台摇晃得越来越厉害了。我抬头往岸边看去，发现又有一位泳者游了过来。随着他手脚的拍打，水面泛起阵阵闪光的涟漪。他也采取了自由泳的泳姿，游到一半，停了一会儿，脑袋伸出水面。我隐约看见他对我笑了一下，响亮地“喂”了一声，跟我打招呼。

我坐了起来，突然发现来者是泰迪，就是那个昨天下午把我们引荐给主人并且整晚跟在奥黛丽身后转来转去的小男生。他的脸又埋进了水中，胳膊重新奋力划动起来。终于，他也游到了浮台旁边，顺着梯子爬了上来。我压根儿没想到会在这儿遇见他。他好不容易爬上来之后，一副精疲力竭的样子，勉强对着我咧嘴一笑。我肯定是下意识地对着他皱了皱眉头，因为他似乎发现了我的不快。

“我的确应该先问问你介不介意我游过来……但是我真的非上来不可了，”他用显得过于成熟的低沉的声线气喘吁吁地说道。“我一定得歇一歇。没想到游过来这么远。不过到了半路再改变主意也太迟了，对吧？”他扑通一声躺倒在地下，还在滴水的身子贴着浮台上的木板，姿势和我之前一模一样。一躺下，他就把头转了过来，细眯着眼睛边躲着太阳边看着我。“我的天啊，你肯定是个游泳健将！”他的声音非常真诚，我不由地浑身充满了自豪。

“嗯，我是挺喜欢游泳的，”我平静地回答，笑都没有笑一下。我起身准备离开，但是犹豫了一下，在梯子和跳台之间摇摆不定。我本来是想从跳台一跃而下的，但是又不太好意思当着别人的面这么做。

“哦，等等——先别走。”泰迪看我要走，赶紧说道。我看着他的脸，那是一张多么纯真的年轻人的脸，眉毛因为着急，高高挑了起来，嘴角微微下垂。我也不知道为什么我要急着摆脱他。奥黛丽到现在为止还没有跟我说她和这个年轻人之间到底有什么恩怨。不管怎么说，多亏了他，我们才得以被引荐给布林克利夫妇，摆脱了“不速之客”的形象。“请别走，”他又说，“陪陪我。”我迟疑了一下。这迟疑被他看在眼里。“而且，游回去不是那么轻松，我也许需要一个强壮的救生员把我拖回岸上。”这个时候，他的喘息已经平复了，我可以看出，这只是个借口而已，但是我还是留在了浮台上。

重又坐下之后，我用两手撑在身后，两腿交叉放在身前，徒劳无功地拽着游泳衣，试图多遮住些身体。接下来的几秒钟安静得有些尴尬，周围只有泰迪头发往下滴水的声音，他身后的木板上已经积起了一个小小的水洼。我在脑中搜索着自己对他的了解，以便能和他聊上几句。

“那——你是从纽波特来的咯？”

很奇怪的是，这个问题居然让他很紧张。泰迪抬起眼睛，仔细打量着我，像是要重新认识我一次：“是的。你对那个地方很了解吗？”

“哦——也没有啦。我想我不了解。”

他又端详了我一会儿，然后——很显然我让他失望了——叹了一口气。“那儿还挺不错的，我觉得。很多老朋友、老熟人什么的。”他下巴抬起对着太阳，闭起了眼睛。我鼓足了勇气，打量了他一番。我以前从没见过穿着泳衣的男人。虽然我凭直觉知道，泰迪其实更像是一个小男孩儿，而不是个真正的男人，但是我还是一样好奇。他那双短背心吊带下的肩膀看上去非常单薄，肋骨以下直到腿部都十分瘦削。他的眉头微微一皱，换了一个姿势，一瞬间我很担心他是不是发觉了我在打量他。于是我赶紧把眼光移开。不一会儿，他友好低沉的嗓音再度响起，又开始说起纽波特来：“大家住得都很宽敞。也没什么犯罪事件。”一条摩托艇乘风破浪地开来，可转眼间又离我们而去。泰迪猛地睁开眼睛，一骨碌坐了起来，像是突然想起了什么，整个人都变得非常紧张。我意识到，他一定是想借着这个机会，跟我说一件非常重要的事情。但同时我也发觉，他不会就这么唐突地开口直接说出来。

“嗯，虽然我说了，没什么人犯罪，但是这并不意味着那儿没有严重的……事故。”他突然用白热的目光紧盯着我，我能感觉到他的瞳孔如两个火球般炙烤着我的脸，比此刻的阳光还要灼烫。“事实上，”他换上了更为低沉且饱含深意的声音，“小镇有史以来最为悲惨的一起事故就发生在我表哥和一位叫人过目不忘的小姐身上。”

我完全被吸引住了，觉得谈话到了这里突然变得很有意思，不过我什么也没说。虽然我不是非常确定这是怎么了，或是为什么，但我总觉得他是想套我的话。不过泰迪并没有善罢甘休，他深吸了一口气，又接着说了下去。

“说起那位小姐，可的确是个人物。小镇上的人从来没见过那样的姑娘——我敢说之后也再不曾见到。我自己也只见过她一两次，也都是匆匆一瞥、擦身而过，但是那样的一个女孩儿，你见过就不会忘记。”他小声地吹了个口哨，带着倾慕的感觉，但是并没有微笑。“一双美目，碧蓝如洗，总是睁得大大的，带着好奇的神色。一头长长的头发，乌黑油亮。”

说到这里，泰迪停了一下，像是装作不经意的样子。等到他再开口，我才知道为什么。

“当然了，也许现在已经剪成了齐耳短发。她那样的姑娘，是很有可能这么干的。”

我突然明白了什么，心里一紧，心跳开始加快。我稍稍坐正了一些，下意识地把身子向泰迪的方向靠了过去。他脸上闪过一丝满意的神色，因为他明白，自己说的这番话对我而言并不是耳旁风。很显然，他的故事才刚刚开始，还有很多事情，他想让我知道，会慢慢道来。“我表哥的下场可不怎么样。”在开始细说这个故事之前，他警告我。

自然，在此之后，我在脑中曾无数次地复述泰迪给我讲的这个故事。我不知道自己是否最真实地还原了它，抑或是无限地夸大了它，但是我会尽我所能，把这个故事在这儿说出来。

吉妮芙拉·莫里斯有一头乌黑靓丽的秀发和一双美丽的大眼睛，是来自波士顿的一名银行家的独生女儿。她的父亲比母亲年长二十八岁，在她五岁的时候就退休了，带着全家人定居在了纽波特海边一所富丽堂皇的大宅里。她父亲最喜欢做的事情就是一边做模型船，一边欣赏着窗外沿东海岸行驶的船只。等到吉妮芙拉长到十岁，她发现只要自己轻轻一皱眉头，她的父亲就会赶紧把刚买来的生日礼物——一头眼神温柔的栗色小母马——换成满身斑点的阿帕鲁萨公马。更让她惊讶的是，只要自己再轻轻一皱眉头，她的父亲就会在第二天忙不迭地再用双倍的价钱，把那头母马换回来。吉妮芙拉一直受着维多利亚式的传统教育，琴棋书画无所不能，但是到了十五岁，她明确表示，自己已经受够了这些东西。就在自己的十六岁生日舞会快要到来的时候，因为和母亲产生口角，她无情地抄起剪刀，把自己的舞会礼服剪了个大口子。她的母亲觉得这简直是奇耻大辱，为了给自己的女儿一点教训，她命令吉妮芙拉穿着这件只能勉强遮住膝盖的原始人一样的裙子出席自己的生日舞会。

她的母亲虽然还很年轻，但是已经跟那些穿着高领裙的老古董没什么区别了。这一次，她彻底失算了。吉妮芙拉在自己成人生日舞会当晚的亮相十分惊艳。她披着希腊式带斗篷的长袍，内搭“有伤风化”的剪短的裙子，头昂得高高的，从楼梯上翩然走了下来，立刻在客人中引起了一片窃窃私语。就在那个晚上，就在这短短22级铺着红毯的楼梯上，她从一个内八字的假小子华丽转身，变成了希腊女神。有一个名叫小沃伦·特里克特的男孩子对吉妮芙拉的蜕变青眼有加。他是一位矿业巨头的儿子，出身当地最为显赫的家族。第二天，他立刻带着吉妮芙拉坐着自己银色的敞篷车去兜风了，而且在随后的两年里天天如此。

"当然了，"泰迪说，"我比这个大表哥要小很多。"泰迪那个时候只有十一岁，刚刚进入青春期，根本还对男女之情一知半解，也毫不在意。不过即使当时他那么小，也明白大家都觉得沃伦和吉妮芙拉是多么特别的一对神仙眷侣。而且大家在谈到他们是怎样地狂野不羁时，音调都会陡然放轻。那一年的绝大多数时间，泰迪都待在寄宿学校里，但是不管什么时候，只要一回纽波特，传进耳朵里的第一件事，多数说的都是他的大表哥沃伦和与之相伴的那位令人神魂颠倒的小姐。人们经常看见他们开车兜风，或是驾着特里克家族的帆船出海。那头乌木般的亮泽长发常在小镇的街头巷尾浮现，所过之处留下一串串富有乐感、充满魅惑的笑声。他们俩在一块儿，总是那么开心，即使是纽波特二十年来最为严酷的寒冬也无法冲淡他们的欢乐。那年圣诞节，沃伦送给吉妮芙拉一匹小马，还有一驾漆成金色的雪橇；他们身穿厚厚的皮草，坐在舒适的靠垫上，放肆地大笑着，赶着雪橇从最高的山丘上冲下来。

那个时候，战争已经到了白热化阶段。因为某些特殊的缺陷——泰迪也说不清楚到底是什么，可能是近视眼，可能是扁平足——沃伦不用上战场(镇上的人都说，真正的"缺陷"可能是沃伦那个专制蛮横的妈妈)。然而，虽然沃伦因此免于战死在法国一个不知名的农田战壕里，可他总觉得不安。1918年春天，沃伦所有的同班同学都应召入伍，登上了开往南边的列车(肯塔基州还是田纳西州？泰迪也记不清楚了)，前往新兵训练营。尽管在那个时候，他们除了去波士顿被军医检查了一下、扭了扭头、咳嗽了两声，其他什么都还没有做，人们还是像欢送英雄一样欢送了他们。每开出一列火车，沃伦的沮丧感就会增加一分。

沃伦和吉妮芙拉虽然相处甚欢，但两个人的恋爱也常常电闪雷鸣。他们吵起架来简直惊天动地，就像引爆了足够炸出火车隧道的火药。吉妮芙拉尤其能言善辩。她特别知道怎么做能一把掐住对方的命门，干脆利落地把他降伏。只要沃伦惹了她，或是触犯了她，她立刻就会提醒他，人们都是怎么看待那些对战争袖手旁观的男人的。但凡听过他们吵架的人，都觉得这样的恶语中伤，正是导致沃伦在别处金屋藏娇的原因。

但是吉妮芙拉从不把这些“金丝雀”们放在心上。她对这些女人约略知道一些。沃伦的这些露水情缘基本上都发生在小镇的另外一头；也就是说，那些女人都属于另外一个阶级，既没有参加过吉妮芙拉的成人礼，也没有人替她们操持过成人礼。作为唯一一个被沃伦放在心上的正经人家的姑娘(更不消说沃伦对她有多信任了)，吉妮芙拉的确有恃无恐。而且，众所周知，她自己也喜欢找些乐子——不但总是要争当舞会上的皇后，而且，每次沃伦去小镇另一边的时候，她也正好腾出些时间留给自己其他的倾慕者。在吉妮芙拉看来，这些都是非常美妙有趣的，而且一丝一毫也不必当真。第二年夏天，沃伦向她求婚，她二话没说就答应了。毕竟，他们才是彼此的正牌伴侣。沃伦开始准备订婚戒指了。

泰迪接下来跟我说的故事却颠覆了这一切。这也是通往不归路的另一个转折点。

细节是非常有意思的事情。我看过的审讯也不在少数了，人们常说的有道理：只要疑犯在说谎，总会在细节方面栽跟头；他(或者是她，我想，虽然后者为数不多)要么会把细节描述得过多，要么就会不小心把不该泄露的细节泄露出来。你瞧，细节的奥妙之处就在于，想要成功地捏造出细节来基本是不可能的。如果你说的是实话，那么就是实话，你描述的细节也都是逼真可信的，尤其是那些匪夷所思的细节。那天下午泰迪说的故事里面就有这样一个不同寻常的细节，我想那绝对不可能是他编造出来的。毕竟，我们是人，不是神，可没有神那样掌控混沌的本事。我们不可能凭空创造出一种完全不依赖归类法的认知模式来。毕竟，我们是通过分门别类来认识这个世界的，只能按照最普遍的因果关系链、依靠我们熟悉的常规去理解一切。有人说，上帝就藏匿于细节中。如果找到了宝贵的细节，那么你就会幸免于难。但一旦细节有不当之处，也许就能置你于死地。

当然了，那个时候，这些人生的道理，我还想得不是十分明白。我只是坐在那儿，静静地听泰迪把剩下的故事讲完。他说，沃伦之后去了位于波士顿的一家珠宝行；我这时已经猜出，故事一定朝着两人订婚的方向发展的。果不其然。沃伦真的非常贴心，他不但买了订婚戒指，还额外多买了一只钻石手镯，作为另外一件订婚礼物送给吉妮芙拉。沃伦的细心体贴，还有出手大方，可谓让他所向披靡。事实上，沃伦体贴得简直有些过分了，他还为住在小镇另外一头一个名叫珀尔的女人买了一只一模一样的钻石手镯。如果沃伦是一个已婚的男人，而不仅仅是刚刚订婚，那么我们大可将这个女人称作是他的情妇。

珀尔是个倒霉的姑娘，因为沃伦始终没能把这只钻石手镯送到她的手上。出于某种具有讽刺意味且用错对象的“忠诚感”，沃伦坚持要先把礼物送给吉妮芙拉。而就在他去送礼的那天晚上，惨剧发生了。

人们都说，发生惨剧的那天晚上是个温暖宜人的夏夜，空气里充满了青草的芬芳。就像其他无数个夜晚一样，那天沃伦和吉妮芙拉照样开着他们的银色敞篷跑车四处兜风。待他们开到距离小镇几英里外一处铁轨纵横交错的调车场时，麻烦来了——车子抛锚了，轮子刚好卡在一截跑夜班货运火车的铁轨上。等到火车司机看到这辆银色敞篷跑车成直角停在轨道上时，已经来不及刹车了。晚上的货运列车都开得很快，而且在开进纽波特的时候几乎从来没有什么原因需要减速。

这场悲剧并不是没有幸存者。吉妮芙拉侥幸逃了出来，幸免于难。但是沃伦——可怜的误入歧途的沃伦——努力倒车未果，死于非命。镇上的人们都在说，这两个人当晚喝了许多酒，整件事就是鲁莽轻率的罪行。有些人还传说，法医告诉自己的妻子，沃伦的尸体——或是其可怖的残余部分——似乎闻起来有些威士忌味儿。有些人甚至说，吉妮芙拉就是故意把沃伦灌醉的，车子卡在轨道上根本就是有人蓄意为之。毕竟，他们那天晚上早些时候在饭店大吵了一架，这是众所周知的。在争吵进行到白热化阶段的时候，吉妮芙拉甚至抄起一杯酒水，泼在了沃伦脸上。但是吉妮芙拉在面对警察做笔录的时候，简直和法官一样冷静，并且用非常冷静的眼神发誓：沃伦和她一样，滴酒未沾。当然了，警察并不会听她的一面之词，但她居然还有一个证人——就是当晚在调车场值班的扳道工。那个扳道工（一个又高又黑满脸麻子的男人）声称目睹了一切，证实了吉妮芙拉的说法：既不是过失，也不存在蓄意，整件事情就是单纯的、离奇的、可怕的交通事故而已。结案。

说到这里，泰迪重重地叹了一口气："这对整个小镇来说都是非常悲痛的一件事情，而对我姨妈、姨夫来说，更是如此。”他向海湾对面的海岸斜睨了一眼，皱了皱眉头，“他们再没有提起过这件事情，从来没有。我们自己家的人也尽量不让我多问。我想他们可能是为了保护我。但是我宁愿他们不要这样，因为这样只会让我陷入无尽的疑惑。既不解，又不安。你知道，我从小到大都是那么仰慕我的表哥——我在我们家是独生子，他对我来说简直就像是亲哥哥一样——但是……他就这么突然走了！过了好几年，我才开始着手整理相关的剪报，并且让镇上的人向我讲述当时的细节。”他说得非常真诚，还用手撸了一把头发，把结成一绺一绺的头发梳理开来：“我想，她让人过目不忘其实是件好事——我是说吉妮芙拉。有些细节可以帮助人们回忆。实际上，有一天，我和当时负责案件调查的警官聊过，他说有件事情他记得非常清楚，而他说的这个细节我之前从没听任何人说起。”

“是什么？”我问，语调比我自己想象得要更加急迫。我想到了那个时候，我对故事的结局已经非常期待了。泰迪好像正沉浸在自己的故事中，已经忘记了我的存在，这会儿听到我的声音，吓了一跳。他转过头来看着我。等到他再开口的时候，我注意到他原本无辜的脸上浮现出一种我之前从没见过的神情，是那么地敏锐、直接。

“那个警官还记得那天晚上关于吉妮芙拉的一件有意思的事情，”他说。“事故现场惨不忍睹，你知道，所以一开始，他并没有注意到那个细节。也许那个细节也并不代表什么，但是……”泰迪顿了一顿，像是在思考着什么。他清了清喉咙。“吉妮芙拉做笔录的时候，两只手上都戴着钻石手镯。”

一股凉气爬上了我的脊背。我的大脑像是分成了两半——一半在列数某些巧合，另一半在忙着推翻它们。

“那么她现在在哪儿呢？我指的是吉妮芙拉。”泰迪刚说完他的故事，我就问道。

“不知所踪。”他回答道。

“此话怎讲？”

“事故发生后不久，她就离开了小镇。有些人说是因为这场悲剧，另一些人说是因为人言可畏。我无法责备她什么，但是她玩失踪玩得未免太过了：她是半夜走的，连父母都不知道。”

“那他们……找过……她吗？”我的声音像是从喉咙深处挤出来那般微弱。

“好人家是不会雇用探子的，”泰迪声调平平地说道，“至少他们都不会承认。不过就算雇了，也都是些蹩脚货色，根本打探不出什么料来。但是我真的很想和她谈一谈。那天晚上好些事情都没有道理，我想弄弄清楚，做个了断。我找她已经找了……很久了。你知道找一个人的感觉是什么样的，对吧。”他转过头来看着我，目光逗留了良久，意味深长。那个时候我身上已经差不多全干了，能感觉到火辣辣的太阳。这里可一点儿都不冷，但是我却周身笼罩着寒意，一瞬间，胳膊和腿上冒出了一层鸡皮疙瘩。

突然，我听见有人在喊我，立刻仓皇地四下张望。我摇摇晃晃地从浮台上站了起来，抬起眼睛，发现奥黛丽站在岸边叫我。“哦！”我大叫了起来。我不知道她能不能看见和我一起待在浮台上的这个人是谁，但是我听得出，她显然很着急。

“不好意思，失陪了。”我对泰迪说。他点了点头，紧闭双唇微笑了一下，带着心领神会的表情。

“没问题。”

我完全把毛巾给忘了，从浮台上直接跳进水里，全力以赴地向站在岸边的奥黛丽游去。我被太阳晒过头了，水比我游过来的时候显得更冷。我边游，边体会到了一种异样的感觉——从我的身后依旧随着浮台左摇右摆的地方，隐隐传来了一缕不祥之兆。

第十七章

我们整个下午都在忙着躲避泰迪，简直像在做猫捉老鼠的游戏：我们每到一个地方，泰迪就跟了过来，然后奥黛丽就会找一个非常富有创造力的理由，转战到下一个地方。奥黛丽没有多说什么，但是我看得非常清楚：泰迪的出现让她坐立不安，而且非常恼火。她对泰迪的反感如此公开，这进一步加深了泰迪讲述的那个有关于“吉妮芙拉”的故事在我心中引起的疑虑。我虽然也没有说什么，但是整个下午，我发现每当泰迪出现在我们身边，试图加入我们的活动时，奥黛丽的躁动不安就增加几分。好嘛，这一个下午泰迪可是够忙的：他先是跟我们打了一局高尔夫(我以前从来没有玩过高尔夫，觉得这种活动无聊至极，直到泰迪出现)，后来又跟我们在草坪上打了一局槌球(奥黛丽先是教我该怎么打，随后立刻教我该如何作弊)，甚至还跟我们坐在一起喝下午茶(“告诉你一个小秘密，”她向泰迪探过身去，后者吓了一跳，死死地盯着奥黛丽，像是不相信她终于愿意开口跟他说话了。“下午茶是女性专利，不是给你们准备的。”)。泰迪可谓坚持不懈。但是奥黛丽对他的躲避更是持之以恒，而且始终带着怒气，作漠不关心状。到了下午晚些时候，她迷人的微笑已经变得有些力不从心了，但是仍然不顾泰迪的“骚扰”，一心一意地享受着美好的时光，又或者她是在尽力显示自己没有被打扰。

与之相反，我倒真的是好好享受了一把这美好的时光。奥黛丽的注意力终于落在了我的身上，而且显得想要更多地了解我，一副兴致勃勃的样子。那天下午，我们和布里克林夫妇的其他几位客人围坐在下午茶桌边(大部分都是女士，还有几位“妻管严”的先生)，虽然有几位客人非常健谈，也很友好，但是奥黛丽还是转向了我，和我亲亲热热地说着悄悄话，像是整张桌上只有我们俩一样。虽然我对奥黛丽已经起了戒心，但是面对这种情况，我还是忍不住觉得有些受宠若惊。她对我的成长史很是感兴趣，我也欣然作答。这些事情我通常都不愿意跟别人说起，但对她似乎特别愿意敞开心扉，我自己也觉得很惊讶。我跟她絮絮叨叨地说起孤儿院里所有的修女们，她们的神圣之处和凡人的一面。听到这些故事，奥黛丽也出人意料地高兴，记下了每个修女的特征，简直像是我送了她一叠棒球卡①。

我还跟奥黛丽说了一些贝德福德女子学校给我留下的回忆。比如说，所有的建筑物闻起来都像是湿了的羊毛袜子，但是我其实还挺喜欢的。还有，我们都穿着一模一样的浅蓝色裙子，我也蛮喜欢的，但是实际上大家当着别人的面都必须显得很讨厌这身衣服。我还跟奥黛丽说起了我曾经得过学校的“最佳书写奖”，并且作为奖励，可以坐在教室里最靠近柴炉的地方，这在冬天可是最奢侈的享受了。我还跟她说，离我们学校不远的地方，还有一所男子学校，在我十四岁的时候，曾经有一个男孩总是给我写信，在路过我们学校门口的时候，悄悄塞进栏杆的缝隙里递给我，信封上用非常精美的艺术字写着我的名字。但其实，我从来都没有打开过这些信，因此并不知道他究竟写了什么。奥黛丽问我为什么，我告诉她，因为我只要不拆开这些信，那

① 棒球迷收集的球员照片卡，可供交易。

么它们在我心里就永远像信封上的艺术字那样精致与完美。当我说起这些的时候，她用审视的眼光仔细打量着我；不知怎的，我觉得她内心深处其实是赞成我的说法的。

我说起这些陈芝麻烂谷子的时候，奥黛丽听得很仔细，显得非常开心。直到泰迪走过来坐在我们旁边。这个时候，她的情绪一下子发生了转变。不过谁也没有料到的就是，她竟然主动开口说起了自己小时候的故事，不过这次，这个故事发生在加利福尼亚。

“请问是加利福尼亚的什么地方呢？”泰迪很有礼貌地问道。那个时候，桌上所有人都加入了我们的谈话，听得很认真，像是入了迷。奥黛丽说故事通常都有这个效果。

“圣达菲[①]。”她回答道。

“明白了，”泰迪说。也许是因为没有一个人愿意站出来承认自己小时候地理没学好，总是没有认真听手拿小棍子站在黑板前的地理老师究竟说了些什么，也许是因为没有一个人忍心驳斥奥黛丽，总之所有人还带着愉悦的表情，专心致志地听着她胡扯。“那么你为什么千里迢迢来了这儿呢？”泰迪又问道。

“我就是在这儿出生的呀，”奥黛丽嫣然一笑。我瞥见泰迪惊得全身一抖，但是奥黛丽就算发现了，也装作没有看见的样子，要么就是故意视而不见。她继续着她的追忆。

那天太阳很毒，风也很大。奥黛丽说话的时候，精心修剪过的齐耳短发随着清风，在她下巴附近飘来荡去，头顶上黄白条纹相间的遮阳伞也随风摇摆，一点灿烂的阳光在她的颧骨上时隐时现。桌上的每个人似乎都沉浸在奥黛丽的描述里，但是这还不够。她似乎没法儿忽

---

① 位于美国新墨西哥州。

视泰迪脸上怀疑的神情，电光火石般对着泰迪的方向瞟了好几眼，这些都被我看在眼里。我和她相处了这么久，已经很熟悉这意味着什么了：她很不习惯被别人质疑。她的嘴角微微抽搐着。当一位名叫路易丝的女士插嘴说起她和先生去圣塔芭芭拉的海边小镇度蜜月的故事时，奥黛丽非常唐突地找了借口起身离开了。我看着她怒气冲冲地走开，本想跟着她一块儿走，但是又觉得有必要留在桌上，替她向大家给个礼貌的解释。

“是我说错了什么吗？”路易丝问道。她的脸因为迷惑显得有些扭曲，看着桌上其他人，像是要找出一个人来替她确定她没有做错什么。“天哪……难道圣塔芭芭拉不在洛杉矶旁边吗？我这么说，本来以为她会有些故地重游的感觉……我还以为她会高兴呢……①”

这正好替我找了个借口离开。“之前我好像听她说过她有点儿头疼，”我向其他人解释道，“我去看看她怎么样了。”我匆匆追随奥黛丽而去，觉得泰迪灼热的目光射在我的背上。

我回到楼上我们的卧室，发现奥黛丽正坐在屋里，气急败坏地梳理着被风吹乱的头发。我迟疑了一下。我很想问问她泰迪跟我说的那些故事——主要原因是我想听她亲口告诉我，这些都不是真的。我渐渐开始明白，对于这个朝夕相处的女人，我几乎一无所知。我回忆起我在警局里听说的那个没头没尾的流言：奥黛丽和克拉拉·鲍同在一部电影里踩在桌子上跳舞。“那个加利福尼亚的故事，”我试图说服我自己，“可能就是在拍电影的时候发生的。”她的很多故事听上去很是有鼻子有眼，只可惜它们互相矛盾——这就是问题之所在。“如果她看着我的眼睛，向我保证，她说的那些都是真的，那么我就

---

① 洛杉矶位于加利福尼亚州南部。

相信她。”我对自己说。只要我选择了相信她，那么其他那些就无关紧要了。有的时候，事情的真相不仅仅在于发现事实，还在于选择立场。我鼓足了勇气，清了清喉咙。

“泰迪说——”

突然，一把梳子横空飞来，狠狠地打在我身后的墙上。我顺着它的来势望去，刚好迎上奥黛丽狂怒的脸。“泰迪！他懂个屁！什么都不懂！老天！他只是个满脸青春痘的学生崽！恨不得还包着尿布呢！”

我之前从没见过奥黛丽这么不安，更别提如此失态了。眼前这一幕可怕极了，但又如此动人，就像一颗愤怒的流星，划过天际。

那天下午剩下的时间，我绝口不提泰迪。我不愿在气势汹汹的奥黛丽身边假装午睡，于是悄悄离开了房间，沿着海边散步去了。

* * *

到了晚上，奥黛丽已经恢复了常态。下午睡了一觉以后(很显然，我睡不着，但对她来说不成问题)，她的精神好多了，容光焕发，甚至在我们一块儿去吃晚饭的路上还哼起了小曲儿。她似乎兴致盎然，这从她选择了一袭红裙出席晚宴就可见一斑。时至今日，我仍然记得，这跳动的颜色和她的一头黑发交相辉映，让她光洁的齐耳短发看起来就像随时会喷涌而出的一池黑墨。她就像一幅画，一幅惊世骇俗的画。也许这么说有些太矫情，但是我穷尽全力，也丝毫想不起当晚我究竟穿了什么，却对她那身红裙上每一点黑色的刺绣都记忆犹新。

那天晚上的星星似乎特别明亮，比平日升起得都要早一些——像是布林克利夫妇付了它们酬劳，让它们早点儿来上班——它们就像是暮色中奇异的浅蓝色天空里镶嵌的点点射灯。跟前一晚一样，晚宴在阳台上举行(这一次的主菜是大块的羊肋排配薄荷酱)。傍晚的空气清爽宜人，带着丝丝海风的咸味。我注意到泰迪并没有坐在我们这一桌，不禁松了一口气。我们一下楼，奥黛丽就忙着检查我们桌上的席卡，并没有发现泰迪的，很明显放松了许多。今天下午早些时候不知道自己说了什么惹恼了奥黛丽、让她从下午茶桌上拂袖而去的路易丝坐在奥黛丽的左边，这次，奥黛丽很认真地听她东拉西扯。没过多一会儿，她们俩就好得像穿了一条裤子，我只有对着奥黛丽的脊背，看她和路易丝谈笑风生的分儿了。我当然很不开心，但是也没有说什么。就当是奥黛丽在对之前的冒犯作出补偿吧。这样也不错。

施舍的方式是多种多样的。对奥黛丽而言，其中比较特别的一种就是，她会让身边不那么富有吸引力的女孩儿觉得可以偷偷跟自己学上一两招，从而获得哪怕一小部分奥黛丽那种由内而外的魅力。但是像奥黛丽这样一个满面春风却没有心肝的撒谎高手，她的施舍自然也总是带着一丝讽刺意味的。她能在一个“壁花小姐”[①]耳边吹风，让她觉得自己突然之间摇身一变成了“舞会皇后”。就像机会总是闭着眼睛抛出绣球一样，有时候奥黛丽抛出恩惠也不是出于任何特殊动机，她也从中得不到什么好处。当然，我向来是瞧不上这些姑娘的——我没有意识到，其实自己也是她们之中的一员。但是(这一点我们千万不要忘记！)奥黛丽的确是对我有所图的，很多时候都是如此，我现在终于明白了。我一会儿会告诉你们。

主菜上桌了，空气中充满了羊排富含油脂的馨香。我以前从没吃过如此柔嫩的肉食，我对羊羔肉的记忆源自它的老亲戚——绵羊肉。入口即化的羊羔肉让我暂时忘却了对路易丝的不满。但是吃完甜点之

① 指在社交场合因为害羞而缩在墙角，不与人交谈的女性。

后，这种感觉又回来了。你瞧，和奥黛丽同住的这几个月里，我已经变成了一个势利小人，现在我正戴着有色眼镜看着路易丝。她除了不经人事之外，还是一个非常令人讨厌的“小老太太”似的人物。黯淡无光的棕色头发乱糟糟地堆在头顶上，像是后院的一只鸟本打算在上面做窝，可中途又放弃了。路易丝每次被奥黛丽逗得前仰后合的时候（次数也太多了点儿吧！），都会露出一排不太整齐的上牙齿。就连她的衣服也让我觉得浑身不舒服——在奥黛丽为我的衣柜提供慷慨赞助之前，我怕是没有资格这么说的——如果不是装饰了一层穿着小珠子的雪纺绸，这件衣服简直过时得一塌糊涂。而就算有这么一层雪纺，也只是能勉强跟得上时代潮流而已。要说奥黛丽对路易丝说的话真的感兴趣，我觉得基本上是不可能的。也许泰迪的出现给她带来的不安比我想象得要多得多，所以她现在急于结交一些新朋友，来巩固自己的气场。

“你懂的呀，”路易丝说道，一只手攀上了奥黛丽的前臂（简直当我不存在啊！），“我真是应该多去城里玩玩。就像你说的，那些最好的商店、最时髦的商品，可都是在城里啊！你猜怎么着？我一定得给你打电话！必须的！”

“哈哈，好呀，”奥黛丽大笑起来。我对着这个基本上无视我存在的观众，在心里暗暗地用眼神杀死她。路易丝从包里拿出一支小小的铅笔和一本小小的通讯录，记下了我们的酒店号码。

“你真的能做到吗？”

“什么？”

“把我打扮得像个电影明星呀！”

“你是在开玩笑吗？那对我来说根本不是个事儿！”

“这是我的名片，”路易丝从钱包里掏出一张雪白的方形卡片。

我本能地伸出手去，迅速地接了过来。

“给我吧，”我咧嘴一笑，“奥黛丽总是会把这些名片搞丢！”

奥黛丽对路易丝和善地点了点头：“的确，交给罗丝更保险。”

“嗯……”路易丝像是手突然没了力气，不愿意把那张名片交到我的手中。

“好嘞！”我从她手中抽出那张名片，塞进自己的缎子小包里，“妥妥的。”奥黛丽看了我一眼，挑起一边的眉毛。我们都很清楚，我一定会把这张名片搞丢的，还不是不小心哦。我没再看路易丝，合上了自己的手袋，看了看周围。晚宴已经结束了。桌上到处都是大家留下的亚麻餐巾，像是一顶顶废弃的印第安人帐篷，散布在已经喝光的香槟酒瓶子中间，桌布上还有晚宴留下的点点污迹和食物碎屑。我用眼角余光瞥见一个男性的身影快速地向我们靠近，而这一边，奥黛丽活像炸了毛的猫。

“不好意思，打扰了。”是泰迪。他向奥黛丽深鞠一躬，原来是要邀请她跳舞。

“哦！”我忍不住叫了一声。大家都看着我——奥黛丽、路易丝和泰迪——目光都聚焦在我的身上。我也不知道怎么解释自己的失态，只能耸了耸肩膀。

奥黛丽好像意识到了我们的失礼，转头看着泰迪，咧开嘴巴，露出牙齿——这神情就像是微笑的一位面目凶狠、难以揣摩的远亲。“乐意之至。”雪白的牙齿闪耀着寒光，像是钢琴的一排白键。泰迪拉起了她的手，她从椅子上站了起来，脑袋扬得高高的，像是不惧严寒盛开的花朵。

她的身体姿势表明，她更想和泰迪距离半英里以上，而不是和他脸贴脸地共舞一曲。我明白，她很希望我能从中插上一脚，岔开他的注意力，但是同为女人，我是很难有这样的机会的。我想我的确可以强迫泰迪跟我跳上一曲——也许还可以小小地勾引他一下。但是这样的转变对我而言实在是太突兀了，实在是力不从心。因此，我只能一言不发地坐着，无视把我当作奥黛丽的代理商，对我喋喋不休的路易丝，神经紧张地注视着泰迪带着奥黛丽下了舞池。

他们的舞姿非常优美。但是两个人的身体僵硬程度显而易见，即使远处的我们也不难发现。奥黛丽的脑袋自始至终都撇向另一边，严肃地向右侧着，像是在刻意模仿那些交际舞表演中的职业舞者。我发现，相比之下，泰迪的舞姿则十分轻盈，这也不出奇，因为他的身形是如此单薄、瘦削。他们跳了整整一曲华尔兹，结束之后，另一个男的走了过来，请奥黛丽跳舞，我舒了一口气。但是我也注意到，自始至终，泰迪都不曾远离，并且中途又过来请奥黛丽跳了好几次舞。乐队演奏了四支曲子之后，我隐约觉得有人在我们桌子周围徘徊。

一个微弱、带有鼻音的男声问我是否愿意赏脸跳上一曲，我险些没有听见。抬头望去，我非常惊讶地发现，来者竟然是马克斯·布林克利。他冲我眨着眼睛，一只眼睛透过单片眼镜看上去被放大了，另一只则没有，两相对比，十分滑稽。我这时对布林克利夫妇依然有些怯生生的，不知道我们到底算不算不速之客，于是布林克利先生甫一伸手，我就下意识地起身站了起来。

“请问，贝克小姐，为什么看起来只有你的朋友一个人玩儿得这么开心呢？”我们小心翼翼地迈开了步子，跳起了一支狐步舞。“彭布罗克既然是你们的老朋友了，那么一定希望你和她一样，好好地玩儿个尽兴。”

“嗯，”我咕哝着做了个尴尬的鬼脸，突然觉得自己像个骗子，“你了解彭布罗克的……”

“有的时候啊，我觉得，没人能真正了解彭布罗克，”布林克利先生说道。一开始，我并没有意识到这句话只是一个认识论的观察结果，而并非社会化的指责，忍不住感到一阵恐慌，打了个寒噤。“我的天哪！你冷吗，亲爱的？”布林克利先生感觉到了我的颤抖，赶紧问道。他抬头看了一眼天上的星星，就像是后面隐藏着天体温度计一样，“我想今晚可能是比平时凉一点儿。”

“是的，布林克利先生——”

“马克斯。”

“马克斯……我的确有点儿冷。你不说我还没想到呢。我最好还是回去拿条披肩，如果可以的话。”

“当然，亲爱的，”他停住跳了一半的狐步舞，往后迈了一大步，“要是我让你冷着了，那还算什么绅士？”这并不是一个基于认识论而产生的问题，只是一种修辞手法而已。他鞠了个躬，单片眼镜奇迹般地稳稳待在脸颊上，纹丝不动。我笑了一下。“不要忘了，快点儿回来，好好享受这美好的时光，这是一个命令，”他说。我顺从地点了点头，想起有一次从报纸上读到，马克斯 · 布林克利以前曾是一名海军。我谢过了他，快步往住处走去，那座大宅子现在看起来就像是一棵流光溢彩的圣诞树。

其实我并不是真的冷，也不是真的想回去拿我的披肩，但是我的确想看看奥黛丽去了哪儿。她和泰迪都不见了。我首先进屋看了看（我的确回卧室拿了披肩，以免下楼的时候再撞见马克斯 · 布林克利）。这座宅子很大，有许多房间，都装满了人。我先是把每个房间都看了一遍，一无所获，但是人这么多，我担心自己看漏了，于是又从头到尾找了一遍。找了两遍之后，我至少可以确定，他们不在室内。我不想再在屋子里面待着了，这里面的欢乐气氛和室外相比，似乎更加声色犬马、纸醉金迷。每间屋子都充斥着香烟的浓雾，呛得我直咳嗽。打开一间杂物室的门，我赫然撞见了一对儿正在卿卿我我的小鸳鸯，见我进来，他们可一点儿也不高兴。

再次回到室外，我又在阳台上来回寻觅。任何一张桌子旁边都没有泰迪和奥黛丽的踪影。我打量着舞台上擦身而过的一对对舞伴，也不见他们。我又在花园里找了一圈：先是去了通往海边的大草坪，随后又去了修剪成小小迷宫样式的灌木丛。月光倾泻而下，树丛的叶子变成了银色，修剪整齐的树木就像是一堵堵石墙。我迟疑了一下。我向来无力欣赏这样迷宫式的灌木丛，不知道人们为什么要把树弄成这样。迷路也是一种乐趣？这只会让我做噩梦。突然之间，我想到了什么。我回忆起曾经看到灌木迷宫后面的小山坡上有一座温室，从大宅子的西侧出发，走一会儿就到了。如果奥黛丽想找泰迪私下里谈谈，但是又怕别人听到，也许会选择那个地方。

我爬上山坡，走近了那座温室。窗户里一片漆黑。这座建筑有着精巧的白色山墙，是一座典型的“镀金时代①”的遗物。我沿着一条有坡度的小径走向温室的入口。一种不祥的感觉强烈地袭来，几乎让我停下脚步、掉头回去。远处隐约传来草坪另一端的乐声和笑声，简直像是来自一个幽灵的聚会，而不是我刚刚离开的那个喧嚣之地。我推了推门闩，心里想着宁愿它推不开。但是还没用劲儿，房门就洞开了。走进屋里，一阵浓厚的潮气瞬间将我包裹，鼻腔里都是泥炭藓和蕨类植物湿漉漉的香气。我把门关上的时候，发出了巨大的回声，我吓得一动不动，过了好几分钟。我就那么站着，竖起耳朵四处听。一

---

① 1873 年，马克 · 吐温出版了小说《镀金时代》。从此，人们用这个词来形容从南北战争结束到 20 世纪初的那一段美国历史。

开始，我只能听见湿润的植物的滴水声，或是一两处观赏喷泉潺潺的流水声。但是接着，我听见了——远处有两个人在压低了声音窃窃私语。我又听了一会儿，确定这两个声音分别来自奥黛丽和泰迪。虽然我关门发出了那么大的声响，但似乎两个人都没有听见，不知道我进来。说话声来自温室最里面。我悄无声息地沿着地上的石头小径，往声音传来的方向走去。

突然，我瞥见了烟头一明一暗的火光——一定是奥黛丽在吸烟。我躲在一棵看起来像是外星生物、叶子尖尖的凤梨科植物下，往远处看去，尽力屏住呼吸。等到我的眼睛好不容易适应了温室里的黑暗，借助玻璃屋顶里透进来的月光，我终于看见了面前的两个人影。他们俩中间隔着一尊雀跃的丘比特，他那胖嘟嘟的手里捏着一副弓箭，石头脚趾上有水流过。我竖起耳朵，全神贯注地辨认着他们谈话的只言片语。大部分时间都是泰迪一个人在说话。慢慢地我发现，自己听到的是一段冗长的解释的中间部分。于是在那一天里，我又一次听见了泰迪讲述自己表哥死于非命的不幸遭遇。等他说完以后，奥黛丽喷出一阵烟雾，冷冷地看着他。

“真惨啊。”她终于开口说道。

“的确。”

“哎呀，你真不该跟我说这个故事！”奥黛丽叫了起来，娇嗔地从香烟上抬起眼睛。

“怎么了？”

“因为人家一直都很想去纽波特玩玩的。那个地方听起来很不错！但是现在我如果要去的话——”她满脸都是温柔的同情，靠近了泰迪，“我肯定会想起你说的这个故事啊，多可怕的车祸啊！”听了她的话，泰迪脸上疑云密布，层层加深。奥黛丽看在眼里，越发活泼俏皮起来："唉，都怪你，把这个地方毁了！我还从来都没去过呢！"

"没去过？"泰迪无法遏制地低声喊了起来，"你敢说你从来都没去过纽波特？"

"没去过啊，"她回答道，声调有一些转变。虽然还是尽力装着友善，但已经有些变味儿了，像是毒蛇的尾巴扫过，发出干涩的沙沙声。泰迪艰难地咽了咽口水，盯着奥黛丽的嘴唇。她看似无辜地歪了歪头："是啊，从来都没去过纽波特。很难想象吧？"

"嗯……的确无法想象。"他结结巴巴地说道。

"哈哈，那你就好好想想吧！"奥黛丽故作纯真的腔调荡然无存，转而变得平板无趣。说完这句话，她大步离开，走路带风地穿过植物挤挤挨挨的温室，从我蹲着藏身的地方走过，我差一点被她发现。就像拳击场上一局结束的铃声敲响，奥黛丽胜出，转身回到自己的角落去了。

那天晚上，我上床睡觉的时候，两件事情已经很明确了。我知道，奥黛丽巴不得这辈子再也不和泰迪相见。我还知道，从泰迪望着她远去的背影的神情可以看出，过不了多久，他就会又找上门来。

第十八章

我们海边的假期转眼间就结束了，就像它的开始一样突然。我想布林克利夫妇也不会再欢迎我们回来了。我们先是用欺骗的手段混了进来，说是要住一个礼拜，但是两晚之后，我们就要走了。而且，我们走得如此匆忙，像是一点儿规矩都不懂，对主人毫无尊重。

我记得，那天晚上奥黛丽和泰迪在温室里聊完天之后，一整晚她都待在我们的房间里。我跟踪了她，但是装作若无其事的样子(她也没有跟我提起她和泰迪谈话的事情)。我们把床铺好，但是没人想睡觉。奥黛丽没有和我一起上床，她打开了灯，在房间里来回踱步，像是一只不安的丛林猫。那个时候我就知道，我们在这儿估计待不下去了。我睡觉的时候(或是装作睡着的样子)，她悄无声息地在床尾溜达，烦躁不安一刻不停地啃着指甲。在距离日出大约还有一个半小时的时候，奥黛丽突然安静下来，不再走动了，她坐在地毯中间，闭起了双眼。我之前从没见过她这副样子，只觉得十分奇怪。虽然看起来她像是在祈祷，但是直到今天我都怀疑，她是否真的做过任何祈祷。

当她终于睁开双眼的时候，第一缕阳光刚好透过窗户射了进来。她打电话叫了一辆出租车，然后有条不紊地收拾好了我们的行李，这搞得我很不习惯。通常来说，她的行为举止都带着随意和散漫——而她周围的世界也都尽量迁就她的节奏，而不是与她作对。我到现在都记得，那天看着她这么有条理地行动，我的心中是多么奇怪。我知道，现在自己最好乖乖地跟着她改变行程，回到那个我们熟悉的城市里去，有什么问题或是想和她探讨什么，还是留到下午晚一点的时候吧。我凭直觉明白，一定有些不可告人的事情正在酝酿，心里想着，还是回家比较安全。也许你们会说，我真是白痴，但是那个时候我真的不知道会发生什么。

出租车到了门口，管家报告了布林克利夫妇，他们下楼来看出了什么事儿。我始终记得，马克斯·布林克利透过单片眼镜看着我的目光充满了责备、疑惑，还有些失望。奥黛丽随口应付了主人几句，道了个歉，也并不诚心。布林克利夫妇跟我们礼貌地握手道别，但是就在司机打开后备厢装行李的时候，他们双双挑起了眉毛，目光越过我们的肩头，颦眉看着司机。 刚刚道别，奥黛丽就把一只小手搭上了我的肩膀，她的皮肤像天鹅绒一样柔滑，但是她的抓握却像钢铁一样强硬。我们飞快地钻进了出租车，轮胎擦着沙石地面，车子开动了。布林克利夫妇皱着眉头的瘦削脸庞渐渐远去，直到变成两个不辨表情的模糊的影子。

我本以为我们会去火车站，没想到奥黛丽居然问司机，如果把我们直接送回纽约城里需要多少钱，我着实吃了一惊。更让我没想到的是，司机说出了一个天文数字之后，奥黛丽居然立马就答应了，连价都没还。要知道，只需费点口舌，完全可以杀掉一半的价钱。我们一路狂奔，中途只停下加了一次油，只用了三个小时，就到了纽约。一路上奥黛丽不时回头，从小小的椭圆形后车窗里向后张望。我自己也回头看了几次，不知泰迪会不会突然出现，疯子般地追着我们，想要抓住我们的保险杠。

我们一路顺风，下午就回到了酒店。回来的路上，我感觉到夏天正在悄悄溜走，白天也越来越短。那天下午晚些时候，直到傍晚时分，奥黛丽还是一副坐立难安的样子。午饭时间我们刚好在出租车上，就没有吃东西，但是奥黛丽似乎浑然不觉。现在转眼间已经该吃晚饭了。公寓冰箱里有很多新鲜的食物，但是奥黛丽只匆匆吃了几口，就放下盘子走开了，像是完全忘记了还有吃饭这回事儿。看书报杂志时她也是这样。她拿起一本，翻了几页，又换了一本，可也看不长，眼中始终带着空洞烦乱的神色。有好几次，她站起身来，拉开窗帘一角看看外面的夜色，随后打了一个肉眼难以捕捉到的小哆嗦，又拉上了窗帘，像是在躲避着什么看不见的幽灵。

就在此时，电话铃突然响起，她像是吓得灵魂出了窍。电话自然是吉布打来的——我从她的应答可以听出，吉布在问我们去了哪儿，现在人在哪里。又或者，他只想知道奥黛丽的去向，因为他不可能这么关心我的。我在房间的另一头，所以只能隐隐约约听见听筒里传来吱吱嘎嘎的闷声责问。吉布在电话的另一头，在这个城市的不知什么地方，气急败坏。我听见奥黛丽嗲声嗲气地哄着他。

“哎呀，不要这么大惊小怪嘛……女孩子总得偶尔度个假什么的……当然啦，要是有事儿你肯定找得到我……什么意思？发生了什么事情？”

吉布让查理·怀丁来送东西，但是这个傻孩子居然半路被警察逮住了。奇怪的是，这个坏消息却让奥黛丽看起来放松了许多，紧张的身体也变回了猫般的柔软。挂了电话，她就立刻开始谋划起来，这个突发事件反而让她的心情好了许多。但是在解释第二天奥黛丽在警局使了什么手段把查尔斯救出来之前，我想花一点儿时间说说我此时此刻的心理活动。

这个时候，即便是旁观者也能凭直觉知道，泰迪这事儿还没完，也许还会有更严重的事情发生。我现在才明白，当时我没有听从内心的判断，对即将发生的灾难视而不见，究竟是因为什么——这一点是很重要的。

在和奥黛丽朝夕相处的日子里，我已经听了无数关于她身世的故事，每个新故事都让我觉得既活灵活现，又不可思议。我想我已经习惯了这么想：奥黛丽的身世就是一个谜，根本无从知晓。但是泰迪在浮台上跟我说的那个故事打破了我的这个固有想法。如果我说，我没有想过这个故事可能是真的，那我肯定是在撒谎。而且，我已经感觉到，泰迪的故事里肯定有什么东西是奥黛丽不想让别人知道的。只有这样才能解释为什么她要千方百计地躲着那个看起来与人无害的本科生。而且，那对手镯——这些实实在在的金属和矿石——让泰迪的故事和其他人的版本有了明显的区分。这不像那个匈牙利贵族的故事，稍加推敲，那个西装革履、头戴高帽的家伙就被打回了原形，化为了一阵青烟，就像奇形怪状的水蒸气。但是这对手镯却是实实在在的东西，我不止一次亲眼见过。奥黛丽亲口对我讲述的那对手镯的来历——什么落魄富商，什么宠溺女儿的老爸，什么叫维奥莱特的可怜的病死的妹妹，整个儿云里雾里，含糊不清，编得真是拙劣——我向来都不怎么相信(她讲了这个故事大概一个礼拜之后，我跟她提起了“她妹妹”的名字，她一脸茫然地问我，“谁？”我还迫不得已提醒了她一下)。更不用说，警督来我们住处的那个晚上，我还偷听到她说这对手镯是个订婚礼物。现在看来，这个信息搞不好是真的。至少部分可信。

我之所以说了这么多，是因为你们可能觉得我很傻，但你们绝对不应该认为我一无所知。那个时候我就很清楚奥黛丽是个什么样的人了(虽然我必须承认，这个认识并不完善——之后我意识到了)。泰迪让她浑身紧张，这充分说明了她并不是完全无辜的。我坐在审讯室里做笔录也有些时日了，我明白一个有罪的人和一个无辜的人紧张起来的样子是截然不同的，一个不小心，总会露出马脚。概括说来，我本该意识到，奥黛丽很有可能就是吉妮芙拉。而且如果这是真的，那么她改头换面、隐姓埋名肯定也是有原因的。

你们也许会觉得奇怪，为什么在意识到这一切之后，我还没有离开这个女人？为什么我就算知道她的生意触犯了法律，也还是如影随形地跟着她——即使我一开始就对她的生意持不赞成态度？我之前说过，我并不是个一无所知的人，这是真的；我确实并非在道德上洁白无瑕，但是直到今天，我这个事后诸葛亮才知道，为什么自从我见到奥黛丽的第一天起，我(在某些人眼中)似乎就蒙上了一层原罪的阴影。报纸上到处都在说，我为她痴狂。如果我没有谴责她，那么我就是她的同谋者，接着他们进一步迫不及待地推论道，我就是她的爪牙。他们也许会说，为什么我这么迷恋奥黛丽，总是讨好她，如果不是因为某种不正常的感情，那又是因为什么？但是我还是坚称，我对奥黛丽的真挚情感并没有什么见不得人的成分。

如果说我对奥黛丽毫无所图，那也不完全对。我跟她在一起的几个月时间里，目睹了许许多多人——不管是男人还是女人——簇拥在她的周围，对她摇尾乞怜，这些人无一不是对她有所企图的。他们让我觉得恶心。但是我现在才明白，奥黛丽身上也承载着我的渴望，但是和其他仰慕者不同，我的企图没有那么龌龊，不像他们，都带着赤裸裸的欲望和需求。

我究竟想从奥黛丽身上得到什么？这其实也很难用语言表达清楚。有的时候，语言是这么地不堪一击，苍白无力。以前在贝德福德女子学校的时候，老师教过我们美国有哪些食肉植物。其他的孩子大多数都喜欢凶悍的捕蝇草，叶子看起来就像一个个小小的捕熊夹子。但是我却独爱猪笼草，因为它的捕虫器充满了诱惑力，就像一口口倒置的小钟，用一点甜美的花蜜做诱饵，就能置小虫于死地。对我而言，奥黛丽也是如此。我想在其他人眼中，也许也是一样。想到也许能得到她的垂爱——这就是令人无法抗拒的甜美的诱饵。就像小虫子一步一步自己走向死亡，你也会不由自主地被她吸引过去。

趁你们还没觉得我就像悲剧的萨福[①]一样，我也许该特别提醒一下你们，女人之间的友情自古以来源远流长——这种关系既纯洁又真诚，不应该对这种情感有所诟病。我们母亲那一辈是很珍视这种情感的。难道维多利亚时代的少女们不都是如此相亲相爱吗？我真心认为，我们的前辈是十分了解这种忠诚的友谊的，而我们当今社会根本都无法理解。医生在我名字旁边写下的词语是那么地残酷——他认为我是一个“怪胎”，但其实我不是。他完全搞错了我的动机。我只不过想和我的同性好友一起说说笑笑、十指交缠，互相说说心里话，能有个人在我脸上印下凉凉的吻……这些都是我童年缺失的。至于其他的……好吧，我们总会对自己心爱的人或事有些占有欲。有一个事实无法避免：我们人类毕竟还是领地观念很强的动物。

你可以当我在胡言乱语，但是我说这些是为了表达自己的一个观点——也就是我的动机。从听到泰迪的故事起，我就隐隐约约地觉得，有一只无形的钟在滴答作响。我明白，这滴滴答答的钟摆最终将指向一个地方。但是会发生什么、原因何在，我那个时候还无从知晓。

*　　*　　*

从布林克利家回来的那个周一早上，一觉醒来，我们发觉今天的

① 为情而跳崖投海身亡的古希腊同性恋女诗人。

晨曦分外艳丽。太阳奋力地升上天空，从火红渐渐变为橙红，颤动着，颜色逐步变浅，就像是夏天在最后的日子里不顾一切地燃烧着自己。虽然天气还非常暖和，但是空气逐渐变得稀薄起来，预示着秋高气爽的日子就在前方。

虽然我们的假期还没有过完，但奥黛丽坚持要去上班。我想她有可能是要急着去解救倒霉的小查理。我们起身梳洗停当，便去警局上班了。进门之后，警司看见了我们，好像并不十分诧异。我想他已经开始慢慢习惯奥黛丽来去自由的现实了，而他的应对选择也只有两种：拧着自己的胡须絮絮叨叨，或是不拧胡须也不絮叨。但是艾里斯看见我们这么早回来，却慌了手脚。她是一个凡事中规中矩的人，本来已经习惯了在我们不在的日子里接手我们的工作，这会儿却突然又要交出来了。她气鼓鼓地，都不愿意跟我们打招呼。但是玛丽却飘了过来，友好地用力握了握我们的手。她越发显怀了，手指也开始有些肿胀。

“怎么会有人假期没过完就回来啦？！你们这两个小傻瓜！”她嗔怪地叫了起来，但是高兴得发亮的脸瞬间出卖了她。

“哎呀，我就说嘛，”警督插了一嘴，晃晃悠悠地向我们走了过来，用手捋了捋头发，“你们离开我两天就会受不了的。”这句话像是对奥黛丽说的，但是不知为何，他却冲我眨了眨眼睛。我的身体一下子绷紧了，脖子后面直发烫。

“那你也去好好休个假吧，警督，正好也给我们一个机会证实一下你的理论。”我本能地回了嘴。一听我这么说，玛丽晃了晃手腕，吹了个口哨，像是在说：“干得漂亮！”我看着警督咧开的嘴变成了皱起的眉头，一种熟悉的掺杂着后悔的满足感涌上心头。

“不管是谁，哪儿都不许去，”警司宣布，“我们有正经事要干。”我们都看着他，动也不敢动。“玛丽，”他打了个响指，“咖啡！”我们像是突然被解开了定身术，办公室里又恢复了往日的忙碌，大家又各忙各的去了。

“我来帮你吧，亲爱的。”我听见奥黛丽对艾里斯说。艾里斯正忙着把摊开的文件夹拢成一叠，准备重新分类。奥黛丽的声音如糖似蜜，无比悦耳，但是我分明看见艾里斯的女式领带紧了一紧。“秩序”和“控制”是艾里斯的两个最好的朋友，但是我知道奥黛丽总有办法在它们中间插上一脚的，置艾里斯沉默的不安于不顾。有一点我总是能预见，那就是奥黛丽总能想方设法，达到自己的目的。

奥黛丽没有忘记自己对吉布的承诺。奥黛丽看似随意、天真地问了几句之后，就有人告诉她，下东区“男孩之家”派了一个代表，正往这边赶，要来认领一个名叫查尔斯·怀丁，暂时被扣押在我们看守所的少年。在外人看来，奥黛丽对这件事情并没有怎么特别关心。但是，与之相关的文件却从艾里斯那堆文件里跑了出来，跑到了奥黛丽的手里。虽然别人看来这也许是无心之举，但是我不这么认为。还没到午饭时间，就有人打了一个电话给那个“男孩之家”的代表，让他不用来了，还说一对中年夫妇已经来我们警局认领这个孩子了。他们自称是查理的父母，虽然他们两度把孩子的名字说成了“卡尔”（“卡尔是我们家狗的名字，”那个自称是怀丁夫人的女人这么解释他们的“口误”）。

当然，我知道他们其实并不是查理的父母。每个地下酒吧的常客都知道，他的父亲死于战争，而他的母亲也在停战协议签署一年之后，因为过量饮酒身亡。他们一人拉着查理的一只手，像真的父母一样，带着他离开了。直到这个时候我才想起来，这个“母亲”就是曾经脱了鞋醉醺醺地用脚指头在钢琴上弹“筷子曲”的女人。

第十九章

我几乎已经承认了那些关于奥黛丽的日记读起来就跟长长的情书差不多：先是记录了关于我们是如何厮混在一起的细节，后来很快就发展成为洪水般喷涌而出的姐妹深情——我用在培养这种感情上面的时间实在是太多了。我现在才明白，这样的东西在外人看来是什么感觉，所以我在治疗期间，尽力把它藏在我的私人物品里不让别人发现(这儿的医生可不怎么尊重个人隐私)。这里没有什么书看——看太多小说只会让病人的神经变得更加亢奋，而且，你知道，我的想象力本来已经够汹涌澎湃的了，这是他们告诉我的。这儿实在没有什么事情可干，而且我也着实无法对他们提供的“休闲娱乐项目”产生兴趣，于是只能一遍又一遍地读着自己的日记。我惊讶地发现，日记内容基本没有涉足奥黛丽的生意。现在看来，只有一条隐约提到了奥黛丽在那些不法活动中的涉足何其之深。当然，在那个时候我还不能破译其中蕴含的深意，但是我还是记了下来：

今天我回家的时候，O(奥黛丽)和G(吉布)在后面的卧室里争论着什么。当然了，偷听是不对的，但是很显然他们并不知道我已经回来了，因此争论并没有停止。去打断他们或是咳嗽两声表明我的存在显然已经太迟了，我只好屏住呼吸静静地站在原地，一动不动。奇怪的是，他们并没有像平时一样，为O的其他爱慕者争风吃醋争吵不休，而是谈论着生意方面的事情，O这一次听起来比平时任何一次都要激动。说着说着，G叫了起来，“好啊！你现在算是从那个警署专员那里弄到特别许可了！不得了啊你！你快要不把我放在眼里了吧！”他这么说倒是很奇怪——据我所知，奥黛丽连专员的面都还没见过。最后，G气势汹汹地冲了出来，往门口走去。他看见我，从鼻子里哼了一声，冲奥黛丽咆哮着，说我是个马屁精，是个探子，然后便摔门而去，并没有和我打招呼。我以前觉得G和我之间已经达成了某种和平协议，但是现在看来我这么想真是太傻太天真了。其实这根本就不是什么协议，只是僵持而已。

*　*　*

我知道，那些想加害于我的人看见了我的日记肯定会很开心，但是我相信，这篇日记会让他们失望的。看到这样的日记，他们一定会觉得：我是一个疯女人，我的话一点儿也不可靠。但是我知道真相如何，而且我敢打赌，如果专员自己对这则日记有所风闻，那么估计我这一整本日记都要不保了。

其实，其他的日记里面之所以缺少类似的内容，主要是因为我的确对奥黛丽的生意不甚了解。我说这个话，你们谁都不相信，但是这的确是事实。我的主治医生——迈尔斯·H·本森(你们也许已经对这个名字有所耳闻了，这也不是什么秘密)医生——在听我这么说的时候点了点头，装作相信我的样子，但是我知道他只是顺着我来而已。他也许觉得，自己这么充满同情地点一点头，就会让我把他看作同盟军，从而对他敞开心扉。但其实我并没有那些说出来会让他垂涎三尺的“猛料”。在他的想象里，我也许身处的是一个枪林弹雨的世界，到处都是敲诈勒索，冲锋枪哒哒响，在窗帘低垂的饭店里一枪决胜负……但其实这些想象实在离谱得可笑。我和奥黛丽的生活中只有陈设精美的住处、美味精致的点心和我们常去的那些高档百货商店。我对奥黛丽生意方面的了解最多也就是“进口酒类”和“私酿酒类”这些支离破碎的信息片断，大部分都是间接听来的（吉布也许会嗤之以鼻，说“间接听来”其实就是像间谍一样监听来的）。

不过我也的确知道一些东西，比如：地下酒吧的酒水供应范围十分广泛，上到各种各样的法国香槟，下到酒精勾兑的劣质饮品。总而言之，现在回想起来，地下酒吧幕后必然有非常庞大的运作体系，并且进口了大量的酒水。地下酒吧里总有数不胜数的英国金酒、爱尔兰威士忌和俄罗斯伏特加，暗香浮动。而且我从在地下酒吧流通的私酿金酒和谷物烈酒的数量来看，生产的规模也不比进口的小。好几次我听见奥黛丽在电话里跟别人说着什么，虽然只听得到只言片语，但从中可以得知，这些私酿的酒类在全国各地从费城到巴尔的摩的各大商店和药店里普遍有售，查理·怀丁坐在电话旁记下的那些东西就和这些生意有关。有一次在我们公寓里，我还接到过一个男人的电话，带着粗野的芝加哥口音，仓促地说出了一串商店的名字。我猜，大概是这些地方某些不太合法的商品断货了吧。这个男人自顾自地说着补货清单，我都插不上话，直到后来我忍无可忍脱口而出：“不好意思，拉扎尔小姐这会儿不在。”一听我这么说，电话那头的人吃了一惊，赶紧挂断了电话。

然而，总体说来，我还是对奥黛丽所从事的生意知之甚少。但是我必须承认，我的这种无知是刻意的，是自我强加的。我不是傻子，所以我想，我本该预见得到，采取这样一种姿态最终会带来什么后果的。但我那时并不知道——或者说，我那时不想知道——终有一天，我会真心希望自己和奥黛丽的这些勾当离得再远一些的。

*　*　*

1925 年已经过半。湿热难耐的 9 月已经开始变得凉爽宜人。奥黛丽和吉布的争吵也隔三岔五、愈演愈烈。虽然我知道自己这么说不太合适，但对这种变化，其实我是满心欢喜的。从一开始我就不明白，为什么吉布能攀上奥黛丽这么个高枝儿，而且毋庸置疑的是，奥黛丽一心想和他分道扬镳。只要我们有机会私下里聊聊这个话题，我总是不遗余力、添油加醋地把奥黛丽往这个方向引。虽然我从没跟别人说过，但是我甚至幻想着，他们这种三天一小吵五天一大闹的情况，和我在奥黛丽的生命里出现不无关系——也许正是我让吉布这么坐立难安。他们那个时候时常争论的一个话题就是："奥黛丽，你究竟去了哪里？"我刚搬进来的时候，奥黛丽总是实时跟吉布汇报自己的行踪。但是随着我们同住的时间越来越长，她也越来越懒得跟吉布说这些了。也许现在这么说显得很傻，但是我猜，我搬进公寓以后，奥黛丽的胆子壮了。她想挣脱吉布，获得自由，而我正好助了她一臂之力！当然，这句话最终确实得到了应验……虽然并非以我之前想象的那种方式。

他们两个争吵的结果就是，奥黛丽需要另找一个人，满足吉布不在时生意上的需要。这个重任就落在了我的头上。她会时不时叫我帮个小忙，通常都是给这里或是那里的药店送个信儿什么的。我告诉自己，反正我总是要去这些商店买东西的，就当作个顺手人情吧。但是，其实我自己也知道，事情远比这个严重。

奥黛丽在求人办事方面，向来有过人之处。她第一次开口求我的时候，我们正坐在阳台上，在秋老虎的热力下，慵懒地用冰块儿滑过彼此的后颈，替对方降降温。

“我说出来你可别生气啊。”在开口求我办事之前，奥黛丽说了这么一句。我迟疑了一下，她感觉到了。“哎呀，罗丝！”她叫了起来，“你脖子后面的曲线美极了！以前有人跟你说过吗？”这个，真没有。“你真应该去剪一个像我这样的齐耳短发！那该多漂亮呀！”我的脸一下子红到了头发根儿。

一个不留神，我已经替她跑了四次腿了。不过，我这时并没有准备好面对她得寸进尺的更多要求，而不仅仅是顺道经过某个药店，递个信封给店员。一开始，奥黛丽自然还是小心翼翼地打好铺垫。有一天晚上，在奥黛丽和吉布大吵一架之后，我们一起躺在她卧室的床上。我向来都是一个对她满怀同情的倾听者，今天也不例外，同样扮演着好听众的角色。我们始终手拉着手，就像平时一样。就在奥黛丽睡过去之前，她拉起我的手，放在唇边，轻轻拂过一个吻。“你真是我的好姐妹。”她喃喃着，沉入了梦乡。

就在第二天，她就给我安排了一个新差事——而我竟然无力拒绝。那天本来就是个寻常的礼拜二，但是她逼着我提早一个小时下班：“生意上的事儿，替我跑个腿儿。”

“我本来是很想自己去的，但是我手头的活儿还没干完。看见没？我还有这么多报告要打呢。都是警司的审讯报告。这几天他已经对我有些不满意了。但是你……你的活儿总是干得又快又好，罗丝！你完全可以提早一个小时下班。这也不是什么大事儿，对吧？只要悄悄地溜出门去，我保证没人会发现的。”她说。

“哦，我不知道——”

“很简单的，”她向我保证，“虽然这次和以前有些不一样，但也只需要你去拿个东西而已。”

就在我不情不愿的时候，她突然把脸一板，瞪了我一眼。

“哎，罗丝，那我就不难为你了。算了，你就别管了。我还是给吉布打个电话吧……”

那我自然不乐意。就在我提笔记下她说出的地址时，心里像是打翻了五味瓶，既急不可耐，又不情不愿。就在我出门的时候，她疾步追了出来，抓住我的手腕：“哦！差点儿忘了——出租车费。”接着，她冲我咧嘴一笑。我叫了一辆出租车，钻了进去，瞥了一眼她塞进我手心里的票子——好家伙，足够我叫车去圣保罗市兜一圈儿再兜回来的。

那天一整天都阴沉闷热。虽然只是九月，但到了五点，天色已经开始转暗，泛着阴惨惨的暗绿色。出租车司机可能是想凉快点儿，于是摇下了车窗玻璃，但也无济于事。我把写着地址的纸条递给司机，他点了点头，像是清楚我们的目的地何在。于是路上绝大部分时间里，我都缩在后座里，脑袋向后仰着，靠着皮坐垫，身上渗出细密的汗珠。最后，我们停在东河岸边一栋砖房前。司机等着我下车，但是我却磨磨蹭蹭不想动——这栋高大的建筑看起来根本没人居住，而且怎么看都不像是一栋住宅，反而像是废弃的厂房。我看到二楼有几扇大大的玻璃窗洞开着，让整栋建筑看起来像是个龇牙咧嘴的万圣节南瓜灯。

“怎么说？”司机终于开了口，从前座往后看了一眼，把头上戴的报童帽檐一抬，像是要把我看得更加清楚。我从之前奥黛丽给我的一叠票子里抽出几张递给他，付了车钱。

“剩下几个大子儿您就留着吧。”这句黑话我最少已经听奥黛丽说过十几遍了。看来我不仅穿惯了她的衣服，就连遣词造句、仪容风度，也都越来越像她了。

“谢了您呐。”司机粗声粗气地应承了一句。听起来不那么真诚，但我想他实际上是很开心的，因为这笔小费价值不菲。那个时候我还没想到，他之所以听起来阴阳怪气，很有可能是因为，我虽然是从警局门口上车的，但居然来了东河岸边这么一个不三不四的地方。

下了车以后，我向目力所及之处这栋建筑正面唯一的大门走去。我听见出租车在我身后绝尘而去。河面上不知什么地方，一艘垃圾船发出震耳欲聋的汽笛声。远处传来海鸥争斗的尖叫，在水面上来回鼓荡。我面前这扇木门是如此厚重，而且有铁将军把门。我几乎可以认定，我把地址给记错了。但是出租车早就跑了个无影无踪，周围也没什么地方可以给奥黛丽打电话，我想我只有硬着头皮敲敲门试试看了。我小心翼翼地举起了一只手，怯生生地在门上拍了几下。这一拍不要紧，门剧烈地摇晃起来，铁锁也咚咚作响。我不好意思地四下环顾了一番，觉得自己像个白痴。我根本就没指望有人会来开门。就在这一阵响动安静下来的时候，我之前没留意到的门上的一个方形的窥视孔盖却被人猛地拉开了。

“想要啥？”门后传来了低沉的声音。我眯起眼睛向黑黝黝的窥视孔里看去，发现一个圆溜溜的眼珠正定定地看着我，吓得倒抽了一口冷气，呆呆地站着，傻瓜一样眨巴着眼睛。“我问你，要啥？”低沉的声音又响了起来。

“是……是奥黛丽·拉扎尔小姐让我来的。”我回答道。窥视孔盖又猛地合上了。紧接着，沉重的门闩一阵响动，钥匙叮叮当当响了好一阵子，像是打开了一个又一个锁。门终于打开了，面前站着一个满脸胡子、一头红发的男人，穿着渔夫毛衣，戴着一顶针织帽子。他的身形十分魁梧，我的眉毛只及他的胸口。

“快进来！”他吼了一嗓子，我还没反应过来，就一脚跨过了门槛，踏进了黑黢黢的室内。这儿看起来像是前厅。门立刻又被关上了，门闩插得严严实实。门外的挂锁很显然只是个摆设——我越看越觉得，这门其实是从里面锁上的。这就意味着，这栋建筑物里面其实总是有人的——这真叫我大跌眼镜。

“奥黛丽让你来的？”红发男问我。我点了点头。他仔仔细细上下打量了我一番，像是在掂量我的话究竟是不是真的。最后，他吐了口气，像是默认了。“这边走。”他招呼了一声，像是已经对我这个人失去了兴趣，快步迈向走廊深处。跟在他的身后我才发现，他手里的油灯居然是这里唯一的光源。

“慢点儿！”我都快跟不上他了。但是他对我的抱怨充耳不闻。我踉踉跄跄地跟着他，好不容易追上了。我们穿过了迷宫一样的走廊，到了最里面，他在一扇门前停下了脚步。

“斯皮策博士就在里面。你要找的人是他。”

说完这句话，红发男转身就走，唯一的小灯也随他远去，周围陷入一片黑暗。我简直一头雾水。为了不被孤身一人扔在鸟不拉屎、伸手不见五指的地方，我摸到了门把手——门轻轻一推就开了，屋里灯火通明，几乎亮瞎了我的双眼。我努力眨巴着眼睛，适应着新情况，意识到此事绝非寻常，但又着实摸不到头脑。

“这到底是——”

“我能为你效劳吗？”一个男人向我走了过来，身着崭新的白大褂。

“哦！嗯……不用。不——我的意思是，是的！我想我该解释一下，我是……”自己的名字到了嘴边，我却犹豫了一下，没有说出来。“是奥黛丽让我来的。”我最后说道。四下环顾，就像我之前说过的一样，我发现整个房间灯火通明。屋子中间摆着两张长长的、高高的桌子，上面都是滴滴答答、咕嘟作响的烧杯和烧瓶。空气里弥漫着浓烈的酒味儿，还掺杂着些别的味道……我也说不清是什么，但闻起来有些像福尔马林。“这是什么地方？”

穿着白大褂的男人皱了皱眉头。“真的是奥黛丽派你来的吗？”他又问了一遍，跟刚才那个红发男一模一样。“嗯……”他也上下打量了我一番。他的发色非常深，几乎是黑色的，整齐地梳成中分。胡须的颜色也很深，修剪得体。就跟刚才给我开门的人一样，这个男人好像也不太相信我和奥黛丽有什么关系。最后，他耸了耸肩：“嗯，是的，好吧。那就这样吧。我想你也没说谎。否则你来这儿干什么？我们的确在等另外一位化学家，但是很显然你不是‘他’。哈！除非……我想你的名字也不叫居里夫人吧？”他对我翻了翻眼睛，从头到脚地打量着，还没等我开口答话，他就急不可耐地替我回答了：“不……我想你不是。”

我没说话，眼睛瞪得大大的，端详着他身后那些吐着蒸汽、咕嘟冒泡的装置。他顺着我的目光往身后看去，随后又把脑袋转了回来，哼了一声。

“你也许根本都不知道居里夫人是谁吧。”他冷笑了一声。我一下子怒从心头起，脸上涌起一阵红潮，平常就会不时袭来的奇怪的感觉又出现了。

“居里夫人是两届诺贝尔奖得主。”我傲然答道。不要以为我从来不读报纸！“她鲜活地证明了男人喜欢匆忙得出错误的结论——而且不仅仅是在一个方面。”我又补充了一句。穿白大褂的男人对我挑起了眉毛，脑袋一歪，以近乎难以察觉的动作挺直了身子。“听着，”我要把握这个好不容易赢得的绝好时机，完成我的使命，“我相信你在这儿做的实验也都是诺贝尔奖得主级别的。但是我只不过来拿个东西就走。”他盯着我，一言不发，又过了几秒钟。“奥黛丽跟我说你会给她带个信儿？”我又催了一句。

听我又提了一遍奥黛丽的名字，白大褂男如梦初醒：“啊，对。嗯，但是恐怕不是什么好消息。”他转身走开，到了桌子旁边，娴熟地侍弄着烧杯，做了些小调整。“政府最近抓得很严。尤其是针对掺甲醇的做法。我不知道这一批产品中究竟有没有能喝的。除非我们不在乎再弄出一件喝死人的事情来，就像上次似的。”

“哦！那个……不会是……你不会是说有人真的……”我简直惊呆了。

我刚才好不容易取得的优势地位，就因为这句搞不清状况的傻话，转眼间荡然无存。白大褂男白了我一眼，叹了口气，清了清喉咙：“那什么，某某小姐……不管你名字叫什么，你就跟拉扎尔小姐这么说：这批货算是毁了，但是我还会再试一次。我有个化学家朋友，在一家生发水厂工作，我可以拿他们的原材料再试试。”他猛地塞过来一个瓶子，吼道：“拿着！把这个给她。”

我慢慢地伸手去接瓶子，他来回摇晃着酒瓶，像是对我很不满。“这是什么？”我看着这个绿色的玻璃瓶问道。它看起来很粗糙，没贴标签。

“样品，”斯皮策博士答道，“跟她说这样的货我不能卖。”

我迟疑地接过瓶子，用手指握住瓶颈。我往瓶子里面看了一眼，眯眼瞧着里面的溶液。以我的眼光来看，这瓶东西似乎清澈见底。我举起瓶子打了打转，斯皮策博士对我皱起了眉头。

“千万别喝啊！”他警告我，“有点儿常识的人都不会这么做，对吧？”

“嗯……是啊。”

“不过嘛，你看起来就像那种娇生惯养的大小姐，估计平时只喝高级进口货吧！”

我没有说话，对他眨了眨眼睛。这辈子第一次有人说我像“娇生惯养的大小姐”。斯皮策“博士”的态度也瞬间发生了微妙的变化。他大喇喇地上下打量着我，拉下了来自某个想象中大学的“博士”嘴脸，取而代之的是狼一样狡猾、残忍的神情。

“是啊，我可太知道你们这种人了：让那些蓝领小崽子们喝这些蹩脚货吧！你们可不管他们的死活！”他愤愤不平地叹了一口气，轻蔑地耸了耸肩，“好吧，不管怎样，你把我的话带给她就是了。”

我站着没动，还在回味他刚才的话。可斯皮策博士这会儿已经显得有些烦躁了。我觉得我把事情弄砸了——既惹恼了他，又让自己显得像个白痴。他按了一个按钮，不知什么地方传来了电铃声，几秒钟之后，红发男出现在门口。

“斯坦会带你出去的。”斯皮策博士居高临下地吩咐了一句，转身又开始工作了，当我是空气。我跟着斯坦沿原路走出了这栋建筑，还没有反应过来，已经身在室外了，身后沉重的木门轰然关闭。河边的风有些湿冷，远处隐约可见皇后区大桥尖尖的栈桥。我不自觉地把瓶子藏在了怀里。大摇大摆地拿着这么一个没贴标签的酒瓶子在街上走，这可不是什么好事儿。

但是我四下一望，突然意识到，周围并没有人，也没有车可搭，更没有侍者或是门卫替我打电话叫出租车——我现在已经非常习惯有人这么伺候着了。我只能一步步沿着河边的沙石小道往热闹的地方走去。虽然来去匆匆，可是这次跑腿用掉的时间还是比我预期得要长。我沿着沙石铺就的小路走出工业区、回到主干道上之后，看了一眼手表，发现如果现在赶回警局，刚好是下班回家的时间。快走到第一大道的时候，我想了一想，索性拦了一部出租车，给了司机我们公寓的地址。至少有一点我可以确定：奥黛丽肯定会替我的消失打掩护的。

那天晚些时候，我把斯皮策博士让我带的口信告诉了奥黛丽，并且把酒瓶交给了她。她看起来还挺淡定。

“哎呀，就是呀，他看起来就像个三脚猫，那个斯皮策博士，”她看也没看，随手把酒瓶搁在了旁边的桌上，摇了摇头，“好吧，也许是我多嘴，但是天知道为什么吉布要雇用这么一个人！到底是不是搞化学的？！”我突然想到斯皮策博士说的上一批货喝死人的事儿……奥黛丽似乎能读懂我的心思，把瓶子扔在桌上不管了，转而翻看起杂志来，脸上带着恍惚的神情：“这个斯皮策博士，也是个有故事的人……相信我。”

她不用大费唇舌说服我，我相信她。但问题是，虽然我历尽千辛万苦，终于变成了她最可信赖的“闺蜜”，但是她身上还是有那么多故事是我无从知晓的。

奥黛丽时不时给我点儿小恩小惠，让我渐渐突破了自己的底线，隔三岔五帮她做点私事。至少我很开心，长久以来自己一直渴望的地位终于稳固了——我终于变成了奥黛丽生命里最重要的人，就像她也是我生命中最可宝贵的人一样。

如果你跟奥黛丽不熟，那我根本没办法让你明白这是多么光荣的一件事情。说她是一个“人精”也不为过。如果你有心事，奥黛丽总能耍些小花招让你放松，甚至觉得轻飘飘的。如果你在工作的时候受了委屈，她又能让给你委屈受的家伙显得像个笑话。只要和奥黛丽在一起，你就永远不会受到冷落。对我而言，这简直就像一个奇迹。因为在认识她之前，我总是时时处处受到冷落。

正是因为如此，所以尽管奥黛丽给我派的这些差事日益增多，让我越来越不安，现在回想起来，我仍然觉得那段时光是我这一生中最快乐、美好的日子——我已经达到了幸福的顶点。然而，我那个时候并不知道这一点。另外，顶点只是和低谷相比较的结果。也正是因为到了顶点，我此后的命运便开始急转直下，坠入一个极低的低谷。

但是我自己是看不见这一切的。也不知道，自此，我将会面临人生的又一转折点。

* * *

就在我发现，有张似曾相识的男人的脸出现在看守室的时候，我人生的又一个转折点悄然到来了。我不是非常确定他是谁，但是仿佛曾经在地下酒吧见过一两次。我通知了奥黛丽，她似乎立刻认出了这个男人，而且我可以看出，她准备开始行动了。就跟前几次一样，她自告奋勇接手了这个案子，跟着警司进了审讯室。几分钟之后，这个男人就被放出来了，我看着他慢慢地走出了警局大门，仿佛看到昨日重现——突击检查之后的第二天，吉布也是这样轻松愉快地走出了这扇大门。我从办公桌前站起身来，往审讯室走去。那个时候，我觉得自己只不过是对奥黛丽究竟用了什么法术有些好奇。但是这并不是实话。我现在才明白，一直以来，我都知道奥黛丽到底用了什么法子，只不过坚持让自己视而不见罢了。

警局一边有一条长长的走廊，通往审讯室——或者你可以称之为“访谈室”，就像门外那块牌子上面刷的金字一样。我一进走廊，立即发现，奥黛丽和警司就站在远处走廊的尽头。从我站的地方，可以把他们俩看得一清二楚。但是很显然，他们并没有发现我的存在。我本来打算径直走过去，但是直觉让我停下了脚步。如果你无意中撞见了正在共享私密时光的两个人，你是能够凭着某种直觉感知到的。这一次，我刚走到走廊转角处，这种直觉就突然浮上了心头，让我一动也不能动，死死地站在原地。他们两人似乎谈得正欢，但是声音太小了，我实在听不见他们究竟说了什么。突然，两人之间的一个小动作让我的心脏几乎骤然停止了跳动。

他们说着说着，奥黛丽突然伸出一只手，搭上警司的胸口，有意无意地拨弄着他制服的翻领，还把身子凑了过去，风情万种地笑了起来。我简直吓坏了。警司是那么正派的一个人，他一定会立刻阻止这种不正当的行为！但是我等啊等啊，警司始终没有喝止奥黛丽。相反，两个人继续说着话，像是对这种亲密行为已经习以为常了。有那么一瞬间，我觉得警司可能只是不好意思阻止她。也许他只是故意对这种愚蠢的行为置之不理，怕说出来会让奥黛丽下不了台。一定是这样的。但是奥黛丽的手竟然一路从衣领摸到了他的胳膊上——我只能推翻了这个结论。警司终于有所行动了——我感到一股血流直冲上了脸颊——却只见他伸出手来，盖住了奥黛丽的手，又沿着她穿着短袖衣服的光洁的手臂，一直摸了上去……

够了。我气得全身发抖。眼前的一幕让我的胃里翻江倒海。我拔腿就往女盥洗室跑去，对着水槽就干呕起来，但是却又怎么都吐不出来。我直起身来，看着镜子里的自己，过了很久很久，才回过神来。

有人说，镜子上那块长长的、蜘蛛腿般的裂痕是我一手造成的。但是我却一点儿都想不起来。如果镜子是我打破的，那我的身上势必也会留下伤痕。但是我却丝毫回忆不起自己曾经受过伤。无论如何，我从盥洗室里出来的时候，情绪还是十分激动。背叛带来的愤怒让我全身发抖，满脑子想的都是要怎样做才能让自己心理平衡一些。

出于职业道德，我照常干着活儿。但是刚才目睹的一切在那天剩下的时间里，一直在我眼前挥之不去，无数次出现，每出现一次，都似乎比上一次更活灵活现。本森医生认为我这是过度想象。他说我总是想当然，过早下结论。在治疗期间，他的眼镜总是挂在鼻尖上，像是随时都要滑下来。他从眼镜上方打量着我："告诉我，罗丝，你怎么能够确定奥黛丽和警司之间真的有一腿呢？"或者他会这么说："你怎么能确认，不是你自己的想象力骗了你？"而他的后面一种说法总是让我很生气。从来都没有人说过我的想象力太丰富，而且就算我的确有那么一点儿想象力，也绝对到不了能骗过我自己的地步。有一次，奥黛丽在派对上公开说我简直就是一个"蓝鼻子[①]"，我却一点儿都不生气，因为我的确自诩思想纯净，从来不会因为这一点而感到害臊。

幸好那天剩下的时间里奥黛丽都很忙，来不及跟我说话，否则我也许真的会控制不住自己，当着众人的面，对她严加指责——不过如果我真的那样做了，终究也是丢我自己的脸。回想当时，我还是对于自己没有冲动行事而感到高兴，否则只会为我现在的"罪名"增添一条佐证罢了。奥黛丽走开的两小时时间里，我用眼角余光看着指针滴答，突然想出了另外一种惩罚她的办法……我要收回自己对她的友谊！是的！当天晚上我就可以收拾停当，提着箱子趁半夜没人注意的时候偷偷溜走。第二天早上，奥黛丽找不到我，自然会走进我的卧室，发现我的东西都不在了，那么就会明白发生了什么。在我打着厚厚一沓报告的时候，也已经在脑中把准备留在收拾干净的床铺上的那封信写了好几遍，连带着打错了好多字。到底哪种语气的信会让她更觉羞辱与伤心？是那种悲悲切切、心碎指责式的呢，还是冷言冷语、显示自我优越性，让她知道自己的所作所为粗鄙不堪、却又老掉牙的

① 俚语，指过度拘谨、鼓吹清规戒律的人。

那种？随后我又想，索性连个纸条都不要留下，也许这样，会让她伤得最深。

至于警司，我倒觉得没有必要对他进行惩罚。我也不知道为什么，具体原因我还没有想清楚。但是看见他们在走廊里的所作所为之后，我对两个人却产生了不同的看法。想到奥黛丽，我就火冒三丈，恨不得立刻对她有所惩罚，让她知道自己的行为是多么错误。但是对警司，我却只有冰冷的失落感。他在我的心里，已经走下了神坛，再也回不去了。想到他，我唯一能记起的，就是他在奥黛丽胳膊上游走的那只手。

时至今日，我终于明白，虽然警司在我心中失去了神性，但奥黛丽反倒获得了神性，因为她对他人的那种无穷无尽的操纵力从此更加令我为之着迷了。那个时候，我已经开始明白，这种力量是没有边界的。对我而言，她并不是警司那种清白、正直的偶像，而是完全不同的另外一种存在，一种我说不清道不明的存在。那时我对奥黛丽的理解还不够全面，也不知道她会对我产生什么样的影响。对于她所拥有的这种可怕的力量，我一无所知：这种力量可怕就可怕在，它并不会让奥黛丽的行为动作有所异样，但却能指使别人替她赴汤蹈火——让我为她赴汤蹈火。

时间很快就过去了。那天晚上，我还是老样子，跟奥黛丽一起下班回家。虽然我对她冷若冰霜，但是她压根儿没有留意。我决定等待时机悄悄溜走，用自己的消失对奥黛丽的劣迹进行抗议。吉布那天晚上在我们公寓留宿，而且比平时脾气更大。吃完晚饭，没过一会儿，他们就双双躲进了奥黛丽的房间。我照常在日记上记下了当天的日期和吉布的名字。我还写下了“欧文 · 博格斯警司”，可随后又狠狠地划去，但最后又重写了一遍，还在旁边画了一个问号。我又在床头柜上的留声机里摆上了一张唱片，刻意选了工致的巴赫协奏曲，像是要刻意营造一些文明的气息。然后，我开始收拾行李。隔着卧室的墙，我能听见奥黛丽和吉布正在吵架，还能听见他们……又不吵了。激情过后，他们开始交谈，声音时高时低，像潮水来去。夜深之后，他们双双陷入了沉寂。最后一首曲子也放完了，唱针跳了起来，落进中间最后一圈沟槽里，一圈圈空转着。我抬起留声机重重的黄铜拾音臂，关上了电源。

这会儿，我的行李已经收拾停当了——只有一个箱子。我来的时候也只带着一个箱子，走的时候，我也只带这么一个走。最难舍难分的，居然是衣服。我自己也感到很惊讶——居然已经和这些皮草、串珠裙子、绸缎礼服产生了这么深厚的感情。但是如果站在道德高地上，我完全不应该如此留恋，因为这些华美的服饰很有可能都来自她不正派的行为。我打开衣柜的抽屉，轻抚着一堆绣花丝质内衣，像是对深爱的宠物做最后的道别。我把钻石手镯从一堆毛茸茸的黑貂皮上拿了起来，合上衣柜抽屉时带着诀别的感觉。我解开手镯的搭扣，把它横放在我的枕头上——反正我也不会再睡了。我心中一痛，突然想到，那个胸针还在我的办公室抽屉深处——你知道，我做事向来很绝。但是这会儿我也拿它没有办法。我又望了一眼箱子——此刻它正静静待在东方屏风边一角的椅子上。我把整个房间打扫得一尘不染，就像没人住过。我希望自己的离去造成的影响越大越好。我带着满意的神情，打量着空空如也的房间，知道该走了。我站起身来，从椅子上拎起箱子。

就在此刻，一丝犹豫浮上了我的心头。我手提箱子，身穿简朴的白棉布衬衣和长裙，看着眼前的门，双脚不自觉地软了一下。一种说不清道不明的怀疑让我停下了离别的脚步。奥黛丽会不会过了好几天都没留意到我已经不在了？还有更糟的——她根本不在乎！我的脑中出现了这么一幅画面：她带着惯有的、满不在乎的神气，往我的卧室里看了一眼，耸了耸肩，该怎么过还怎么过。我又担心，假如她真的对我非常重要，而我对她却并不那么重要，又怎么办？我低头看了看手里的箱子——这会儿它已经显得非常沉重了。旅程还没有开始，我已经觉得累了，可我连门还没有出！我又想到，我只顾着盘算玩消失惩罚奥黛丽，可我连自己该去哪里都还没有想好——我压根儿就不想离开呀！

我放下了箱子，叹了口气，坐在床上。我错了。我本想给奥黛丽传达某种信息，但其实，我还想要些别的——我想听她跟我道歉。

我决定留下来。最起码暂时留下。我缓慢地、仔仔细细地把东西从手提箱里又拿了出来，重新放回屋里各个地方。最后，我换上睡衣，爬上了床。我决定，先睡上一觉，第二天开始，再展开我的新计划——我决定继续好好爱奥黛丽，逼着她明白，她辜负了自己最亲爱的闺蜜。她那些偷偷摸摸的危险行为必须停止。

第二十章

就在那周的礼拜五，警局来了一位不速之客，说是要找奥黛丽。奥黛丽刚好不在，趁着午餐时间出去忙自己的生意了。自从上次和斯皮策博士不期而遇之后，我真是筋疲力尽、心有余悸，于是这次压根儿没问奥黛丽去哪儿了。总之，那天这个人来找她的时候，她的确不在。我坐在自己的办公桌前，啃着三明治，喝着已经冷掉的咖啡，然后，居然看见泰迪走向了前台。我不由自主地叫了起来，这自然引起了他的注意。他年轻的脸庞瞬间像是被点亮了。

“你好呀！罗丝！”他从房间那头轻快地跟我打了个招呼，还冲我挥了挥手。我立刻站了起来，打翻了纸杯里的咖啡，都泼在了我的衬衣上。管不了那么多了。这件艳红色的软缎衬衣是我向奥黛丽借的，估计这下子已经毁了。但是那个时候我已经很了解奥黛丽对衣服的态度了，基本上就像别人用爽身粉或是厕纸一样随意。我飞快地跑到房间另一头的泰迪身边，周围的人都抬起头来，想看我如此匆忙为哪般。

“嘘！声音小点儿！”我跟泰迪说，“你来这儿干什么？”

“嗯，我……我想跟奥黛丽谈谈。”

我抓住泰迪的胳膊，把他拖到警局外面，走下门廊，好跟他在街上说话。“说真的，泰迪……”我抓着他细长的孩子般的胳膊，对他嘟囔着。作为奥黛丽既听话又忠诚的朋友，我知道最理想的做法就是现在就把泰迪打发了，最好甚至不要让奥黛丽知道他来找过她。有意思的是，我发誓我记得自己当时还未卜先知地想到：这样的话没人会受到伤害。到了街上，我摇了摇泰迪的胳膊，又重复了一遍自己的问题。

“你来这儿干什么？”我放开泰迪，等他回答。他并没有马上回答我的问题，而是眼睛瞪得大大的，低下了头，盯着自己的脚尖儿，两只脚怯怯地在地上动来动去。这一切我都看在眼里，不禁觉得心里一软。我发现，我已经开始有点儿喜欢这个年轻人了。他一心一意、心急火燎地追着奥黛丽，这一点倒和我自己有些相似。

总之，我和泰迪都想破解奥黛丽的密码。都想从她身上找出真相——关于她的一切真相！泰迪想要破解她的身世之谜，而我想洞察她的内心，不过我们其实都是一路人。我们都追随着、等待着奥黛丽，期待着她说出这一切背后的事实和结果。

就在他带着恳求的神色看着我的时候，我们虽然没有说话，却彼此交换了心意。我的指尖因为同情微微颤抖着。但是我转眼又恢复了理智。“泰迪，”我坚定地说道，“你不能待在这儿。”

他的眉头拧成了“川”字，像是无从抉择。“我知道她认得我，罗丝，”他说，“肯定就是她。她变了很多，但是，绝对是她。我打心眼儿里知道。我只需要问她一个问题……只占用她一分钟。”

我认真地注视着他，过了好一会儿，方才明白，这个男孩子是不撞南墙不回头了。泰迪觉得奥黛丽就是吉妮芙拉，一定要从她嘴里得到个满意的答案。我不知道他能不能达成自己的目的，真的。我在脑中回忆了一遍奥黛丽跟我说过的那些扯淡的故事，数着我被她故意误导过的次数。我也想到了奥黛丽和警司在警局走廊里的那一幕……我的胸中不知何处燃起了一股愤怒的小火苗。我看着面前的泰迪：他脸上还有桃子般细细的小绒毛，点缀着几个青春期孩子特有的痘痘。我突然意识到，自己又到了人生的三岔路口。

“要不这么着吧。”我打定了主意，从坤包里掏出一支铅笔和一个小本子。“我现在得回去上班了。”我飞快地写下了一个地址，还有一段简短的标注，字迹工工整整。“拿着这个。”我把纸条递给泰迪。

我转身匆匆跑上了楼，留下泰迪一个人站在原地，满脸疑惑地盯着纸条。“谢谢！”终于弄明白状况之后，他在我身后喊道，“谢谢你，罗丝。”我走到一半，停下了脚步。

“别跟别人说，”我回答道。

我可能挑起了某种可怕的事端。我本以为自己会觉得烦躁不安，但一点儿也没有。相反，我觉得出奇地放松和冷静。

登上最后几级台阶时，我突然发现玛丽的脸从窗口一闪而过。原来她一直在偷看我们。我知道，她一定会对我盘问不休：“那个小伙子是谁啊？”“当你男朋友也太嫩了点儿吧？”但是我还是毅然推开了警局的门，决定对这些盘问置之不理。不过那个时候我并不知道，她的这次偷看，竟然会对我的未来产生巨大的影响。

* * *

那天晚上，我们照例去了地下酒吧。那天晚上的月亮大大的，就像个气球，不等太阳落山就爬上了天空。我记得自己站在公寓的阳台上，看着月亮缓缓升起：一轮娥眉月，带着灰蒙蒙的粉红色，布满了陨石坑。

白天还是潮湿炎热的。但是此时此刻，凉风吹起，城市的雾霾被渐渐推向了海边。树叶很快就要开始变色了。我突然意识到，那就意味着再过几个月，我和奥黛丽相识就要满一整年了。我想着想着，便出了神，听见她喊我，吓了一跳。她招呼我赶紧换衣服准备出门。其实我并不常去阳台，但是每次站在阳台上，看着日月变换、暮色四合，总是会为绚烂霓虹笼罩下异常光亮的城市夜景着迷。

回到屋里，我看到奥黛丽已经为我们准备好了行头。时至今日，我仍然无从知晓，这两套看起来十分相似的服装，究竟是巧合之举，还是刻意所为？我实在无法想象，她怎么就会预见到这种相似即将为她所用呢？奥黛丽的确很有本事，而且善于洞察人心，但她也不是无所不能，未卜先知的。然而，虽然她也许并不知道这可能对她有所帮助，但她当天晚上的确为我们挑选了两套看起来很像的黑色晚礼服，都带着银色的珠饰。尽管我的那套是方领的，她的那套是露肩的，但两条都是及膝百褶裙，装饰着流泻的珠串，摇曳生姿，宛若人鱼。

她还给我棕耗子般的头发抹上了发乳，看起来颜色深了一些，闪闪发亮，还用发夹别了上去，长度刚好到我的腮边——跟她自己的发型很像。我还记得，出门之前，我瞥了一眼镜子，刚好看到我们肩并肩站着的样子。简直有些像双胞胎。一个美艳动人的女人，旁边站着略为逊色的姊妹。更有甚者，奥黛丽坚持让我跟她一起戴上那副钻石手镯——这真是诡异，因为我们以前从来没有戴着它们出过门。戴上手镯之后，我们算是打扮停当了。奥黛丽马上打电话下楼，让门卫叫了一辆出租车。我们的夜生活开始了。

在和奥黛丽朝夕与共的几个月里，我发现地下酒吧——她的地下酒吧——总是在换地方，在三四个地点之间倒腾。那天晚上（后来我才知道，那是我们俩在一起的最后一晚），带着些“诗意的轮回”，我们又回到了我第一次去地下酒吧的那个地点。那个时候，我已经像个老油条了，出租车载着我们停在了下东区一条空无一人，沿街店面一片漆黑的马路旁，我连眼皮都没抬一下。不出所料，有一家商店还亮着灯。进了这家假发店，还是一开始那个男的，仍然穿着那条颜色诡异的背带裤，坐在柜台旁边。就连他问的问题也还是老一套。也许是因为同样的问题问得太多，他的声音都有些疲沓了。

“要点儿什么吗，两位？”他说话像是背书，听起来一点儿也不真诚。说完，他抬手拨开垂在眼睛上的一缕油乎乎的头发，等着我们回答。奥黛丽像是没听见，掏出粉盒，往鼻子上补着妆。我意识到，这一次该我出马了。

“是的。”我环顾四周，找着那顶梳成维多利亚发髻的铁灰色假发。这顶假发经常被放在不同的架子上，从不会在同一个地方出现两次。也许这是辨别新老顾客的一个方法，又或者只是因为看店的男人闲得发慌。终于，我找到了那顶假发。这玩意儿看起来真的很丑。我从看起来一脸无辜的假人脑袋上拿起假发：“我听说栗色款的还不错，但桃花心木色的更是美翻了。”虽然这句话从我嘴里说出来比不上奥黛丽那么魅惑十足，但也挺管用。店员捅了一下收款机的钥匙，身后墙上的暗门轰然打开。

“进去吧，女士们。”

奥黛丽先走了进去，我紧跟其后。跟以前一样，身后的暗门关闭之后，我的双眼瞬间陷入了黑暗，只能勉力辨认走廊的轮廓和脚下的路。身边依然充斥着热闹非凡的派对声响。我感觉到奥黛丽就在前面，便摸黑紧跟着她，同她一起推开了天鹅绒门帘。刚进去半分钟，还没看清楚四周情况，一个女人就风一样冲了过来，在奥黛丽两颊上各留下一个吻。

“你来啦！”这个女人叫了起来。

“又见到你真高兴！”奥黛丽也显得一样激动。我认出这个女人了——很久以前参加波希米亚诗歌欣赏会的时候，她也在。但是我看得出来，其实奥黛丽并没有认出她来。

“我刚跟玛乔丽说呢——哦！看见没！玛乔丽就在那边！跟她挥挥手，亲爱的！——我刚跟玛乔丽说呢，‘不知道她什么时候才会来呀’，然后你突然就出现了！噗！就跟变魔术一样——你就出现了！”

“我就出现了！”奥黛丽附和了一句。人们总是这样，想过来跟奥黛丽聊上几句。久而久之，她对这些人的回应也变得既不失优雅又含混其词。

“你必须过来一趟跟大家打个招呼！”这个女人喷着热乎乎的威士忌酒气，对我们喊道，胳膊已经挽住了奥黛丽的手臂，像是不容她拒绝。她打了个酒嗝，顿了一顿，又不依不饶地说了下去：“今儿还来了个印象派画家，叫迪格比，可有意思了！不见见他可不行！还有个画家叫勒保德，跟你说，他能把人画成那种很新潮的样式，看起来跟你本人一点儿都不像！所有的东西都是错位的，特别好玩儿……”

这个喋喋不休的女人居然成功了。突然，只剩下我一个人站在原地了。我看见雷蒙德在房间另一边，对着我点了点头。我们并没有讨论过突击检查那夜造成的误解，但是随着时间的流逝，误解也逐渐消散，希望不久之后，就能彻底冰消雪融。我看着他一摇一摆地走了过来，为我点单。虽然我们之间没多说什么，但事态向着好的方面发展。

我一边等着雷蒙德给我端来香槟鸡尾酒，一边环顾四周。有个女人，耳边别着一朵栀子花，用调笑的腔调唱着歌儿，歌声显得很快活，但又透着些讥讽，边唱边轻摆着手。这首歌活泼轻快，仿佛很能迷惑人，但是仔细听来，其实歌词里充斥的都是对当下实事的讽刺。

房间中央翩翩起舞的一对对男女似乎对悲观情绪是免疫的，对这样的歌词置之不理，只顾随着欢乐的节奏跳得起劲儿。

有意思的是，那一晚，似乎身边的一切都变了味儿。也许这只是我现在的想象，都是事后聪明，但是我记得清清楚楚，印象里就是如此：有一部分魔法已经永远失去了效力。不过也许只是我对季节变换太敏感了。谁知道呢。毕竟，夏天结束了。它就这样离开了我们，留下的是无限怅惋。带走的却是所有那些尚未实现的海滩梦想：小麦色的皮肤和原始的自由。还没等我们反应过来，天儿就冷了，我们就只能再钻进狭窄、闷气的房间里——那个我们称之为“文明”的地方。

但是当我环顾四周的时候，我突然意识到，今晚的意义，并不仅限于夏之挽歌。电光火石般，我这个派对的旁观者突然对我们这一代有了更深的理解。舞池中间的这些男男女女已经经历了许多春夏秋冬。他们总是追随时代的脚步：狐步舞流行起来，就把华尔兹抛在脑后，而查尔斯顿舞大行其道的时候，又忘却了狐步舞。每跳一曲，他们都欢天喜地，像是第一次跳舞；而他们送出的每一个吻，也都装作是初吻的样子。简言之，他们看起来很年轻——这的确不假，但是他们的天真无邪却纯属表演。这种年轻的感觉让他们无法停下脚步；这是一种流淌在肌肉与骨骼中的野蛮的活力，却常常被误当作是矫健与风采。但他们的天真无邪却是一只不得不永远戴在脸上的假面，为的是让他们继续活在自己的幻想中，觉得新鲜、刺激总在不远处等着他们。今晚，我头一次隐隐约约地感觉到，弥散在周围的四射的热力，其实都只是某种幻象。这一代人经历了战争，多少有些厌世……但是我们竟然集体选择了假扮未经世事的少男少女。我们都是骗子。

我继续观察着周围，没有意识到，自己竟然在搜寻着吉布的身影。这周几乎每天他们俩都会吵架。虽然我现在还在生奥黛丽的气，但也希望她就此和吉布一刀两断。我在房间里走了一圈：吞云吐雾抽着雪茄的男人堆里面没有他，他也并没有在赌桌旁边提防那些故意俯下身子刮擦轮盘边，好让轮盘转得慢一点的人，更没有跟那些颤抖着身子跳查尔斯顿舞的男男女女一起厮混在舞池里(事实上他很少跳舞)。好不容易发现了他的踪影之后，我看见奥黛丽跟他在一块儿，两人坐在吧台远处的红色天鹅绒沙发上，投入地讨论着什么。两个人脸上一丝笑容都没有，过了一会儿，讨论又渐渐演变成了争论。我不禁好奇起来，随手把酒杯放在身边的桌上，往吧台走去，假说口渴，要了一杯饮料。那个时候，整间酒吧气氛欢腾到了极点，但是我还是希望能听见奥黛丽和吉布之间的只言片语。

但是还没等我移动到可以听见他们说话的位置，突然横空杀出一个喝醉的女孩子，想坐在他们沙发的扶手上。但一不留神，却坐在了吉布的手上，惊得叫了一声，跳了起来。说时迟那时快，这姑娘一杯马提尼酒泼在吉布头上，顿时慌了手脚，连声道歉。吉布头上又是私酿金酒，又是发油，滴滴答答流进了眼里，看起来可一点儿也不高兴。奥黛丽眼疾手快地从吉布胸前的口袋里掏出一方手帕，吸干了他脸上的酒，随手把姑娘打发了，边安慰着吉布，边带他进了后面的房间。看样子，他们准备无限期休庭了。

我的侦察任务失败，好奇心也落了空，只能叹了口气，转身看着房间中央狂欢的人群。有人把一个小推车弄到了舞池中间，堆起了香槟塔。与此同时，一个身着艳黄色裙子的小姑娘爬上高脚凳，举起重重的酒瓶，往香槟塔里倾注着香槟。香槟带着雪白的泡沫，欢腾地从最高的一个杯子倾泻而下，直到注满每一个酒杯。人们都站在我的周围，有的已经醉意朦胧，有的看起来还很清醒，都为这个女孩鼓掌喝彩。

有那么一瞬间，我仿佛瞥见了背带裤和鞋套，还以为自己看见了警督，就站在这个香槟喷泉后面。这个人不是他，但还是让我全身一震，不安起来。让我更为震惊的是，我突然意识到，自己也许此时此刻非常期待他的陪伴。我浑身不自在，再也不能在吧台旁边待下去了。不知不觉间，我灌下了一杯金酒，又灌下一杯苦艾酒，然后，做出了一件异乎寻常的事情——我冲进了舞池，和那帮神经质的查尔斯顿舞者一起跳了起来。我也不知道自己跳了多久。大概半个小时之后，我走到一边，喘了口气，浑身大汗淋漓，夹起来的短发贴在了脸颊上，上嘴唇咸咸的。我满脸通红地站在边上休息，看着其他人继续跳舞。

我本以为自己找不着奥黛丽了，没想到突然之间，借着黑暗中蜡烛的微光，她光彩照人的鹅蛋脸浮现在我面前。我吓了一跳，往后退了一步。

"哦！"

"罗丝，亲爱的，原来你在这儿啊！"她的声音听起来很奇怪，带着恼怒和指责。有什么问题吗？也许是烛光摇曳看不真切，但是我觉得奥黛丽的嘴角在微微抽搐。我渐渐认出，她身后还站着一个人。看样子是一个男人。这个男人的肩膀很宽，但是嘴唇薄薄的，头看起来特别小，有些不成比例。我眨了眨眼睛，想认出这人是谁。

"哦！"我惊呆了。虽然其实我并不应该这么吃惊。是我亲手给了他这个地址，而且还写上了该怎么进假发店的暗门。

"还记得泰迪吧，罗丝？我们在布林克利家认识的。"这是废话。我当然记得。奥黛丽语气虽客气，但听起来很生气。我本打算告诉她我邀请了泰迪，但当这个重要的时刻到来的时候，我发现自己艰难地吞咽着口水，只能勉强朝泰迪伸出一只手去。

“当然，”我说。“泰迪，又见面了。”他微笑了一下，握住我伸出去的手，仿佛几个小时前我们在警局的会面并不存在。我们握完手之后，三个人站在一起，显得十分尴尬，久久没有说话，听凭身边的派对锣鼓喧天，就像悸动海边的一个静止点。终于，奥黛丽打破了沉默。

“罗丝，你肯定知道，泰迪和我需要谈谈，”她说。我尴尬地点了点头，浑身不自在。不自在，是因为我心里的罪恶感。我从奥黛丽的眼中看出，她已经知道是我给了泰迪地址，让他们走到最后对峙的这一天。

“在这儿我们没法儿说话，”奥黛丽又补了一句。“罗丝，你能不能先带泰迪回我们的公寓？我手头还有点事儿，办完了就回去，咱们再坐下来好好谈。”

我答应了奥黛丽，先代她招待一会儿泰迪。但是我心里并不踏实。我的“背叛”泄露之后，我立刻就后悔了。我也不知道我当初在给了泰迪这个地址之后，有没有想过会发生什么。但是不管会发生什么，其实我都还没有准备好。

奥黛丽掏出一个银色的小匣子，抽出一根香烟。泰迪在外套口袋的深处掏了半天，找出一个打火机。

“所以，罗丝会带我先回你们公寓。然后，我们可以好好谈谈……纽波特的那些事儿，”泰迪打着了火。他这句话听来，半是询问，半是命令。

“哦，我们有好多事儿可以谈呢，”奥黛丽说。“去吧。我随后就来。”她拍了拍泰迪的手，挤了挤眼睛，转身消失在人群里，像是一口就被吞噬了。

泰迪似乎很乐意先回公寓等着奥黛丽。他绅士地示意我挽住他的胳膊。我们一同向后门走去。

回去的路上十分顺利，但是气氛并不轻松，我们两个人基本上一路无话。有两次——一次是在出租车上，还有一次是乘电梯上楼的时候——泰迪做了个深呼吸，像是要开口打破沉默，但又放弃了。进了公寓，我们坐了好一会儿，我才率先开口说话，问他想喝点儿什么。我以前可没有这个习惯——问人们想喝点儿什么——但是奥黛丽总是这么做，我跟她在一起久了，也学到了这个习惯。我没想到，像泰迪这样很显然打小儿就是个优秀童子军代表的好孩子会想喝什么酒精饮料。但是他居然接受了。如果只是一般情况下，我想他也许是会拒绝的；喝点儿“保持头脑清醒”的东西。但是这晚的情况并不一般；显然，奥黛丽让他十分紧张。我翻着一本奥黛丽放在吧台旁边的小册子，叫做“哈里教你做鸡尾酒”，尝试着做出一款叫做“边车”的君度鸡尾酒。

我能感觉到泰迪落在我身上的眼光，兴味盎然地看着我从架子上拿下来一瓶君度甜酒，笨手笨脚地倒进小量杯。我做的究竟是不是真正的“边车”，我也不知道，但是我还是把混合物倒进了两个装着冰块的马提尼酒杯里。不到二十分钟之后，我又做了两杯。真累啊。我的前额渗出了汗水，一缕乱发贴在汗津津的皮肤上，痒痒的。

“真是个美好的夜晚。她可能还要再过一会儿才会回来。我们何不到阳台上，边透透气、吹吹风，边等她呢？”我建议。泰迪的眼睛瞪得滚圆，带着些害怕的神色看着我。我突然意识到这个请求有些特别，倒像是在向意中人抛绣球。我的脸一下子红了。泰迪咳嗽了两声，耸了耸肩。喝到第三杯的时候，我们终于来到了阳台上。几个小时前，我站在这里看到的月亮已经升上了天空，隐约透出些血色，像是警告。

夜风四起。早秋的暑气被吹得无影无踪。这样的夜，简直可以用“绝妙”来形容。天气不冷不热，风吹来的时候，带着一丝丝凉意。随风飘来的是公园里湿漉漉的树叶的香气。银色的月光如此明亮，照得我们身后的影子清清楚楚，简直像是对影成四人。我们站着，谁也没有说话，过了好久，手肘搁在阳台边上，俯视着下面的城市夜景。楼下远处，像是隔着一个宇宙的地方，恍惚可以看见车水马龙的繁忙景象，听见汽笛大作的喧嚣。泰迪端起酒杯深吸了一口，我看着他。

“她简直就像斯芬克司，对吧？”终于，他从杯子上抬起头来，说了这么一句。

“你到底想从她嘴里套出点儿什么，泰迪？”

他不自在地看了看周围，耸了耸肩：“真相吧，我想。”

“要是真相是坏事儿，怎么办？”

他盯着我看了好一会儿：“能有多坏？”

我也耸了耸肩膀：“要多坏有多坏。”

他眼睛一瞪：“你莫非知道什么？”语气里透着急切，但又带着些惊恐。我赶忙摇了摇头。

“不不不，我什么也不知道，”我说。“但是有时候你会不会觉得……有些事还是不知道比较好？”

“不，”他答道，“我不这么觉得。”我注视着月光下他白净无瑕的脸，突然意识到，他不把事情查个水落石出是决不会罢手的。他一定要搞清楚，到底现在的奥黛丽，是不是当年的吉妮芙拉。他还想知道，那时的她究竟是否能够如此冷血地以某种悲剧性的、不可逆转的方式实施报复。他蓝色的双眼中流露出钢铁般的意志，一副志在必得的样子。

“你要怎么做呢？”我想到他可能会怎么做，心跳加快了。“如果奥黛丽承认了自己……的确做过这些可怕的事情……虽然也许只是一时冲动……但的确是坏事，也是事实……不过如果她并不是故意的呢？”

“我想你知道我会怎么做，罗丝。”

的确。他会把她带上正义的审判台。但和我对付埃德加·维塔利的方法不同。泰迪的道行还没这么深。他就像以前的我：期待看到正义和公平(的确很天真)，但是仍然觉得一定可以根据严格的规章制度达到这个目的。他一定会报警的。如果这个警区不接手这个案子，他会去下一个、再下一个，直到正义的手铐铐上奥黛丽的手腕。这样是对的。真正的正义就该是这样。但是，想到自己可能因此痛苦地生活在悔恨之中，我的双手冒出了冷汗。因为我背叛了自己的闺蜜。

就在此刻，一个美丽的身影带着猫科动物的优雅走上了阳台。不知道奥黛丽已经在我们身后的阳台门边站了多久了。也不知道我们的对话她听见了多少。

“今晚的月光真亮。”她说，嗓音略微有些嘶哑。她的手里托着一个光可鉴人的小托盘，上面放着三个马提尼酒杯。她把几杯酒分给我们三个。我在想，她怎么知道我们在喝“边车”鸡尾酒？然而我又意识到，我把打开的调制指南留在吧台上了。突然，泰迪的双手一阵抽搐，指了指什么地方。我顺着他的手势看去，发现他指的正是我和奥黛丽的手腕——先是奥黛丽，后是我。我一惊，意识到自己把手镯给忘了。月色下，这对手镯闪闪发亮。

“哦！”别的话他仿佛已经说不出来了，“哦……哦！”

我一阵紧张，怕得要死。我知道这意味着什么。我明白自己之所以这么害怕，是因为我觉得马上就要失去奥黛丽了。但是奥黛丽自己却显得十分淡定，对泰迪的悲愤视若无睹，在宜人的夜风中伸了一个懒腰，打了个娇小姐似的呵欠。

“这会儿站在阳台上抽支烟，可美了。”她冷冷地对我们笑了一下，雪白的牙齿在银色月光的映衬下，泛着诡异的磷光。她打开坤包，装模作样地往里面一看：“哦！我的烟抽完了。罗丝，亲爱的，能不能帮我跑个腿，去报亭买包烟？”

我点了点头，但是磨磨蹭蹭不想走，担心把她一个人留在这里会不安全。我现在迫切地想要保护她。虽然之前我期盼看见泰迪质问奥黛丽的情景，但是此时此刻，我只想泰迪赶紧离开，越快越好。我想，奥黛丽是不是想趁我出去买烟的时候，赶紧把他打发了？而且转念一想，我又觉得出去走走也好。几杯酒下肚，我浑身发烫，两颊底下像是藏着滚热的余烬，幽幽地烧个不停。奥黛丽往我手里塞了些零钱，我连自己是不是坐电梯下楼的都不记得了——虽然我肯定坐了——接下来我能记得的，就是自己腿脚不太听使唤地大步走在人行道上。

我去的头两家报亭都关门了。于是我只得去列克星敦酒店旁边的一处街角小店碰碰运气。我已经记不清店员长什么模样了，但是我还记得跟他聊了聊天气(我们都觉得漫长的夏天总算过去了，现在终于凉快下来了，真不错)。就像现在随处可见的醉酒的人一样，我在数钱的时候，也尽可能地装出不太费劲的模样。发烫的脸颊似乎影响了我的视力，我觉得自己好像眯着眼睛仔细端详着这些硬币，辨认哪个是哪个。但是店员并没有注意到这些。也有可能他已经对这些深夜来客的怪异举止熟视无睹了。在回酒店的路上，我看见一个男人在遛着一条毛色油光水滑的灰色猎狗。我夸这狗“真有冠军相”，还停下来摸了摸，接着往回走。在和奥黛丽在一起之前，面对陌生人，我是绝对不可能这么轻松自如的。人们都说，我越来越开朗了。奥黛丽改变了我，我回想着，把我变得更好了。我一定要跟她道歉，我不该把地址告诉泰迪，我们是好姐妹……让这些愚蠢的、令人讨厌的背叛去死吧。哎……现在回想起来，在这么关键的时刻，我的想法简直就是一种讽刺。

在距离酒店还有半个街区的时候，我听见了警笛声。那个时候，路边已经聚起了一干看客，警察正忙着让他们退后。人们对着人群中间、他们脚下的一个什么东西指指戳戳。那个东西躺在地上。我靠近了一些，胃像是缩成了一个小拳头。脸上的热潮已经退去，我像是突然清醒了，双目圆睁，强打精神，准备迎接即将映入眼帘的不可避免的惨象——躺在人行道冰冷的灰色水泥地面上的，正是泰迪支离破碎的尸体。而这一幕，竟然给我一种似曾相识的感觉。

第二十一章

我有时候会想，奥黛丽究竟有没有买通那个开电梯的小伙子。又或者，这的确是个诚实的错误——他只是太想当一个好人，做他自以为正确的事情。事已至此，其实已经无所谓了，但是如果能知道实情总是好事。我现在对奥黛丽是什么人已经心知肚明了；不知怎的当我想象着奥黛丽为了谋划这件事尽其所能机关算尽时，心中不由得滑过一丝慰藉。但是我想，一定有什么事情是我永远不能理解的，而我也必须面对这个现实。无论如何，不管是什么赐予了这个电梯小伙儿以力量，他的确面不改色心不跳地从围观人群里抬起一只手，对着我的方向一指：

“她来了！就是这个小姐，和他一起坐电梯上楼的！”他叫了起来。就这么简简单单一句话——也的确是实情——但在我听来，不啻一纸控诉。我不禁腿一软，往后退了半步。

“什么？你说什么，克莱德——”

“我不叫克莱德！我叫克莱夫。”

“哦。”

“你们问她呀——问她是不是跟这个男的一起坐电梯上楼的！”突然，一个警员出现在我的身边。

“你知道死者的名字和身份吗？”警员问道。我承认我知道。

“小姐，请问你刚才去哪儿了？”警员又问道。我于是跟他解释了去买烟的事儿，什么报亭没有我又去了街角的小店啦，甚至说到回来的路上还看到一条油光水滑的灰色猎狗啦……看得出来，警员已经不耐烦了；他对我挑起一边眉毛：“你的朋友，这位叫泰迪的，你说你把他一个人留在楼上房间里了？”他指了指酒店高处。

我没有马上回答，反而想着怎么给奥黛丽打掩护。我扫了一眼泰迪落地的地方，但是不敢直视尸体。很显然，他没有能够在这起坠楼事件中幸存。“他难道……？”

“恐怕是的。”

我用眼角余光沿着酒店的外墙慢慢看上去，直到目光落在阳台上。从楼底下往上看，会觉得那个地方跟自己没什么关系，遥不可及。我渐渐意识到，警察一定会上去进一步调查的。我咽了一下口水。“我有一个室友，”我提到，还在考虑怎么说比较好。“她也许知道发生了什么。她也许亲眼看见了……看见了这起事故。”“事故”这个词从我嘴里说出来，带着些奇怪的感觉。此时此刻，我多么渴望赶快上楼去见奥黛丽，看着她瞪得大大的双眼，从里面读出刚刚发生的一切。警员（是个巡警，我虽然心急如焚，但还是能分辨出巡警和真正的警探的）跟我一起坐着由克莱夫掌舵的电梯上了楼。一路上，他一言未发，倒是克莱夫为了反驳我，急着替我们开电梯。

把我们送上楼之后，克莱夫跟着我们下了电梯，穿过走廊。警员并没有开口阻止他跟着我们。我哆哆嗦嗦地掏出前门的钥匙，感到他们的目光都聚焦在我身上，如芒在背。我一转门把手，推开了大门，空空荡荡的感觉扑面而来。起居室里弥散着无边无际的空洞的气息，我感到天旋地转，一阵恐慌。很显然，奥黛丽已经离开了。我试图想出一个合理的解释，跟他们说奥黛丽刚才在哪儿、她又为什么离开，但千头万绪尚未出口就已纠成一团乱麻，编不成一个像样的故事。警员出于职业道德，并没立刻把我当作疯婆子看待，而是礼貌却又敷衍行事地在公寓的几个房间里转了一圈，像是想要找到我跟他提起的“室友”。他在前面走，我在后面跟着。这场巡视的终点是阳台。不到一个小时之前，阳台上还显得十分宜人，而现在只剩下一片压抑。我看着警员取走物证：低矮的藤条小桌上胡乱放着的镜面小托盘，砖块砌成的阳台栏杆上的两只空空如也的马提尼酒杯（我始终不知道第三只去了哪里）。他从栏杆往外看去，瞟了一眼下面的狼藉，又看了看这对马提尼酒杯。

“你说你们今晚早些时候就在这阳台上？”

“是的，”我答道，又顿了一顿，补充道，“我也不知道这一切是怎么发生的，对不起。”这是实话。我的确觉得很抱歉，而且随着时间流逝，这种感觉越来越强烈。也许现在听起来很好笑——但是我当时非常担心奥黛丽。也许她吓坏了，我想。但是她也不应该就这样拍拍屁股跑掉。如果她以前真的去过纽波特，如果在泰迪坠楼之前他们发生过口角……不管怎样，真相总会大白于天下，而今晚发生在阳台上的绝对不是什么好事。

“没关系，”警员说，“已经有人打电话报警了。警探正赶过来。”我点了点头。之前灌下去的干邑已经有些上头了，脑袋开始阵阵跳痛。刚才在街角小店里的那种头晕目眩的感觉慢慢退去，我低头看了看依然紧攥在手心里的香烟盒子。鬼使神差般地，我打开了香烟盒，递了一支给警员。他用我这辈子都没见过的最难以置信的眼光看了我一下，摇了摇头。于是我决定自己抽，想冷静一下。奥黛丽总是说，香烟让她冷静。警员依旧小心翼翼地打量着我，把手伸过来，给我点上了火。我注意到，他的手在微微颤抖。而我拿着香烟的手反而稳如泰山。我比任何时候都要镇定，深吸了一口香烟，脑袋微微前倾，吐出了一个烟圈。奥黛丽就是这么抽烟的，我已经看过不下几百次了。

“真惨啊，这起事故。对吧？”这句话听起来，不痛不痒。至少我是这么觉得的。但是警员却吃了一惊，冲我伸过脑袋来，好奇的双眼瞪得大大的。

“嗯……是啊……事故……”他喃喃道。

我抽完了这支烟，把烟头掐灭，利索地丢进藤条小桌上的绿色玻璃烟缸里。阳台上除了这张小桌之外，还有一块儿地毯、两把小藤椅和一张贵妃榻。既然要等人，我索性在贵妃榻上坐了下来，跷起了腿。一丝微弱的亮光吸引了我的目光；我低头一看，奥黛丽的手镯居然躺在我的脚边。这是泰迪褪下来的吗？奥黛丽肯定不会自己把手镯扔在这里的。我把手镯捡了起来，想替她保管着。可是除了把手镯戴在手腕上，没有更好的地方可放。于是我把它戴在了我空着的那只手腕上，扣上了搭扣。奥黛丽是对的，我暗自想着。这副东西看起来是有点儿像手铐。我缓缓转动着手腕，欣赏着月光映照下那些宝石发出的冰冷刺骨的寒光。

过了一会儿，又来了几个警员，把我带下了楼。楼下有辆车，等着把我接到最近的警局去。我被塞进车里的时候，听见那个巡警正跟其他几个警员说着刚才的小插曲。

“我这辈子可从没见过这样的女人！真该让你们也亲眼见见！绝对的冷若冰霜，告诉你们！就站在那儿抽着香烟，欣赏着钻石手镯，那叫一个淡定啊……”

* * *

鉴于我和警察“有约”，所以我不知道奥黛丽究竟是什么时候回公寓的。我猜大概是几个小时之后吧。我一遍又一遍地在脑中描绘着可能发生的情景：奥黛丽走回酒店，"发现"了围观的人群、警车、记者，还有相机上亮得刺眼的闪光灯。她在我的脑中慢慢走近路缘，走到人群边上，皱起了眉头。瞥见法医正准备开始他的死亡仪式，她捂住了嘴巴，不顾人群把自己推来搡去，着急地询问着发生了什么。

"哦！我的室友呢？她在哪儿？罗丝去哪儿了？"我想象着她这么询问身边的警员。警员——在我脑中，他就是和我一起站在阳台上等警探来的那一个——友善地拍了拍她的肩膀，让她冷静下来，告诉她这个不幸的消息。她双目圆睁、面如死灰，但还是点了点头，接受了这一切——一个微妙的动作，流露出的是恐惧，而非惊讶。"可怜的泰迪，"她的眼中闪烁着泪光，"他的命可真苦啊。"

"我跟你说啊，她还说，你今天晚上早些时候也在那个阳台上待过呢。"他又对奥黛丽说道。现在看来，这就是对我的指控。他根本不用说"对你的室友当心点儿"，甚至不用称呼我为"女谋杀犯"或者"诽谤者"。他说话的腔调已经暗示了这一切。

* * *

带我去警局肯定是录口供的，事实证明，这是一条不归路。第一晚，我坐在陌生的审讯室里，一个陌生的探员问我问题，角落里还有个一言不发的打字员，笨手笨脚地记录着我的回答。刚进屋的时候，我费了好大的力气，才没有本能地坐在她的位子上，把手搁在键盘上。

审讯我的警探自称"弗格森警探"。他比我们警局的警督要年长不少，而且是个正儿八经的警探。他的太阳穴上有两簇白发，一直延伸到后脑勺上，看起来有些滑稽，像蛇。每问我一个问题，他都会用食指在我们面前的桌面上敲出这句话的韵律，像是在用看不见的发报机发电报。和警督不同，弗格森探长问话的方式直截了当。虽然我觉得有些不舒服，但也看得出，他对我的回答并不满意。最终，我们的谈话陷入了僵局。

更让人难受的是，房间里还有一个年轻的巡警，估计是正在受训，准备培养成警探。这个男孩儿和泰迪看起来像极了。也许是我自己的想象，但是在我印象中，他和泰迪一样，都有一头沙色的头发，看人的时候充满了真诚和热情，长手长脚，身形单薄。两个人都有瘦削的肩膀，像是没有发育好的小男孩儿。试想：几个小时之前，我还在阳台上，和泰迪边喝酒边聊天。我还没能完全接受泰迪已经走了这个事实，更无法忍受他的“孪生兄弟”就坐在审讯室的桌子对面。我想，如果这个男孩儿开口说句话，我也许会好受点。不管他口音奇怪也好、腔调老派也罢，只要他开口说点什么，让我打消这两个男人是如此相似的念头，那么他给我带来的烦扰也许会减轻一些。但是，他居然从头到尾一句话都没说，只是静静地坐着，急急忙忙地做着笔记——直到我的“小插曲”出现。

当然，现在我有大量的时间回想当初这一幕。我终于明白，这次审讯对我而言，也是一次万劫不复的命运转折点。我可以说，那天晚上我有些失态。喝了这么多酒，又横空惊现一具尸体，我对问题的看法变得有些扭曲。所以，审讯中发生的这个小插曲其实也不算什么。但是我想，最好还是把这件事情说说清楚，因为正是这次情绪失控加快了我沉沦的速度，快马加鞭地将我送入了这家我如今身陷其中的精神病院。我会尽我所能地回忆起事件的点点滴滴。

审讯没完没了，到凌晨还没有结束。警察和打字员休息了好几次，我一个人待在审讯室里，呆呆地坐着，身边的空气都像是僵住了。我听着墙上的钟声滴滴答答，眼皮直打架。我说这些是因为，我觉得自己当时正遭受睡眠不足的折磨，也许这也是导致我情绪失控的原因之一。每次警探回到房间里的时候，都是一副神清气爽的模样，拿着一叠新的文件夹，更不用说，还端着一杯新煮的咖啡。我自己也对这一套略有所知，于是断定他们也在录别的证人的口供。有可能整个酒店的员工都已经录过口供了，也许有些围观的路人也录了口供。警探就是在跟我熬时间。与此同时，目击证人的供词越来越多，他也越来越有底气。

就在警探告诉我，奥黛丽也已经录了口供的时候(奥黛丽！)，我彻底崩溃了。我乱极了。这是好消息，也是坏消息。一开始，我觉得如释重负。之前我那么担心她，但如果她真的像警探所说的那样，已经录了口供的话，那就至少说明她安然无恙。但是我转念一想阳台上发生的事情，对她不知所踪的担忧又变成了对她供词的担忧。我不知道警察对奥黛丽有多少了解，所以不知道自己该漏多少口风。弗格森警探又开始了，问我和泰迪到底是什么关系，为什么要跟奥黛丽住在一起。一开始，他还显得挺客气，往椅子上一靠，随意问了我几个很直接的问题，所以我也没有觉得有多不舒服。

“贝克小姐，听说你和特里克特先生……是恋人关系？”警探问我。我大惑不解地皱起了眉头。

“不好意思——谁？”

“泰奥多尔·特里克特。”

“哦！你是说泰迪啊。恋人！不，绝对不可能。我几乎不认识他。”

“有目击证人说，今天早些时间，他去警局找你了？他们说你们俩看起来非常熟悉，还说你们聊得火热。”

“一定是玛丽这个八婆！好吧——是的，我的确和他说话了，但是他并不是来找我的。而是另有其人。”

“谁？”

一阵强烈的对朋友的忠诚感让我闭口不答。

“好吧。那么就是说，你和他认识不久。那么，你会不会邀请一个尚不熟悉的男人去住处喝酒呢？”

“当然不会！别扯了。”

“那你否认自己曾经邀请特里克特先生去住处喝酒咯？”

“我否认——但我也承认。”

“究竟是否认还是承认？”

我犹豫了一下，终于决定还是实话实说：“是的，我给泰迪调了一杯酒，陪他在阳台上说了会儿话，等我的室友回来。但我要否认的是，并不是我邀请他回家的，而且这家也不是我的。”

“你是说自己并不住在那儿吗？”

“我住在那儿，但公寓是奥黛丽租的。”

“奥黛丽跟我们可不是这么说的。”

“你说什么？”

我隐隐约约感觉到了一丝彻头彻尾的背叛。失望和痛苦交替袭来，心里一阵阵刺痛，但突然又觉得轻飘飘的。也许是酒精的作用，我口干舌燥。

“能给我杯水吗？”我问。弗格森警探让打字员去拿水，我们暂停了一会儿。之前我并没怎么留意过这个打字员，但是当她端着一杯水进来的时候，我仔细端详了她一番。

她大概二十来岁，长相平平。她的头发和我一样黯淡无光，个子不高，中等身材，除了一口牙——那口牙虽然不大，但是却往前突出，还有些地包天，所以下巴微微前伸。这样一口牙、一个下巴，让她看起来既可怜巴巴，又很凶残，让我想起曾经在百科全书上看到的食人鱼插图。这副模样儿我可一点儿也不喜欢。

“贝克小姐？”弗格森警探又催了我一句。

“你刚才说什么来着？”我几乎已经记不清刚才我们说到哪儿了，思绪飘得很远。我看着打字员坐回自己的书桌前，手指立刻在键盘上翻飞起来。我眯起眼睛，盯着她的手指——它们像是蜘蛛腿一般，显得十分凶险。

“拉扎尔小姐跟我们说，租下公寓的人是你。公寓是以你的名义租的。你对此有何看法？”

我眨了眨眼，还盯着打字员的手指，看她敲打着键盘。在我看来，即使我一言不发的时候，她也仍然在打字。“一派胡言。”我皱起眉头回答道，不知道弗格森警探从哪里得来的错误信息。奥黛丽不可能这么说。

接下来，那件事情就这么发生了。电光火石间，打字员抬起眼睛看了我一眼，唇边泛起一个微弱却又自鸣得意的浅笑。“她是个坏人！”一个念头闪过，我的脑子飞速地运转着。他们肯定在合伙陷害我！毕竟，篡改口供、给警探吹风，这都不是什么难事——这件事我最有发言权。也许她早有预谋！已经跟警探合计了好几个礼拜！我之前怎么都没看出来？

“那套公寓是以奥黛丽的名义租的——我的意思是，是拉扎尔小姐租的，”我告诉他们。“虽然我觉得这件事儿和你们一点儿关系也没有——但是，恐怕我可付不起这么贵的房租。”我顿了一顿，扭过身去，给打字员送去了意味深长的一眼：“你我都是同行，你也知道干这一行能挣多少。”我又转过身来，对警探说：“奥黛丽……嗯，她家里挺有钱的，你们知道。”听见这最后一句，打字员突然停下了手上的动作，弗格森警探的那位门徒也抬起了头。

“这种玩笑开不得啊，贝克小姐。”

“我没有开玩笑。”

“我不知道你怎么能这样拿拉扎尔小姐的身世打趣——她可是孤儿院里长大的。这种话从你嘴里说出来，真是残忍啊。”

“什么？！”我简直觉得天崩地裂，“什么？谁告诉你们的？”一时间没人搭腔。我周围这几个一定是串通好了。我的心跳加速了。“是谁告诉你们的？”我又问了一遍，从椅子上跳了起来，团团乱转；突然，我盯住了打字员。“你在打什么？我知道你是个什么货色！你打的都是假话！来人啊——快来啊！快看看她都打了些什么屁话！全他妈是假话！”我意识到自己叫了起来，但是我不在乎。打字员盯着我，满眼的恐惧，这在我看来，就预示着她是有罪的。刹那间，我什么都明白了。“你以为打些假话就能干掉我！你想把她占为己有！我知道你是什么人！”说时迟那时快，我猛地向打字员扑了过去，双手紧紧卡住了她的脖子。弗格森警探和年轻的见习警探赶紧冲过来想把我拉开，但是无济于事。又有几个警察冲了进来，好不容易才掰开了我的手。

接下来的事儿，也就没什么奇怪的了。不到一个小时之后，我就被押送到了现在所处的这家精神病院里，到现在为止，已经住了两个半礼拜了。官方说法认为，我还应该“继续留守观察”，迈尔斯·H·本森医生将继续对我进行监管。这个名字我之前也提起过了。

一个人在他人眼中的清白就像一座纸牌屋。只要一个不小心，整间屋子就会轰然倒塌。以我为例，坏就坏在那个开电梯的男孩身上。

有的时候我在想，如果克莱夫没有抬手对我一指，那晚的结局一定完全不同。但是其余的时候，我在想，其实自己早已明白，不管有没有这个电梯男孩，我的命运都是——而且向来都是——掌握在奥黛丽手中的。

第二十二章

通往精神失常的路，好像一个带有悖论色彩的斜坡，虽然陡峭，但是从上面滑下来的人却不自知。也就是说，疯了的人通常并不知道自己已经疯了。所以我现在才明白，为什么在我试图证明自己神志清醒的时候，没有人会相信。尽管如此，我必须向你保证，我的确没有疯。真的，那是一个非常特殊的时刻。我自己都知道，袭击打字员同行的那一幕肯定十分不堪入目。我现在有大把的时间回想当时的情景，连我自己都不相信自己的那些胡言乱语。那个倒霉的女人不可能在我的供词上做什么手脚。更荒唐的是，我竟然还幻想着她想取代我的位置成为奥黛丽的闺蜜。“珍宝”是特别有意思的一个东西——我们总是觉得每个人都觊觎我们自己视作珍宝的那件东西。不论如何，你们都要相信我的话：我只是暂时失态而已。回顾往事，我才明白，我对另一个打字员妄加揣测只不过是因为我自己心里害怕。

我的医生(我相信我已经提起过他了——那就是享誉盛名的迈尔斯·H·本森医生，医学博士)说我有“阴谋论”倾向。他说，我们人类考虑问题的时候都有归类倾向，会将我们在这个世界中的经历归入不同的模板中。他还说，我们中间的某些人(他指的是我)会为了支持自己偏好的某种特定的模板而颠倒是非。说完这句话，他往后一仰，靠在金属椅背上。这把椅子他每次来找我谈话的时候都会带进来，谈话结束又会搬走，免得我脑子一热站上去自缢。他后仰的同时，眼镜滑落下来，搭在鼻尖上，我知道这就意味着我们要从共案讲到个案了。“亲爱的，你是不是也有某种特别偏爱的理论？不管事实如何，都要归结到这上面来？”他的声音虽然循循善诱，但是一点儿起伏都没有。

前几次聊天的时候，我还会跟他斗嘴：“那你自己有没有什么特别喜欢的理论呢，本森医生？”我根本无法相信他说的话：阿维拉女子孤儿院的圣特蕾莎修道院居然没有关于我的记录？！本森医生也好，还是这家所谓的医院的其他什么人也罢，我觉得他们根本没有真的去调查过。我问本森医生他们到底联系了哪个修女，他嘟囔了一句，说是要“再去看看档案”——结果就泥牛入海无消息了。“你不能因为觉得我精神有问题，就把我的整个童年抹去！”我指责他。

但只有刚开始几天是这个样子的，后来我发现，我的抱怨都落了空，于是我索性干坐着，看他构建起自己的一套“事实”来。他对这件事儿很认真，所以看起来挺有说服力的。本森医生有一把大胡子，而且我觉得自己对胡须浓密的男人有天然的信任感。他的胡须虽然没有警司的两丛八字胡那么壮观，但是浓密程度也还是很可观的，看起来很有权威。每当他说起我的“历史”时，虽然我不太记得自己的生活曾经是那个样子的，但是也坐在那儿听得很入迷，像是听神秘迷人的童话故事一样。提到某些“事实”的时候——比如孤儿院没有关于我的记录——他显得尤为慷慨激昂，搞得我差点儿都要相信他的话了。事实上，有的时候我甚至怀疑是不是我把圣人的名字给记错了？害得本森医生扑了一个空？也许霍尔德修女和米尔德里德修女所在的修道院(更别提那儿还有我可怜的亲爱的阿黛尔)的名字实际上应该是圣凯瑟琳修道院？或是圣厄休拉？不，肯定是圣特蕾莎。圣特蕾莎是个神秘的修女，虽然循规蹈矩、信仰忠贞，但是却因为她在癫痫发作时如疯似狂，能够通灵看到万般幻象而闻名。据说她能保佑人们免受脑病困扰。我知道你们在想什么——真是绝妙的讽刺。我还没有疯到领悟不到这一点的地步。

不过本森医生的“童话故事”的确给我一种似曾相识的感觉。有些内容是我早已有所耳闻的。他说我的名字实际上叫做“吉妮芙拉·莫里斯”，出生在波士顿，但是不久全家搬到了纽波特的罗得岛。本森医生认为，如果我的父母能来看看我，一定会对我的“病情”恢复大有裨益，让我和自己胡编出来的过去一刀两断。“按照普通人的说法，这会‘唤醒’你的记忆，吉妮芙拉。”他总是这么说。这个名字对我来说还不那么熟悉，一时间我都没有反应过来他是在喊我，还回头看了看护士。“呜呼哀哉！”本森医生哀叹道，“只可惜你已经父母双亡了。你的父亲两年前死于肝功能衰竭，你的母亲去年春天也死于车祸。”（本森医生向我出示了一些剪报作为物证，我看得津津有味。“记得吗，吉妮芙拉？你母亲的车技一向很糟糕。邻居们都说这是迟早的事。”他又补了一句。）

还有一个故事，也总被本森医生挂在嘴边，那就是“我以前的未婚夫”。很显然，他过世的那个晚上，我们大吵了一架。那个年轻人死的时候，车子不偏不倚地抛锚在了铁轨上，因此没能躲过一劫，小镇上的人们一直议论纷纷。“你必须对自己的所作所为老实交代，”本森医生建议，“你凭借色相也许能够一度催眠整座小镇，但这次你的好运到头了。”

我对这种说法嗤之以鼻，仰天大笑。这让本森医生很是紧张。“我天生就不会勾引男人，本森医生，”我笑着说，“你自己也看得出来。”本森医生没有回答，怀疑地打量着我。难道我和奥黛丽共度的这段时间给我带来的改变比我想象得还要多？

还有更精彩的！本森医生第一次跟我说剩下的故事的时候，我差一点儿为之惊厥。我说“差一点儿”是因为我强大的内心让我没有真的昏倒，但是与其听本森医生说那些令人憎恶的事情，还不如真的昏过去不省人事算了。第一次跟我说这些事情的时候，一开始，本森医生还是照样说些无关紧要的废话，劝我好好回忆一下自己是“吉妮芙拉”这个事实。“那个时候，你真是把整个小镇的人骗得团团转啊，”他边说着自己的故事，边抚摸着自己的胡子，“你差一点儿蒙过了所有的人，吉妮芙拉——要不是你跟着那个扳道工跑路了的话。”一听这话，我把背一挺，大脑飞速地运转着，一下子就想到，那不就是我一直以来怀疑的人——吉布吗！“他是从什么时候开始胁迫你的，吉妮芙拉？”本森医生问道。“是不是事故发生的当晚？就在铁轨旁边？沃伦那辆被撞得稀烂的跑车就在你身后冒着蒸汽、嗞嗞呻吟？”我看着本森医生，真希望自己知道问题的答案。有那么一瞬间，我心中闪过对奥黛丽的一阵同情。原来她一直都被吉布玩弄于股掌之间！她是那么热爱自由的一个人，那该有多么痛苦。但是这一瞬间的同情转瞬即逝，因为本森医生接下来的一句话让我更加震惊，几乎崩溃。

“你是从什么时候开始计划谋杀吉布的，吉妮芙拉？”说完这句话，本森医生靠近了一些，看着我的眼睛，“谋划这一切你花了多久？”当然，本森医生的这个问题一开始让我莫名其妙，好几分钟之后才意识到，原来吉布已经死了。被关在这儿的两个礼拜里，我对整个事件的详情思前想后。原来，泰奥多尔·特里克特并不是那晚唯一一个惨遭不测的人。哈里·吉布森那天晚上帮着招呼一个非法涉酒聚会(也叫“地下酒吧”)，不慎饮下了一杯致命的鸡尾酒：一份香槟加两份不适合饮用的甲醇。这杯毒酒效力发作快得惊人，据法医推测，它立刻侵蚀了受害人的神经系统，转眼之间就麻痹了吉布的肺。在泰迪从阳台跌落之前，吉布已经死了，“吉妮芙拉”的罪行终于圆满了。

听完这些，我才开始竭力证明自己的清白。自从他们跟我说了奥黛丽的陈词内容，我又袭击了刑侦室的打字员之后，我对这位“闺蜜”的信心已经开始像风中的沙丘一样，飞速地土崩瓦解了。而现在，本森医生的问题让我饱受折磨：你谋划杀害吉布已经多久了？多久了、多久了、多久了？每晚上床的时候，这个问题都在我脑中回响，让我辗转反侧。一种冰冷而又令人恐惧的感觉每每让我胃里翻江倒海，因为我很清楚地知道：至少已经一年了。原来，观察对方的人不是我，而是奥黛丽。那枚胸针，就是她投下的诱饵——从我拾起它的那一刻起，她就知道她抓到了一只爱收藏宝贝的喜鹊[①]。她明白，自己只要抛出些亮闪闪的玩意儿，我就会乖乖上钩，一步步帮助她达成自己的“宏图伟业”。

悲剧的是，等到我对整件事情的来龙去脉摸了个大概的时候，为时已晚。不管我怎么跟别人解释奥黛丽是个怎样的人、她平时和什么人来往、如何慢慢渗透到别人的生活里去，都已经无人理睬了。有的时候我想，也许本森医生知道事情的真相，只不过被奥黛丽收买了。但是我最近已经不这么想了。这个猪脑子的好医生劝我接受事实的真相时是如此热诚，我觉得他是真的相信这一切的。我看到了他眼中的自己，而且我知道，他觉得我说的这些事实真相既然和他的南辕北辙，那么我一定是在瞎编。

① 喜鹊有将各种小玩意儿叼回巢中宅藏的习惯。

当然，我的版本和本森医生的也有一部分是重合的。比如，他们说的有些事情，我也记得非常清楚。他们甚至一度把斯皮策“博士”带进来指认我。我之所以给“博士”两个字打上引号，是因为奥黛丽说他也许根本不是个真正的化学家，真是一语成谶啊。事实上，他压根儿就和“化学家”不搭界。他也犯了罪，被逮起来了，为了减刑，他毫不犹豫地认定我就是“吉妮芙拉小姐”。而且，正是我从他手中接过了那瓶置吉布于死地的处理不当的复原酒精。据他称，自己从来都没听说过一个叫奥黛丽的人，我是旗下产业的唯一所有人，也是他最大的买主。

当然，我还记得，有一天本森医生走了进来，问我认不认识一个叫做“海伦·巴特尔逊”的女孩。她自称认识我，因为我有段时间想要“活得低调一点”，就住进了寄宿公寓，她就是那个时候认识我的。本森医生告诉我，她的供词引起了警察极大的兴趣，虽然我无法想象她的供词到底是怎么样的。我告诉医生，海伦是个白痴，对我住在寄宿公寓之前或是之后的生活一无所知。但是我不能规避的现实是，我的确认识她。“我们当过一阵子室友，”我答道。本森医生问我，这是不是我搬进酒店公寓之前的事情。“是的，”我回答。那你还记得用一副皮手套抽她脸的事情吗？本森医生还想知道更多。“唉，抽她的脸也不是我情愿的，这本不该由我来做。但是必须有人管管这个女的。多蒂自己肯定是不愿意动手的，”我说。听闻此言，本森医生微笑了起来。

“终于有点儿进展了，”他说。但是我不知道此话从何而来。

最糟的是，我说出了埃德加·维塔利的事情。我本想借此说明，警察局的记录并不是百分之百准确的。但是本森先生抓着这个问题不放，接下来，又有好几个各个警察局的总探长过来问了我更多的问题。最后，他们甚至请来了警署专员。真有趣啊，我们在警局干了这么久，所做的一切，都是为了让警署专员来视察和褒奖，但没想到最后我们是以这种方式见面的。我首先注意到的是，这个男人只要一说谎，太阳穴就会鼓起来。比如，他说自己和奥黛丽素未谋面，我说，你不是给奥黛丽发过特别许可吗，他拒不承认，说不知道我在说什么。在整个会面过程中，他都在不停地对我提问，否则我肯定会就这个“特别许可”对他纠缠不休的——吉布曾经说过，那是奥黛丽去警署专员办公室搞来的。

这次会面的时间实在太长了，我简直有些不耐烦。我本不应该多嘴，但是他们总说我分不清幻想和现实，这给我带来了无休无止的压力，所以我情急之下一股脑儿把全部的事实都说了出来，包括埃德加·维塔利的，索性一了百了。但是，他们也太大惊小怪了吧！现在报纸上到处都在说这件事情：维塔利先生的口供是我造的假，让他看起来显得罪行累累。还说我色诱警司，让他成了同谋。人们说我是个骗子，是个邪恶的荡妇。有个记者甚至把我比作莎乐美，就是那个为希律王跳舞，换取施洗者约翰首级的女人！这件事情的结果，就是警司很快就悄无声息地退休了。维塔利先生一案被宣布为无效审判，维塔利被免除一切罪名，从监狱里放了出来。真是令人惋惜，我难受极了，从公共休息室里把相关报纸都收集了起来，剪下照片，钉在我房间的墙上，用他那张丑恶不堪、饱含奚落的脸折磨着自己。这是我为了洗去罪孽而进行的自我惩罚(只有在被贴上“疯子”的标签后，我才最终接受了宗教)。最后，本森医生注意到，大多数照片上的人眼都被挖去了，于是强迫我把它们拿了下来，交给护士，认为我的“收藏”有一种不健康的倾向。

有的时候本森医生会拿道德感和正义说事儿，特别是埃德加·维塔利这件事。我觉得这对我简直是一种羞辱，还不止一点点，因为真正关心这件事情是否被公正处理了的人只有我一个。“一个男人的生命就掌握在你的手上……无凭无据，你怎么能判他有罪？”本森医生问我。我试图让他明白，维塔利先生的罪行显而易见，一眼就能看出来，但是居然没有人愿意像我一样坚持到底，我是唯一一个愿意不惜一切、只求正义的人。如果我是一个男人，如果这桩案子是我负责的，他们大概早就为我起立鼓掌了！但是本森医生只是对着我摇了摇头。“你不能自封法官、陪审团还有刽子手，吉妮芙拉，”他说，仿佛在他面前慷慨陈词的只是一个觉得自己在追寻正义的疯子。

但是对我而言，最大的不公，最让我怒不可遏的也许是：奥黛丽永远也不会知道，我对她的爱有多深。讽刺的是，我想吉布也许是唯一一个能够理解这一点的人，尽管这种理解也是渐次得来的。如果不想看，你永远也不会看见——我现在终于明白了这个简单的道理：奥黛丽从来都没有要求过我对她一往情深。她只不过需要我的忠心——至少一度是——因为这对她来说是有用的。但是“一往情深”这个词的含义就要深得多，我们这代人根本领受不起。

这个摩登世界，真是一个怪异的地方。我想，我恐怕不属于这个世界。这并不是因为我食古不化，而是因为我看尽了人世沧桑，却觉得自己永远追赶不上。从一开始我就知道，奥黛丽是新时代的产物，她小麦色的肌肤，男孩子一样瘦长的手臂，还有闪闪发光、乌黑亮丽的短发说明了一切。这些摩登女郎身上有许多值得仰慕的东西，这一点我完全承认。我知道，提到“浪漫”，人们一定会想到奥黛丽，想到她亭亭玉立地站在月光下，穿着珠光宝气的裙子，就像整个银河系的璀璨群星都栖落在她的身上，秀发的光泽犹如美丽的光晕。然而，这种想法其实大错特错。回首我俩共同走过的这一路，回首我们找着后门、说着暗语，一次又一次进入地下酒吧的那一个个夜晚，其实，奥黛丽才是蒙上双眼的那一个。她摄人心魄的魅力、富有乐感的笑声只不过在向人们“承诺”：真正的罗曼史，那些令人兴奋、能就此改变一个人命运的罗曼史，就在不远处。但实际情况却是，奥黛丽浑身上下没有半点浪漫细胞，任何种类的感伤都只会让她觉得不耐烦。她就像总在你面前出现的海市蜃楼，不远不近地勾引着你，让你不知不觉，一步一步，走进沙漠深处。

在奥黛丽和我之间，原来我才是浪漫的那一个：简直像是远古时代的遗物。现在这个世界早已对淑女的那套做派失去了耐心，也没有兴趣孕育姐妹深情、母女之情或是闺蜜之间的情感。有一种什么东西——也许是战争吧，我不知道——斩断了这些联系。我意识到，如果想要在这个世界上活下去，自己也必须迟早变成这个样子。这就是进化论。这又是一种摩登世界的发明创造——“谦卑的人必承受地土”[①]变成了弱肉强食。

够了。我说这么多，只不过是在唱挽歌——不是在为奥黛丽唱，而是在为我自己。真是出人意料啊。

---

① 此句典出《圣经》诗篇 37：11。

后记

他们告诉我，今天有个人要来看我。早上刚起来，他们就通知了我这个消息。护士一定觉得早早地把这个消息告诉我是非常体贴的做法，让我有个盼头。但是他们不能告诉我这个人究竟是谁。所以接下来的几个小时里，我绞尽脑汁，想了又想，猜着这个人可能是谁。每天早上，我都吃不下医院供应的寡淡如水的麦片粥，而今天早上因为太过兴奋，尤其觉得难以下咽。

“怎么回事，吉妮芙拉，你就不能配合一点儿吗！”一个护士端走了我动也没动的盘子，责备了我几句。探访时间是下午一点到四点，到了中午，我简直急得像热锅上的蚂蚁。我甚至不知道，我盼望谁来探访我。

但这其实并不是实话。

我知道自己心里想见谁。真是“狗改不了吃屎”。但我心中早已看破红尘的另一个自我，知道实际情况是怎么样的：她不可能来这儿看我的。她这个人聪明至极，来这儿就是个莫大的错误，对她而言没有什么好处。尽管如此，我还是急切地看着门的方向，希望看见那个戴着时髦的钟形女帽的身影出现。心脏是很有趣的器官，而且特别固执。昨天晚上上床前，我在心里默默列出了一串奥黛丽不可原谅的错误，并且提醒我自己，因为这些原因，我应该把自己放得姿态高一些。但是今天早上，就是因为一个傻护士告诉我有人会来看我，我对奥黛丽的所有不满又瞬间土崩瓦解了。此时此刻，我这个可怜的家伙这就这么呆坐着，双眼依然渴望地搜寻着她的身影。

刚好一点一刻的时候，我高涨的希望落了空。本森医生走了进来，告诉我来访者已经到了，因为我最近表现还不错，作为奖励，只要我遵守规章制度，可以在自己的房间和“他”单独会面。值班员会看着你们的，本森医生提醒我。我点了点头。好吧，我带着无限的失望想着，来看我的原来是个“他”。

我一度想，如果警司踏进我的房门，我也许会很高兴。但是不幸的是，我现在已经不会这么想了。我必须承认：从我们见面的时候起，我就把警司放在高高的神座上，毋庸置疑，坠落是唯一的结果。我毫无保留的崇拜之情使我对他的评价过高。归根结底，他不是一部决不妥协的宪法；奥黛丽最终还是让他俯首称臣了，就像她征服她的众多俘虏一样。如果现在再见到他，我只怕自己会先入为主，止不住地猜来想去：“他俩到底交流到了什么地步？”有些事情，还是不知道为好。

虽然很失望，但我还是焦虑不安，如坐针毡，双手都汗湿了。所以我停下了所有动作，专心致志，坐着不动——纹丝不动。

虽然我最不想见的就是警督，可来的人偏偏是他。他懒懒地出现在门口，双手一如既往地插在上衣口袋里。“我能进来吗，罗丝？”他问。如果在平时，我宁愿他称呼我为“贝克小姐”，但是现在突然听到有人叫我的真名，真是件又奇怪又舒服的事情。我向来都不是个缺乏礼数的人，于是请他进来。他从容地踱了进来，但是到了屋子中间，却显得不知所措。我冲着值班员特意搬进来的金属椅子做了个手势，警督干咳了一声，坐了下来。

“罗丝。”他说。

“警督。”我说。

一开始的几分钟，他一言未发。虽然我不能精确地指出原因，但刚才我的那些紧张感居然神秘地消失了，我比几周以来任何时候都更平静。警督则恰恰相反，比之前任何时候都要显得更加紧张。我看着他从夹克衫的内袋里掏出一支香烟，茫然地拍了拍另外一个口袋(我猜是找火柴)。他瞥见了门外走廊里挂着的“禁止吸烟”标志，停下了动作，拿着香烟，不知道怎么办才好，只能在手指间转来转去，最后滑落到了地上。我们注视着香烟滑落，但是他却没有伸手去捡。

“罗丝……”他又开了口，但是被我打断了。

“这些天来他们都叫我吉妮芙拉，”我说。他瞪大了双眼，在我脸上仔仔细细地端详着，像是在找着什么东西。

“是的，关于这一点……”他又说。

“你来干吗？”我又打断了他。

“我来是因为……”他刚准备说，可发现身后有个人影闪现，又停下了。一个值班员从我们门口经过，探头进来，紧张地往左右两边看了一下——我想他是为了确认我们没干什么坏事，确认警督没有给我塞一把可以当铲子的金属调羹，外加一张指引我如何掘地道逃出去的地图。我在脑中想象了一下这幅场景，忍不住笑出了声。警督吓坏了，抬头看着我，这个表情我并不陌生——他经常用这副样子看着我，可我之前并没有觉察——那就是“恐惧”。警督怕我。而我到了现在、此时此刻，才看出来。

“他们本应当信任你们这些司法系统的人，不该来打扰我们的。”我对于值班员这种不加遮掩的行为做了这样的评价。我的语气很和蔼，显得跟警督站在一边，但是他看起来更为不安。

“是啊……嗯。你知道的，准确说来，我的警衔比警司还要高……所以，其实是管着他的。他……当然……是管着你的，”他告诉我，“维塔利那件事儿，其实让我也受了牵连。”

“抱歉，”我说，但是他没有回答。他看着地板，若有所思，像是盯着地上的香烟，但又显得什么都没看进去。几分钟过去了，终于，他清了清喉咙。

“你知道，我根本不相信。”他脱口而出，像是在自白。

“相信什么？”我说。

“所有的，”他说，“关于你的事情。我不相信你才是幕后主谋。”再一次，我感到他的眼睛在我脸上来回巡视。我的脸上没有用隐形墨水写字(哦，他一定觉得有)，我希望他不要再找了。“特别是，很明显嘛，她是那么……那么……”

“她在哪儿？”我突然急切地问道。一听我这么问，他站起身来，缓步走到我房间尽头的小窗户前，装作看着窗外风景的样子。我知道他在装模作样，因为我自己也往窗外看过，根本没什么风景。只能看到一棵树。还有对面砖瓦建筑的一角，上面长着斑斑点点的苔藓。还有带着铁丝网的围墙。“她在哪儿？”我又问了一遍。

“走了，”他说。虽然我知道，这么长时间以来，我一直料到会听到这个答案，但是还是觉得心猛地往下一沉。他转过身来，额头上的疤痕一直伸向紧皱的双眉。“在那件事……那件事发生之后，她很快就走了，”他迟疑了一下。“她说她觉得没有安全感，说是要换个地方从头再来。”

“不奇怪，”我说。她这么做，我觉得再正常不过了。我觉得自己的心慢慢缩紧了，变成了一个小小的、疙疙瘩瘩的东西。但是警督接下来说的话，却是我没有想到的。

“她让我把这个给你，”他从夹克衫右边口袋的深处掏出一个小盒子。我的心跳突然加快了——就像早上护士告诉我今天会有来访者，而我盼着是她时一样。这个小盒子看起来像是个珠宝盒，用印着玫瑰花图案的纸包着。奥黛丽就是这样，从来都不会忽略任何细节。这个装饰，也绝对不会是无意所为。我伸手把小盒子拿了过来，打开一看，里面只有一样东西——那枚胸针。就是那个看起来很贵，镶着猫眼石、钻石和黑宝石的胸针，拼成时髦的星形样式。“这是她从你办公桌抽屉里找到的，”他对我说。可惜是句废话。“她说你也许会想要这个东西。”

我把胸针捧在手心，久久凝视着。它非常可爱，好不迷人。但是现在看来，却又锋利无比、犬牙交错，让我的心中苦乐参半。我明白她想对我说什么，实在是太残忍了，险些让我灵魂出窍。我的双眼噙着泪花，但我没让眼泪落下来。

“你还好吗，罗丝？”警督问我。见我没回答，他穿过房间走了回来，站在我面前。“你没事吧？”他把双手按在我肩上，我们四目相对，距离如此之近，鼻尖几乎碰在了一起。我抬头看着他的双眼，他乌黑的瞳仁深处是如此温柔、脆弱。突然间，我很想使坏……他高兴地倒抽了一口冷气，猛地屏住了呼吸……我知道，他一直都想让我这么做。我之前从来没有吻过任何一个男人，但是看奥黛丽这么做过，还不止一次。现在轮到自己，照猫画虎，似乎也可以信手拈来。这个吻既漫长，又温暖，警督的双唇显得有些迫不及待，似乎也隐约唤醒了我的渴望。有一瞬间，我几乎觉得，这个吻是真心实意的。然而这种念头转瞬即逝。这个吻还没有结束，我突然记起那天晚上在地下酒吧出口处他用小刀割断我裙子的那一幕，于是下意识地摸出了这把刀。而警督似乎毫未察觉。我抽身离开的时候，他用迷蒙的双眼看着我，脸上缓缓绽出一个微笑。

接着，他低下头来，看见了我手中的刀。我啪地把它打开。

“罗丝……”他的眼睛瞪大了。

我竖起一根手指，搁在嘴唇上，对他摇了摇头。接着，电光火石般，我一把抓起自己的头发，干净利索地一刀下去，参差不齐的短发便荡漾在我的耳边。突然之间，房间里乱作一团。两个值班员看见了这一幕，冲了进来。警督猛地往后一闪。值班员猛扑过来，夺走了我手里的刀，把我按在地上。但见我没有抗拒，他们便没有继续，而是让我坐在了金属椅子上——我整个人瘫了下来，像是断了线的木偶。值班员对着走廊，大叫着让本森医生快过来。

地上是一摊棕老鼠毛般的乱发，像是废弃的鸟巢，底下藏着一根香烟。我弯下身子，把头发拨开，捡起了香烟。“借个火好吗？”我对警督说。有一瞬间，我觉得他几乎就要转身逃开了。此刻，他看着我的表情也发生了变化，一种从未出现过的神情浮现在他的脸上——我知道，他以后不会再来看我了。慢慢地，他用颤抖的手从口袋里掏出一包火柴，点着了一根。小火苗在他抖个不停的手上飞舞。

我凑了上去，点着香烟，深吸了一口，脑中浮现出奥黛丽带着一头新剪的短发走进我们办公室的情景。真是个不堪回首的日子。我记得是个礼拜二。我原本觉得，礼拜二是所有工作日里最平淡无奇的一个，但是她的出现让礼拜二变成了一个我们全都不会忘记，也不能忘记的日子。那个时候我还几乎不认识她，只不过觉得她是我们这些打字员中的一个，无非衣服漂亮一些，对珠宝首饰带着满不在乎的神气。那个时候，我们还没有对彼此坦露心迹，也没有在深夜共享香甜热辣的棕榈酒，更没有在床上相依相偎、带着睡意卧谈。那天早上，她走了进来，整个警局为之屏息，像是有人停下了滴答的钟摆。然后有人——我实在想不起来是谁了——奉承了她一句，她转过头来，老练地用富有乐感的声音道了个谢，又发出一串银铃般甜美的笑声。新剪的短发在她腮边轻灵地跳荡着，闪闪发光。带着这头短发，从每个角度看去，她似乎都在大喊着：“我是自由的！哦，多么自由啊！可比你自由太多了！”

火柴燃尽了。警督慢慢地缩回了自己颤抖的手。没关系，反正香烟已经点着了。我深吸了一口，一仰脖子，喷出一口烟雾。如果我还对谁怀着愧疚之心的话，那也只有泰迪了。不过就像我之前说过的，进化的道路上总有牺牲品。恍惚间，我似乎看到了泰迪的脸；坠落到水泥地面的一瞬间，他的双眼圆睁，充满恐惧。

“怎么样，奥黛丽，”我又吸了一口，“就让我好好陪你玩玩。”

图书在版编目(CIP)数据

另一个打字员/(美)林德尔(Rindell,S.)著;
孙灿译.—上海:上海译文出版社,2015.6
书名原文:The Other Typist
ISBN 978-7-5327-6924-7

Ⅰ.①另… Ⅱ.①林… ②孙… Ⅲ.①长篇小说—美
国—现代 Ⅳ.①I712.45

中国版本图书馆CIP数据核字(2015)第038139号

另一个打字员
[美]苏珊妮·林德尔 著 孙 灿 译
责任编辑/宋 金 装帧设计/小阳工作室

上海世纪出版股份有限公司
译文出版社出版
网址:www.yiwen.com.cn
上海世纪出版股份有限公司发行中心发行
200001 上海福建中路193号 www.ewen.co
杭州钱江彩色印务有限公司印刷

开本 890×1240 1/32 印张 9.25 插页 2 字数 182,000
2015年6月第1版 2015年6月第1次印刷
印数:0,001-5,000册

ISBN 978-7-5327-6924-7/I·4193
定价:48.00元